谢六逸全集

谢六逸——著
刘泽海——主编

十六

贵州出版集团
贵州人民出版社

报刊文章(一)

目 录

001　　文艺思潮漫谈
011　　长期流刑
015　　归　来
020　　平民教育谈
022　　欧美各国的改造问题
042　　妇人问题与近代文学
056　　挽二老卒
058　　在维吉尼纳森林中迷途
059　　平民诗人
071　　诗人之力
073　　未来派的诗
077　　柴霍夫生祭感言
081　　新诗的话
089　　诗人之梦

091	对于戏剧家的希望
094	郭果尔与其作品
098	文化与出版物
101	歌德纪念杂感
104	古墅女郎
115	自然派小说
126	文学上的表象主义是什么？
138	俄国之民众小说家
146	屠格涅甫传略
156	通信：自然主义的论战
158	通信：自然主义的怀疑与解答
161	近代日本文学
219	法兰西近代文学
252	贫穷问答歌
255	《罗马人的行迹》选译
258	隽语集
266	讲　谈
269	三等车
275	二十年来的日本文学
297	日本文坛又弱两个
302	国外文坛消息： 苏俄刊行日本古典文学集
304	社会改造运动与文艺

313	新年的梦想
314	在夹板中的随笔
323	教书与读书
324	人名索引

文艺思潮漫谈

——浪漫主义同自然主义的比较观

泰西文艺思潮从18世纪末叶古典主义（Classicism）衰颓了以后，19世纪初期，便有浪漫主义（Romanticism）随着产出，到1830年算最盛的时代。这派文艺，是取极端的主观，摒斥冷观的态度，注重热闹的情绪（Emotion）。这派的著作家，他们的材料很不以平凡日见的事物为满足，总以珍奇怪异能动他人的幻想同感情为目的。他们的诗文以再有悲哀、恐怖、崇仰等作用为上乘。至于目前的一切世相，便不轻易去描写它，只有那高远的神话、野乘稗史，同缥渺无踪的传说。封建时代的武士侠客，同浪漫派的作者，简直生了密接的关系。所以英国有一位Watts Dunton，他说："浪漫主义，就是惊异的复活（Renaissance of wonders）。"这话批评得很的确。又有人呼浪漫主义为中古魂（Madievalism）。英人Pater氏说："浪漫主义精神的要素，就是好奇同爱美，竭力仰慕中古。何以故呢？因为中古时事多妄诞的风格、奇峭的美丽。他们的著作，不过用富强的想像力去写出眼不可见的奇异事物罢了。"（Pater's *Appreciation* p.261, Macmillan co.版）这派的作者，以不可思议的为有趣味，所以自家国里的事实便不喜欢。在北欧的呢？乐于采取南方意大利等地的故事。远东的呢？更不用说了。Ruskin在他的建筑同雕刻讲演中，他说："'浪漫'一语的真实合宜用法，就是将'美'同'道德'的不确切、不习惯的程度表记出来。"我用几句话来总括说：浪漫主义是以奇异的趣味耸动人心，贵乎妖艳同狂热，爱慕幽渺同神秘。忌平易，倾朦胧。换言之，就是远于实际、超乎自然的文学，富于空想同感情，不知智理同静观的文学。逸出常轨，算是他们的特色，有种种弊病。到了19世纪中期，当时思潮起了变更，这浪漫主义才衰杀了。

1860年左右的这个时候，一般人提倡证实论。科学精神同物质文明兴起，破除浪漫，作成实现自然主义的思想，消减一切热情同幻想。人人觉得有实现的事物，将一切称为美的、高尚的。考究起来，暴露他们的真相。为什么呢？因为那个时候，物质文明进步了，生活的压迫一天比一天高，各人已没有闲时间去追求空想，以眼前的实现生活为人类活动的中心点。艺术方面也止着空虚同叙情，各人以自己的经验描写一个"真"字。

但是"自然"是什么呢？自亚里士多德（Aristotle）以来，这两个字的解释很多。在文艺上的解释，同哲学、神学的稍有不同。Naturalism就是以自然的法则说明一切万有所谓精神的现象，也不外物质现象的连续，都可以用自然科学的研究法去阐明它。超过自然的、神秘奇异的，完全是幻想，同这派大不相同。所以自然主义的用意是唯物的、机械的、科学的态度。辞典中的解释有几种：1. 自然是实现的、合常轨的、反对怪异的;2.是物质的、科学的、客观的;3.是不凭技巧、不因袭成见的意思;4.生来就有的,是天赋(Innate)固有(Inherent)的。自然主义又是弃掉标准同幻想,是主张自我的权力,不注重因袭,以科学尽力描出实现的真相。换言之,实现就是真,真才是自然。到了这机械的、物质的世界,科学万能的时代,当然有这种主义产出,已风靡全欧,浪漫主义便消灭了。但是这新旧文艺的差别是如何呢? 也是不可不研究的。我将这两派作一个比较观,与诸君商榷。

1. 浪漫主义的理想,是求华美高贵。自然派只知暴露实像,凡是称为伟丽奇特的,都要将他解剖出来,表示真实。看去美的,必定求他的丑处。因为浪漫主义只是追求幻梦的影子,忘却实现。近代科学发展,知识也有了,人人见了这惨淡的世相,受了种种的压迫,就不能不去求一个真实的解决。Gustave Flaubert 有一篇小说,名 *Madame Bovary*,其中第五章描写那位女主人 Emma 说:"若不结婚,她还相信有恋爱。但是有恋爱也没有得幸福,她想她所思的总不错。她从前在书里知道什么爱情、幸福等话,但是究竟这些于人生有点什么呢? 她发现了这点。"这些话可以代表自然主义精神的一部分。

2. 自然派尽力描写实现,凡是由普通(Generalisation)所得的抽象观念,同遗传的成见(Prejudice)都不注意。以脑作一面镜子,去照种种世相,将映在镜子上的,重述(Reproduce)下来,不用一点巧技,不添粉饰,不代铺张。浪漫派以极热的感情,作自我的基础。自然派主张冷观的感觉同直接经验,纯系受着自然科学精神的影响。1830 年,浪漫派极盛过后,主情的倾向渐渐冷了,变为主智的倾向。经验同感情并重,便是自然主义的特色。

3. 浪漫主义的态度是主观的,自然派是客观的。前者以作者为主、事相为客。自然派作者不居主观,仅用冷静态度,观察世相,立于被动地位。换言之,浪漫派的作者,可以任意将放在脑中的事物随便加减,或粉饰铺张,所以有变化。自然派不是这样。作者先将身分放下,用客观态度描写人生。找莫泊三来做代表,他的著作就是这样。托尔斯泰批评莫泊三说:"有一位画家,拿所画的一队小孩子画给我看。画得真好,很是惊目。但是他的画题有没有什么意思呢?所以我问他说:'你画这个做什么呢?你爱这个样儿吗?'他说:'我喜欢这样。好与不好我也不知道,并且也没有知道的必要。但是这画很朴直。'我又问:'当然你对于这画,很表同情哪!'他答道:'说表同情也可以。'既后我又问他一些话,我见他的脸上有难色,微微地笑了一笑,不答我的话了。我隔了一会才想到,画家他不表出爱或恶的念头,只去尽力描写罢了。现在我批评莫泊三,也同这画家一样。"照这样看起来,自然派的著作是不加粉饰,由于直接经验描写事物哪。

4. 浪漫派主张艺术是至上的,他们说艺术可以独立存在、超然高举的,同别种问题没有什么关系。所以 Tennyson 有 *The Palace of Art* 的歌,并且说"艺术为艺术"(Art for avt's sake)。到了时势变更、物质文明、生存竞争一天盛一天,人不能离开实现生活去优游,感了实现生活压迫的痛苦,人生当面的一切问题往来于脑中。所以文艺自然而然的,与生存问题生了密切关系。同社会、宗教、道德亦然,人生与艺术接近了,于是"艺术为艺术"这句话变成了"艺术为人生"(Art for

life's sake）了。人类生活既然麻烦，艺术便不能独立存在。越是同实现生活有交涉的文艺，越有价值。在现代文艺界上，不能占一席地的，必定是没有同实现生活有关，所以自然派是真面目。详细说，以前浪漫派是诱人往幻梦之乡，使人忘却自我、忘了现世的痛苦。自然派不能忘精神上、肉体上的痛苦，描写污秽，拿实现的事物来吟味，使人看去，知道反省（Reflect）。

5. 自然主义的文艺，可用社会剧、思想剧、问题剧（Problem plays）、问题小说来作代表。人类脑里来往不绝的社会问题、结婚问题、伦理宗教问题，多用作小说剧曲的中心思想，发表他们的社会观、人生观。这种思想滥觞于北欧挪威的易卜生（Ibsen）。他的著作，大概不外四个问题。

第一，宗教问题。用《白兰德》（*Brand*）一剧代表。

第二，老年同少年，以及新旧思潮的冲突。用《少年会》（*The League of Youth*）一剧代表。

第三，社会中阶级问题、生存竞争及贫富悬隔问题。用《社会栋梁》（*The Pillars of Society*）一剧代表。

第四，两性问题同妇人解放问题。用恋爱喜剧 *Lov's Comedy* 同《傀儡家》（*A Doll's House*）〔或名《娜拉》（*Nora*）〕诸剧代表。

易卜生外，还有 Bjornstjerne Bjornson 的著作，如《神道》（*In Gods Way*）一篇。其中以一女子为中心人物，破坏因袭的宗教道德，除去信仰与成法。她说人生的真意义，就是注重我个人的自由生活，发展个性。还有一篇《人力之上》（*Beyond Human Power*），也曰消去宗教的信仰。俄国的 Dostoevsky 同 Ivan turgenev,与托尔斯泰等人于社会、伦理、政治诸问题,用小说的形式描出当时下流社会的惨象。托氏的《黑暗之权力》(The Power of Darkness)一篇,同 Gorky 的 The Lower Depth,也是讽刺封建制度同贵族官僚的跋扈。又有 Gogol 的《检察官》(The Inspector),等等,都很有名。法国 Paul Heroien 的问题剧,描写由于法律不完全产出的罪恶,弱者受压迫的情况及那性问题。又德人 Hauptmann 的《织工》(Die weber)等作,有力于社会不浅。这种潮流度到英国,便起了爱尔兰派文学。萧伯纳对于法律的观念,他说"最上的法律,就是没有法律(The golden rule is that there is no golden rule)"一语。Yeats 的《虚无聊》(When there is Nothing)一剧,也是极端破坏宗教信仰。Paul R. utledge 倡虚无思想,他说"无物的地方才有神(Where there is nothing there is God)",诸如此类,都是自然主义的中心思想,直接、间接影响社会很大。文艺便与实力互相结合,这是浪漫主义所办不到的呵!

6. 自然派文艺多是散文体,抒情诗极少,尤以小说为主要分子。描写实现与科学相乘的"文艺×科学＝小说"。现在欧洲的文学,小说家最占优势。浪漫派注重诗歌同妄诞戏曲,小说不过居于食客的地位。到了司咯德(Scott)及嚣俄(Hugo)的著作出现,浪漫派小说方略有可观。一至入了自然主义时期,小说这种文艺便继长增高了,其原因总不外时势的变换。当时凡事趋于平凡(Prosaic),所以文艺中也以散文(Prose)为主,浪漫派的抒情诗(Lyric)便自然衰颓了。不仅散文剧(Prose Drama)和抒情剧(Lyric Drama)崛起,还有社会剧(So-

cial Drama)更甚。当时只有法国的 Rosinud、Cyrans de Bererac、L. aigeon 等,同奥国的 Hofmous 仍旧用律诗作戏剧,不去浪漫的遗风,但是很是少数了。

7. 浪漫派喜描写惊心骇目的稀有事物;自然派仅写些日常生活的,无论何人,见了便懂。为什么呢?就是肯描写浅淡、接近人生的世相的原故。因为现在什么王公贵族哪,英雄天才种种人物已经不奇特了,是平民的世界,不是用一人的力量来支配世界的人人,是集众人指挥一切 Democratic 空气,充满了空间。凡事总不出"平常"二字,所以文艺的趋势,如浪漫派的风格也很难保。自然派描出人生的真实生活,使读者、看者见了,觉得与自己有亲切的感觉。著作中的事物,同自己的身子距离很近。何以呢?因为他们将人生相关的实相写出,使人玩味,知道所看的不单是他人的事情,难信我个人不是这样,明白人生的真趣。

8. 现在的人,每每自己个性减掉,在表面上用假义诳人,真是自欺欺人哪!所以自然派的英国某作家,有《自我者》(*Egoist*)一篇小说,解剖人类的 Egoism 的根性,是最好的小说。此外,有些著作家写出自己或邻近人的事实,使人知道人生生活的真趣,将一切世相放在直接经验的面前,以严密的科学方法观察它,消去神秘,由唯物论去考究。因为人所称为天才、为英雄的与常人也没什么分别。美的东西,由实际上考求起来,恐怕丑处不少,浪漫派却大相悬隔。他们所述的,不出美情;称道的,不外豪杰美女。但是不值自然派一察,破绽很多的。

9. 自然派描写个性（Individuality）。在科学未发达的时候，人人脑里为观察力薄弱，不如近时的锐敏精致。当时的文艺，也能描写出个性。仅仅由普遍中去抽象，以综合共通的性质同意思表现（Ideal representation）为满足，以抽象的意思为根基，这是浪漫派的著作。到了自然派，他们的思想在描写个性述明一个体与他种的区别，例如一群羊，外人看去，总觉得是一体，到了天天与羊接近的牧人见着，便能一一区分出。自然派有这种性质，不注重概念的描写，用细致的工夫，将羊的毛色、性情与他种有别的地方描出。从前司咯德（Scott）著小说，他描写美人、勇士，大概一个彷彿一个。男女的恋爱也弄成一定的模型，与描写个性恰相反。总之，自然派主经验，浪漫派主幻想。前者描出具象的特殊个体，后者专写抽象的普遍类型罢了。

10. 浪漫派尤善于铺张。自然派如托尔斯泰（Tolstoy）的《战争与和平》（War and Peace），他写当时战事，并不专述拿破仑的勇武。他却从战地的琐事及人民的惨相着笔，使人读了，感想不尽。本来小说这种东西，并非娱乐（Amusing），是有兴趣（Interest）的。我们将潜伏人世的一切可怖的事物描写出来，使人知道平常生活的滋味，去慢慢地咀嚼，才能得其真趣。浪漫派的文艺，可笑的呢，是作者预先笑着，诱看者笑；或者先哭着，使看者哭。自然派的精神或是可歌可泣，全系观者，不过他们照直写出，放在看者的眼前，作者取冷静的态度罢了。

11. 浪漫派引用惊心骇目的事物，或究过去的陈迹，思量人生惯于怎样（Life as it is used to be），或是人生未来是怎样（Life as it is go-

ing to be），或是人生应该怎样（Life as it ought to be）。自然派是描写人生实现是怎样（Life as it is）。我想人的一生，譬如川中的流水，我们切断全流的一段来考究他，不必穷原竟委。自然著作，大多如是。浪漫派的戏曲小说，都是块然成章，分什么脉络哪，首尾一贯哪。要是悲剧呢，结果必定是团圆、Catastrophe，一些不变。读自然派的文艺，可以见他们是将人类的生活、社会的现象的一节（Section）描写他，使人寻味。换言之，浪漫派多架空，不切于人生，不过是供人类的娱乐。Amusing忘记了自我，结果使人生与文艺没有什么关系。自然派最注重的一点，就是使文艺与人生有关系，使人看了生疑。越疑越想解决他，疑越深思想必深。放在脑里，不至骤然舍去。看了之后，总有残影留着，这才算是有兴趣（Interest）哪！

12. 大凡人看一张相片，便各有各的见地。浪漫派的先生，不见美像则已，看了宜即称道窈窕妖艳，并不考究丑处，也不愿意似的。到自然派的先生来了，他想了一会，他说这是某人，他的面孔原来有瘢点，像的美丽并不是本来面目。照这样看起来，自然派遇了美的，非寻他的丑处不可。有人说，何必如此呢？他们答说："我们是描写个性、真实现象及兽性，将这些暴露出，譬如金刚石，不过是炭素的化合物。我们用科学的方法分析他，我们不妄加意思、妄施巧技，不以奇特动人。所以写丑的著作是不能免的，这是我们的目的同职分。"又引用斯拉夫人的古谚说："足下的脸丑，不要责备镜子。（We must not blame the mirror if the face looks ugly.）"他们明白社会观、人生观不加装饰，凭着经验去描写，归文艺作家。从荷马（Homer）以下，记述英雄美人的丽词艳句，真是满坑满谷。一折悲剧或别样剧的主人，不是勇士，便是王侯，总以特出为妙，不轻易描写一个平常人，以为非此不足以引起看者的娱乐。新文艺（自然派）的著作家，如俄国托尔斯泰、挪威易卜生、德人哈卜特曼，他们都肯写井市的琐屑，较之浪漫派的抒情诗，实际有益社会、人心多了。

［注］Romanticism一字很难译，此地是译音。或者将"浪漫"二字，解为妄诞的意思也无不可，日本人也是这样译。

参考书

日人厨川白村《近代文学十讲》

Hamilton：*Materials and Method of Ficnction*，Shaw and Baoiset：*Outlines of Literature*.

Arnold and Pater：*Function of Criticism and an Essay on Style*.

原载（北京）《晨报·副刊》，1919年7月30日、1919年7月31日、1919年8月1日、1919年8月2日、1919年8月3日。署名：谢麓逸

长期流刑

(The Long Exile)

托尔斯泰 著

乌那底米镇有一个年幼商人,名叫阿克西拿夫(Aksyonof)。他有一所住宅和二家商店。容貌很雄伟,金色的发,成圈儿地卷在头上,高兴的时候,便引吭高歌。前几年他爱喝酒,喝醉了容易暴怒。到了结婚以后,这种习气便除去了。

一年夏天,他到里其市去做买卖,正向着家中的人告别。他的妻子唤着他的名字说道:"伊凡底米持里,请你改日去吧,因为我做了一场噩梦呢。"阿克西拿夫听着笑说:"你怕我到市镇上去喝醉酒吗?"他的妻子答道:"我也不知道怕什么,但是我梦见你一次由市镇上归来的时候,头发全白了。"阿克西拿夫听了,只是好笑,他说:"真迷信呵!我到市上卖完了货物,可以多买点东西给你哪!"讲完,喊声"再会",便扬长去了。

他行在半路,天色渐渐晚了,遇着一个素识的商人,便宿在一家旅店里。喝完茶,便各自往屋里去歇息了。屋子是接着的。阿克西拿夫素来不爱朝寝,第二天早晨,天还没有亮,他已经下床,点着烛去喊马夫预备,又绕到后面主人的屋里付清店账,才上马走了。差不多行了二十五里,便歇下拿料喂马。他坐在一家旅馆廊下休息,取出他的革达(Guitar,西乐名,状如琵琶,有六弦),弹了一会,忽然听着马车的铃声铛铛地响,一辆三头式的马车已经停着。车上下来了两个军人,走到阿克西拿夫的面前,问他是谁,从哪里来的。他详细回答了,又说道:"你是邀我喝茶吗?"那个兵也不答他,接着问道:"你昨夜宿在哪里?是一个人呢还是有同伴?你瞧着旁的商人没有?为什么这样早便走了?"阿克西拿夫听了这番话很诧异,便完全答覆了,又说:"你们问这样详细,难道说我是贼吗?"那人说:"我是本地的警官,因昨夜和你同宿的商人被人用刀子切了喉管,我们现在要搜查你的行囊。"说完,喊随来的兵拿他的行李进屋里去搜。一会,警官从阿克西拿夫的袋里找出一把刀子来了,问他说:"这是你的吗?"阿克西拿夫见刀子上染着血迹,吓得发抖,颤声说:"怎么这刀子上面有血呢?"话也吓得说不出来,只说:"我——我不知——不是我的。"警官说:"今晨商人被人杀在床上了,除了你没有别人,并且在你的袋里,寻着这染血的刀子。你的脸色和状态,都足以证明你。到底你为什么杀他?盗了许多钱呢?"

阿克西拿夫发誓说他没有这样的事情,自从和商人喝茶之后,就没有见面。自己所带的钱,也只有八千卢布,那把刀子不是他的。说话时,声音和破的一样,脸色变白了——恐怕认他是凶手。

警官喊人把他捆起来,放在车子里。可怜他只有哭,眼泪和珠子离索般地掉下来,钱同物件也被取去了。送他到市上的狱里,一面调查他在乌那底米镇的情形,平常和他一块喝酒的商人都证明说他是好人,但是经过裁判后,便定了杀人、夺钱二万卢布的罪。

马卡听了惊异不止,只是叫着奇怪。怎样会到这里来遇着?便跪着问阿克西拿夫说:"老人!你老成这样了!"阿克西拿夫听了,心中有点明白,向马卡说:"那商人的事你知道吗?"马卡笑说:"刀子放在谁的袋里便是谁杀的,袋子放在你的枕下,若是别人做的,不惊醒了你吗?"阿克西拿夫看这情形,便猜着一定是马卡做的,当下也不说什么,走开了。夜间他总睡不成,反复想着他的妻子和孩儿,想着那在妻子胸间笑着的婴儿,回忆被捕时的情形、受笞刑的痛苦、狱官的淫威和这监里的生活,眼睛一刻也没有闭,觉着马卡很像杀人的凶犯,想要复仇,第二天他便不去接近马卡了。夜间他常常不成睡,一夜他起来走了一会,看见一间罪人睡的寝棚上落了泥土下来,注意看时,却是马卡正在掘墙,将泥土装在一只靴桶里,光景是要逃走。他见了阿克西拿夫,吃了一惊,吞吞吐吐地说道:"老人!你同我一块逃走好吗?不然,你若果坏我的事,我便要你先死。"阿克西拿夫听了发怒说:"你早就弄死我了!今夜的事,我告诉人与否总由我。"又连声叹道:"唉!运命呵!"

第二天,罪人去做工的时候,便受了狱官的检查,问谁昨夜掘了墙,众人都说不知。最后到阿克西拿夫,狱官平素很信任他的,便问他说:"你是个诚实的人,告诉我谁掘了墙?"

旁边吓得马卡差不多倒去,瞧着狱官和阿克西拿夫。阿克西拿夫心中想着,马卡是我的仇人,我说了便报了警。转念又想,万一马卡没有做杀人的事,我说了出来,岂不多杀了一人?便向着狱官说:"我不能说,上帝的意思也不要我说,你怎样处分都可以。"狱官再三地问,没有结果,这件事也就算罢了。

那天晚上,阿克西拿夫靠在床上打盹,忽然有个人坐在他的床边,黑暗中他认识是马卡。他问说:"马卡!你还要我做点什么呢?你来干什么?"马卡只是踌躇不说。他又命他快快离开,马卡才向着他的耳边说:"伊凡底米持里!请你恕我,那个商人是我杀的,取了他的钱。后来我又想杀你,因为听着外面有声响,我才放刀子在袋里,由窗子逃出去了。"阿克西拿夫默然,不晓得说什么。马卡又跪在他的床下说:"伊凡!求你恕我!看上帝恕了我吧。我要自首,恢复你的自由。"阿克西拿夫叹了口气说:"你说得真容易。这二十六年的长期流刑,算替你了。可怜我的妻子死了,孩子也忘了我。我往哪里去呢?"马卡只是拿头去叩床说道:"伊凡!求你恕我吧!我现在知道你受尽笞刑也愿意,请你看上帝恕我。"说完哭起来。

阿克西拿夫也随着哭了,说道:"上帝恕你,或者是我的罪恶比你重,也未可知。"他说到这点,心中觉着光明,也不甚念家,也不想出狱,倒很闲然的。

次日马卡便自首了,但是释放阿克西拿夫的命令来时,可怜他已经长眠了。

原载(北京)《晨报·副刊》,1919年10月19日,1919年10月20日,1919年10月21日。署名:谢麓逸 译

归　来

[俄国] L. Andreyev　著

……水炉四面尽被水蒸气围着,和汽机一样,不住地往上蒸发。水蒸气既多,灯上的玻璃也全都弄黑了。那几个杯子,依然和昔时一样,内白外蓝,颜色不减从前。这是我们结婚时,我的妻子的姊姊送给我们的一件礼物,她是一个极可亲的妇人。

我拿着一只有光的银匙,挖糖放入杯里,抬头问我的妻子说:"这几个杯子依然全在吗? 一只也没有打破吗?"妻子正在开了水桶,看那水流出来,很凄切地答应说:"已经打破一只了!"

我的兄弟在旁问说:"你忽然问起这个是为什么呢?"我说:"并没有什么意思。你快推我到书房里去,为了我这个英雄,可也不能不用烦你一下了。我从前在军中的时候,你正好偷闲快活,现在你的懒性可不行了,我可要命令你一下了!"于是我又唱起歌来:"朋友们!快些勇猛赴前敌吧!"家里的人晓得我是说笑话,只是笑着。只有我的妻子低了头,手中执着一块绣花的手巾,在那里擦那些杯子。我进了书室,第一样便看见那墙上糊的浅蓝儿纸,绿色罩的灯,一只水瓶放在桌上,瓶上已经布了灰尘。我笑着说道:"给我把瓶里的水倒些出来。"我的弟弟说道:"你刚才不是才喝了茶吗?""不用管!总之给我倒点水出来!"又向我妻子说道:"请你将孩子带到隔室里去。"于是我喝着水,觉得十分有味,这时我的妻子和孩子正在隔室,我不能见着他们。

我说道:"现在可以带他到这里来了!怎样他还不去安睡呢?"这时孩子哭起来了,将身藏在他妈妈的后面。

我问说:"为什么他要哭呢?你们也为什么白了脸,站在我的旁边一言不发,像影子一般地立着呢?"

我的弟弟笑着道:"我们说着话呢!"我的姊姊也说:"我们正在不住地说话呢!"

我的母亲说:"我要整理夜饭去了。"于是她匆匆出去。

我很不快活地向家人说道:"我并不尝听着你们说一句话,只是闭着口,谈话说笑都只是我一个人,你们也不正眼瞧我一瞧,好像不愿意似的,难道我变了吗?和从前不一样吗?不错,我改变了!这里一面镜子也没有,大约是你们藏起来了。"

我的妻子答应说:"我立刻去拿。"哪知去了许久仍不见拿来,结局是女仆替我拿了来。我用镜一照,觉得和出发到车站时差不多,不过略略老了一点。我想他们以为我照了之后,必定要高声说怪。我却沉静地问他们说:"到底我和以前不同的地方是怎样呢?"他们听了这话,便大笑一阵,妹妹也急忙跑出,只有弟弟忍着笑说道:"没有什么改变,不过头上秃了一点。"

我淡然说:"这颗头没有粉碎已是万幸,还管得秃不秃吗?现在推我到各间屋里去瞧瞧,这张推椅真适意,不知道花了多少钱呢,但是若果能多花些钱,把两条腿买得来,岂不更有趣吗?唉!那是我的脚踏车!"

脚踏车挂在壁上,橡皮轮里,许久没有打气进去,所以扁了一些。有一小块泥土依然粘在轮上,这还是我离家之前坐过了一次。

我的兄弟一声不发,也不推我的椅子,我想他一定追想我的秃发。我便向他说道:"我们营里,只有四个军官生还,我就是四个中的一个,我也算运幸了。"兄弟说:"不错,阿兄真幸运,这时全镇的人都在哭号不休,只有我们家中依然有说有笑,只是——你的两条腿……"

我急忙说道:"我又不去送信、当邮差……"

我的兄弟急忙停着话头,问道:"你的头为什么摇动呢?"我说:"这不妨事,医生说不久就会好的。"兄弟又说:"你的手也是不住地颤动呢!"我支吾说道:"是的,手也觉得不自然,但不久也会好。此刻再请你推我一下,我不喜在此地久坐。"

我见着我的床已经铺好了,不觉一阵的快乐。那一张精美的床,还是四年前结婚时买的。这时他们铺上一条清洁的被单,整理好了,拍拍枕头,翻过毯子。我见这许多目前可乐之事,我的眼中却包着了一腔眼泪。

我对妻子说道:"请你给我脱了衣服,抱我到床上去吧。"

妻子说道:"就是这样吗?吾爱!请你等一下。"

"快点!"

"吾爱!等一分钟!"

"为什么呢?你在做什么呢?"

"吾爱!再等一下。"

我的妻子立在我的后面,傍着妆台,我却不能自由回过头去瞧她。忽然听着她哭了一声——这种声音仅仅在战场上听着过。

"这又为什么来呢?"

她跑到我的身旁,把她的手臂抱住了我,跪了下来,将头接近了我的断腿地方。她见了现出可怖的颜色,一会她又接近过来,用口亲了这伤处几下。

她哭起来了,说道:"你怎样变到这个地步呢?你的年龄仅仅三十岁,年纪既轻,丰姿亦美,这是为的什么?他们这些残暴的人,夺去了这两条紧要的东西!你!我的温和的、可怜的吾爱呵……"

他们听见了哭声,母亲、姊姊、看护妇都跑进来了。他们见了这种情景,都伏在我的足旁哭了。我的兄弟站在门边,脸上也灰白了,现出可惨的颜色,牙齿也颤动不已,也发声大哭起来,说道:"我也要和你们一同发狂哪!"

我的母亲也无力再哭了,扶着我的椅子,只是用头去击椅背,回头只有那张精致的床——四年前所买的。毯子和枕头都已经[被]妻子整理得极好。

这篇是俄国名家安得列夫(L. Andreyev)的名著 *Red laugh*

中残简第八（Fragment 8），原书系 A. Linden 译成英文，我由英文本中摘译。

　　安氏原书的价值早已有人介绍过了，我译完此节，不禁发了许多感想。本来令人深刻憎恶的便是战争，何况经安得列夫的那一枝笔写出的呢？……

　　是篇结构（Plot）精密，虽系摘译，俨然成一短篇。唐诗说的"可怜无定河边骨，犹是深闺梦里人"与此篇同一趣味。

　　　　　　　　　　10［月］25［日］，东京潜园

原载（北京）《晨报·副刊》，1920 年 11 月 6 日。署名：古筑谢六逸　译

平民教育谈

我们人人的四肢百骸全是一样的。并不是高贵的人他的身体发达完全些,寻常的人他的身体发达不完全些。由是我们知道,天赋人人的权力是一律平等的,决不是高贵人的权力他原来就比寻常的人大些。所以我们人人有独立的人格,人人有神圣的自由,决不许他人随便蹂躏我们,随便压制我们。古代的时候,人民不明白这个道理,以为高贵的人乃是上天待他优厚,他生来的权力就比常人大些,应当享受特殊的利益。凡为小民的,权力本来是小些,应当服从权力大的管辖,不应当有一点儿反抗。于是暴主巨奸乘机愚弄人民,以天下为一己的私产,以人民为自己的奴仆,而人民均安然受之,还视为当然的事,想来真是好苦啊!

现在不是那帝权的时代了,是人权的时代了,人人都明白各人所有的权力是一样的,各人的思想是自由的,各人的人格是平等的。不能甘奉一人为无价值的牺牲,再受那专制的荼毒了。这种潮流传播极快,真是有一日千里之势哪,我们中华共和的国体,正与这个潮流适合，犹同一个迷途的人无意中走上正路来了，也算徼幸得很哪。

共和国的真精神，就是在人人都有独立的人格，人人都有平等的思想，若是人民无有独立的人格与平等的思想，那么国家虽然说是共和，也不过算挂一个共和的招牌罢了。教国民人人都有独立人格与平等思想的教育，就叫作平民教育。平民教育，是平等主义的教育，不是阶级主义教育，是造就一般公民的教育，不是造就少数贵族或有特殊势力人的教育。

平民教育第一个宗旨，是要人全都有独立的人格，所以其教育的方法首在发展儿童的本能，尊重儿童的个性。此等方法是启发的，不是注入的；是自由的，不是被动的；是令儿童思想自由的，不是令儿童专重记忆的；是训练儿童活泼的独立的，不是训练儿童拘束的奴隶的。

平民教育第二个宗旨，是要人民都有平等的思想。故其教育的方法又注重共同作业。共同作业的原理，是在一个团体里头，各个分子都要同时工作。工作的效果要各个分子都同时亨着利益，不许几个分子不去作工，竟甘享利益；也不许几个分子总去作工，竟享不着一点利益。这就是平等主义的原则，也就是平等思想的发端。

平民教育，实在是共和国家的基础，愿同国民快快觉悟，从速向平民主义方面进行，好造成一个真正的共和国家。大家同享共和的幸福，不要竟有共和的虚名而无共和的实在了。

原载《神州日报》，1919年11月10日。署名：宏图

欧美各国的改造问题

一

欧洲战乱是打破德国的侵略的军国主义,保全德莫克拉西,欲确保世界平和的战争。各联合与国的主张莫不这样。这大战的开始,不用说是德国因为商工业的发达和人口的激增,不能不图发展所致的了。此外,俄国的武断政策是战乱的原因。法国对于德国之因袭的复仇观念,是诱致战争的。英国对于德国发展的嫉妒,又是这次大战的主因。有这种种的议论。但是度过了这四年半,无敌国与国的分别。欧洲的交战国国民,因为大战,已经知觉了这种深刻的战争的惨祸,不特如是,即从来的政治经济产业、社会组织所有的缺陷,都完全暴露出来了。那美国的参战,是以保全德莫克拉西,确保平和为目的,已无疑义。所以自美国参战以来,联合与国对于欧洲战乱的重要目的,就是实现德莫克拉西于世界、确立世界的和平,为一般的呼声。这德莫克拉西和世界改造,差不多是世界各国民的标语了。

今日战后的改造，各交战国民异口同音地呼着。但是说到改造，各国异趣，惟有改造的目的，不外是德莫克拉西的实现。所以欲达到的地方，他们的目标大概相同，不过各国情状既异，他的改造的手段和方法也各自不同。现在我先说英国的改造。

二

欧洲交战国中，唱战后改造最甚的要算英国。如，像英国的国家组织复杂的国家竟至没有，又英帝国的领土广袤，各种民族都网罗在里面。所以英国的改造，比其余国家的改造最是困难。若英国的改造是以德莫克拉西为基础组织而变革，那么与世界文化的影响是极伟大不过的。

论战后的改造可分为两方面。一是政治组织的改造，它是经济产业及社会组织的改造。英国的本土，以德莫克拉西为基础的政治组织已略略完备，但于经济产业及社会组织还没有成为民众化。因是他的政治组织虽然是以德谟克拉西为基础，终归于不能实现德莫克拉西。所以在欧洲战争中，英国国家组织的缺陷很深刻地暴露出来。战争中，其经济产业组织一变，遂陷于不能不计国家的统一的状态了。英国从来极度地发展资本主义的经济产业组织，由于曼且司特派经济学的感化，对于资本家是采取自由放任主义。所以富的分配很不公平，助成贫富的悬隔，资本家与劳动者之间有一种反目与敌视的状态存在。其结果，英国的政治组织，虽为民众化，但于国家缓急之际，要统一资本家与劳动者，调和他们，甚感困难。所以不能不讲机变之策，不能不容劳动者的要求，以他们为国家树立奋斗之途。况劳动者在战争中，为构成国家组织的重要分子，已能证明。无论在什么国家，属于劳动阶级的极是少数，所以他们虽有政治上及经济产业上的特权，但当国家缓急之际，不能不由最高度发挥国民能率的时候，他们终久不能制国家的死活。反之，劳动者为国民的大多数，当以国家的运命为孤注一掷的时候，实力上劳动者实为国家的中坚。试看欧洲战乱中，英国由劳动者以赌国家的运命，就是为此。战争中英国的中心势力也为劳动者，由于劳动者的一致团结，英国才能得最后的奋斗、最后的战捷，并非过言。但是劳动者在政治上虽有与资本家同等的发言权，然于经济产业上，彼等全为资本家所左右。但是为了战争，国家的运命已可证明为他们所左右了。所以在平时不可不主张他们为国家的中坚势力，他们既为大多数，为国家运命支配的东西，在平时也不可不承认他们有十分的实力，终究不能不说是为国家有利的。欧洲战乱中，不仅仅是英国，其余的各交战国于过去的政治经济产业及社会组织，不品评劳动者阶级——国民多数——的地位与实力，是各交战国最大的缺陷。战后改造呼声的必要，就是为此。

在英国唱战后改造的，以战争中国民多数——劳动阶级为主，他们造他们在战后于政治经济产业、社会组织等赢得地位。仅就英国的本土说，政治组织既以德莫克拉西为基础，故政治组织的改造，不算重大问题，因为已略为完成的原故。惟于经济产业及社会组织，从来受少数资本家与贵族的蹂躏，所以英国在战后的改造，第一是使经济产业组织成为劳资共同营业。在战争以前，英国的产业殆为民众经营,除英国外,反对官营及国营事业的国家实是没有。除邮便电信而外,其他交通机关及一切产业完全是资本家所经营。因为战争,一切交通机关、炭矿制铁、造船事业等,都是直接或间接属于政府经营管理。所以英国的经济产业组织上,可算是革命的变化。所谓政府管辖的一切有力的产业,在英国已是国民支配它,不是英国的政府官僚军阀了。英国的政府是英国民的政府。英国的人口约四千二百万,其中一千二百万有政治上的发言权。故英国的官营或国营事业和英国的政治,有人民支配同一的意味,国民对于这种官业与国营事业,都支配它。非特如此,英国在战后,凡经济产业由少数资本家使成为国民全体的了。因此对于生活必需品,必相当由政府自己试为设施,自然英国以产业为劳资共有,即使不能达产业改造,然于从来对于产业的自由放任主义已经放掷了,至少总了一点独占的性质的产业,已经取归国家经营的方针了。

在英国不用说已经是公认劳动组合的了,已认劳动者的同盟罢业的权利,定了劳动者的养老金制度,成立劳动保险的组织。又于就业中劳动者负伤赔偿也定之法律,制限劳动时间。又定一般最低劳动者的佣银。所以劳动者对于资本家的自卫之道,也相当整理了。重要的独占的事业既属于国家经营,其他的产业自然也是由劳资的合议制以经营之,故劳动者于经济产业,同资本家有均等的机会。

英国在社会组织上,贵族这种东西还存在。英国贵族在社会上从来占有优势,但是他们的家门不及其人的实力与经济上的地位。现在产业组织既然改造,故贵族经济上的地位也没有特别的优势了,元来英国人是尊重个人的国民,所以实力较门第较为尊重。

在英国,华族与平民在社会上并没有什么差别。试看英国有力的政治家,并不希望华族,就很明了的。在英国的贵族,绝对不见有穿着阶位服,在社交上示威势的。所以英国的华族在社交上没有什么特权,华族制度的存在,在英国社会组织上各人有均等的机会,绝不为祸。所以于社会问题的改造上,对于华族制度废止完全不成问题。英国的华族勋爵和有阶位者,不过为过去的功劳的象征,在现在的社会地位上、政治地位上,没有何等的意味,非如东方的帝国——日本,以勋位阶级而定社会上、政治上的地位,于社会的进运,实生弊害。在英国,位阶与勋赏不过以骨董视之,日本则有现实的价值。实为政治上、社会上实现德莫克拉西的障碍,英国则无妨。

英国的华族在政治上及社会上,称为有一种特权的,便是在他们的贵族院有议席的资格。就英国的贵族说起来,英吉利与司可德兰、爱尔兰的贵族,有一种差别。司、爱二地的贵族,由于互选,而有贵族院之议席。战后英国的贵族院虽仍存续,早晚英、爱、司三地的华族,必将撤废。但英国的贵族院,不过是众议院的补助机关,于现在没有政治上的特权,故于德莫克拉西的实现,没有何等的障碍。战后改造之或废止之也不可知,横竖早晚对于改造它、废止它的时机,总能到达吧。

英国的战后改造,最难的是教育制度的问题。英国高等教育非常之进步,然一般国民教育极不统一,现在也是这样。若欲真的实现德莫克拉西,纵使政治组织、经济组织、社会组织如何地民众化,对于教育没有给国民平等的机会是不可能的。这点是英国的大缺陷。

中流以上的英国人，有教育、有修养，由何方面说来，都是冠冕的绅士。然属于细民阶级的，为一般愚昧无知者。不特于脑力劣等，其丰采面貌亦全属于劣等。他们由18世纪产业革命前的生活，入于冷酷的机械工业劳动者之群，三四代均同此境遇，因为图生存的原故，所以体躯骨相竟至于堕落了。幸此等细民在英国为数甚少，劳动界中亦不多。英国因为要实现德莫克拉西，故于教育上不能不给与均等的机会。英国的教育机关不甚完备，于数年前，在大都市还替细民子弟设备教育机关，但在小都市及郡部，对于这种人民的子弟设施的教育机关甚不完备。就战后英国的改造问题而言，比完成国民教育机关更重大的事件可没有了，所以也是英国战后改造问题中最困难的。

以上所说的是以英国本国的改造问题为主的。英国的改造问题自然不仅本国，即领土与属土的改造问题亦关系重大。英帝国是合属领土、领土、本国三者，前面所述，已略略就本土的政治经济组织、社会组织说了一下。今更说其属领地。英国的属领地对于属领地的自治，差不多呈独立之观，属领地中其重要的要算加拿大、澳洲、纽西兰及南阿非等。这些属领地，对于领土内的政治绝对自由，不受本国的监督，只有军事外交问题权能归之本国。然欧洲战乱勃发后，如像军事费、出兵问题等，已不能不求援助于属领地。其结果则各领地量力组织军队，派遣到欧洲战场，他们既然能派遣军队到战地，在军事上对于本国政府的绝对服从，不特声明否拒。即就国际上的问题而言,主张要求将来的发言权。此种主张虽为不当,然此等属领土,向来屈从于英国,军事外交问题,不能置喙。到了大战,既然有属领地出兵的必要,所以英国政府对于这种属领地的要求,不能不承认它们。战争中属领地的代表者集于伦敦,讲和谈判也给属领地代表者以一定的发言权。澳洲的宿斯、南阿［非］的司墨斯等发纵横的言论。在理属领地的代表者,无列席于讲和谈判的理由,然而英国不能不承认属领地与本国同等,这是什么原故呢？大消说是欧洲大战他们出兵的结果了。

如此则属领地已有战争中有力的发言权,属领地安能放弃这种权利,所以英国战后必承认属领地与本国居同等的地位,那么英国岂不是变更成为一种联邦组织了吗？这便是英帝国在战后政治组织改造的第一步。假若英帝国将来要全统一,必以从来贵、众两院组织英国议会之外,为帝国统一建设帝国议会。这种帝国议会,以本国及属领地之选出代表者组织之。他们的重要权能,自然是审定决议英国外交军事的机关了,且于通商贸易、交通、通信机关,也有决定施设的权能。以前的英国议会,也不过如加拿大、澳洲、纽西兰等地的议会,专门审议决议本土的内政。以前英国的政府,是英帝国的政府。到大战以后,以前的那个英国政府,只限于本国了。将来必以英帝国会议——必可建设——为中心,由英帝国政府实现。

成立英国议会、设置英帝国政府,伴以一起的:就是行使英帝国司法权的一种高等法庭定要建设。此高等法院,宛如美洲合众国的高等法院,为判决英国联邦与联邦的关系,及一联邦住民与他联邦住民之间的权利义务的问题的机关。苟英国有这样的组织,那么名虽为帝国,其实成联邦了。所以英国战后的这种改造——实现英帝国联邦的这件事,或许是未来的要件吧。

英国本土与从来的属领地的关系,已略以上所述,解决的方法也说了一下。想来总是属领地的人民引领以望的,也是国民所预期的。英国关于领土的战后改造,便是英国改造问题的第二样。

英国的势力虽如何的伟大,将来他的领土,仍然永久受统治,恐不可能。英国领土中,当以印度及埃及为主,就中尤以印度为主。大战中英国派遣多数印度兵赴战地,为英国去奋斗。由他方面说,就是英国受印度人的援助,即英国认英国之一部——印度——之存在。照这样说起来,英国统治印度要如战争以前,恐为不可能。那印度兵在欧洲战场的活动,印度人已相当地认识印度兵为有力,印度人也不免受战争激荡的世界大势而受浸润。所以印度人民,必以英国在战前对于印度的统治方针为不满足而生疑义。莫罗哥也是同样的,战后的改造,英国对于他们的态度究竟是怎么样?印度与埃及已不能视若纯然领土而统治之,必扩张其自治,样样建设一种领地政府。英国对于印度与埃及的统治,当不外是。印度与埃[及]固然是即时没有要求英国承认为英国一联邦的资格,故除扩张自治权,受领地政府待遇外,别无良策。印度、埃及、澳洲、加拿大、纽西兰、南阿非等的民族,根本地相异。从来的属领地的民族,虽不纯粹地为英国人,但都为欧洲人的子孙,所以以他们组织一联邦大帝国,还不十分困难。不过印度与埃及人不仅与欧种族相异,古来文化亦异,与其扩张他们的自治权，为英国之一联邦，不若使为一个独立国。比较完全他们的存在，不过英国人除以印度、埃及为英帝国一联邦外，无别的希望。故战后不能不更扩张他们的自治权。而此等领土，必以英帝国政府及议会使统治。这是英国战后政治组织的改造。

其实英国的政治组织，照这样的改造为联邦组织，并不是非常困难的。不过伴此政治组织的英帝国内的经济产业的改造决不容易罢了。从来英国对于属地，虽充分地给以自治权，但以支配军事外交的缘故，到了某个程度，又间接地支配属地的通商贸易，维持本国的经济地位的优势。假若建设一联邦帝国政府，则仍如以前管理军事、外交、通商贸易、交通通信机关等，以本国利益为主，照这样去[改]造经济产业组织，实不可能。所以英国政治的改造，对于本国不算痛苦，由此而生的经济产业组织在本国就感非常的痛苦。由世界的大势，英国的政治组织不能不改变，本国国民亦不能反对，只是因此而本国经济的优越权必要丧失，实与国民以非常的打击。就英国的改造言之，英国民最苦虑的就是这个问题，英国从事改造，本国能维持以前的经济产业上的优越权与否？实在是英国的重大问题呵！

三

美国政治上的改造也正多，其政治组织尚不能为完全的、民主的，宪法也未臻完善。1779年制定以来，已经修正15次，仍未完美。又其政治组织，为实现德莫克拉西的累赘的就是上院。就这回的讲和条约及国际联盟的批准说，上院实为之累。美国因为补宪法之缺，数年前主张采用投票制度、李哥儿及伊里邪其勃制度，美国民亦知其宪法不备。

将来必图上院的改造，又美国宪法为德莫克拉西的实现而得健全的应用，则不能不造出行政机关与立法机关的密接关系。美国的大统领及国务大臣与立法机关，不是直接的脉络，然立法机关代表者由国民选举，行政机关首脑之大统领亦由国民选举，是这两样的脉络为由人民造成。然在美国，若无两大政党的存在，则不能够维持两者的关系。

美国政治组织的缺陷，虽由现在两大政党之存在以填补之，然经济产业组织更为复杂。若两大政党不能持续，则美国现在的宪法，不容易运用。威尔逊者破多年惯例，大总统亲出席议会，说明施政方针填补宪法上的几分缺陷。虽然是尚不足，将来美国必以上院的组织改造为中心，而图政治组织的改造。美国民的思想与气象既是德莫克拉西的 Democratic。政治改造虽是困难，绝不会发生革命的扰乱的。

美国战后改造之困难者，又为经济产业组织的改造。美国与英国同等，从来的经济产业政策，采用那沙费亚政策，遂作成制裁独占事业与托辣斯的法律，禁止独占事业合同的法律，承认劳动组合与同盟罢工，但美国的劳动者与资本家之间，甚为悬隔。在美国，资本家的势力尤为伟大，而劳动者之势力又决不可侮。威氏在战争中以为最苦虑的，便是劳动者。故与劳动组合首领孔巴司之间，有十分的理解。在讲和谈判，威氏多征孔巴司之意，容其主张，插入劳动者于国际联盟规约中,加入劳动规约于国际联盟的规约中,就是威尔逊氏战争中与孔巴司氏理解的结果。且在华盛顿的国际劳动会议,由战争中威氏孔巴司氏计画之。因为大战,美国的劳动者发挥伟大的势力,且非常地使其地位向上。然战后已无复旧战前的希望,不能与资本家对峙。世界的劳动者不团结以对资本,则现在的资本主义的产业组织不能根本地改造,这是孔巴司氏多年的主张。现在的资本是世界共通的,只消以小切手一枚即随处可以扶植其势力。实际上资本家并无国境,所以在现在的资本主义产业组织之下,劳动者与资本家欲能对峙,则非使各国劳动者定同一的劳动条件,互相提携,上以当资本家不可。这就是国际联盟中,加入劳动规约的理由。

在华盛顿的国际劳动会议,美国劳动者不特定国际间劳动条件,又确保美国内劳动者的地位。美国充满天然的富源,国土广大,以合起国的面积说,大过日本二十八倍。人口约一亿,商工业的繁盛不用说了。故美国的劳动者,纵然是比各国的劳动者的地位如何的高、如何的强,他们终不满足。而劳动者所恐怖的,与其说是国内资本家的压迫呢,不如说是恐怖由海外移住而往的低级劳动者。1900年到1914年,世界各国移住美国的劳动者,年达一百万以上。欧洲战乱杜绝移民,美国内的劳动者才能伸张。所以美国的劳动者改造国内的产业组织,以劳动者产业上之实权与资本家对抗,极为努力。又因为限制海外去的移民,更讨究种种方法。但是并非美国持排斥移民政策,也不是嫌恶外人故排斥之,实为美国内欲使劳动者的地位向上,不得不出此。在国际劳动会议,美国劳动者制定世界共通条件,其目的亦同此。假若有一天在世界或在美国,有同一的劳动条件与劳动赁银实现,则美国必不排斥移民,向美国去的移民居多数也不要紧。以美国的劳动条件与政策条件,都比较他国优越,所以多数的外国的劳动者都争往。到世界共通的劳动条件出来了,那么各国的劳动者就没有集聚美国的必要了。

在美国,从来官营及国营的事件多不存在。但因为大战,重要的交通、通信机关,战争中都归政府管理。又由食粮品到其他的生活必需品,都得政府支配,食粮品及其他生活必需品的配给由政府管辖。在数年前,即极端社会主义者实行尚不可能,然因大战,在美国则已实行。结果以此等商品委之专利私欲的资本家经营,不如托诸政府的好,于国民全体为有利,可为证明,这是战争中非常的时候。到了战后,这种事实永久地在欧美产业组织改造上,必止其迹。依战争中所得的经验,战后美国的经济产业组织不能不改造一下。

美国的社会组织,无阶级之别,完全为四民平等社会的组织。但以人种上的相异,过去社会上的关系,实际待遇上不无差别的,便是黑种人。美国人口一亿,其十分之一——一千万是黑人种。在南北战争以前,便是奴隶的子孙。南北战争后解放了,但是这种人还不能说到社会上的地位,人智的程度和经济上的实力,自是比白人逊色。所以在今日社会上的待遇,不免有所差别,但是以美国的精神同欧洲战争的结果,黑人醒觉,对于社会上差别的待遇不能隐忍了。最近支加哥及其他地方白人与黑人的冲突,不外黑人对于以往待遇的不平等所致,所以黑种人在美国的社会问题中,也是难解决的。平均美人十人有黑人一人,不能与美市民同化,然欲社会的坚实,则不可不使之同化,这便困难。

为实现德莫克拉西的基础之教育制度,在美国最是发达。义务教育八年,其上又有高等学校四年,皆以官费支办。在美国无论何人,由小学八年,到高等学校四年,不需学金一文,由官费而受教育,笔墨纸张,也由学校贷与或发给。然非由国库支出,又由各州费用支办。所在美国的人民,受这十二年的教育,很是自在,不需如何的费用。又各州立的大学,学薪不以月收,经费极微。所以劳动者的子弟要想受大学教育,也不困难。凡教育皆给人民以均等的机会,除了美国怕没有别国了。美国的发达进步也是受了这种教育制度之赐。其政治组织虽不甚完全,但确为实现德莫克拉西的,也由这种教育制度以起。其实在美国为无智的,能为祸美国社会的,便是外国移民。然受了美国教育制度的,也不难成为美国化。战后改造限制移民,则美国教育制度更臻完美。比较政治经济产业,社会组织改造容易些。

四

这回战乱,法国直是"大战之巷"。德国开战的目的,在破坏法国,所以德国举全力以图之。受战争的惨祸,法国是最甚的了。因之损害的人畜、消耗的军费,在交战国中要数第一。三分之一的土地,差不多是用鲜血洗过的。而德国的侵略的军国主义的目标,又是法兰西,所以法国国民所感受的痛苦,也是他国所无的。一方面想赶急改造的心,都比他国强些。

法国国民曾经受过薄尔奔王朝的专制政治——君主独裁政治的暴虐，所以他们的经验最富。结果于18世纪之末到19世纪，那支配欧洲政界的自由平等主义、天赋人权论等，遂产生于法。路易十四专制，自由平等的呼声更高，以至于打破君主政体，建立共和政体。现在法国的政体，不是应德谟克拉西（Democracy）而实现的吗？我们由政治上看，法国的政治组织比美国优美。仅就战前说，法国政治上已实现德谟克拉西了。不过曾经永久地伏处君主政体之下，其经济产业及社会组织还没有充分地实现出德谟克拉西来。在十几年以前，克里曼索就是在政界中大叫经济产业及社会组织改造的政客，提倡过社会主义的。

就法国的政治组织说，还不赶急地需要革命的改造。法国无论男女，绝对地实行普通选举，选举法改小选举区为大选举区，采用比例投票制度，则政体不至激变，以国民的意志能彻底地完成政治组织。稍有缺陷的便是司法制度，因为法国的司法机关之组织，类似日本——日本是模仿法国的，虽然不能说是专制，但是司法官的任命与司法机关的运用上，要现出德谟克拉西来还早呢！早晚必要改造，无可疑的。

经济产业组织，在法国还是资本主义的组织，因为战争，一切产业均归国家管辖。战后有些部分虽然移于民手，但由保持富的分配的公平上说、由整理多额军事费的根据上说，必要根本的改造、重要的产业必直接地归之国家经营，或基于劳资的合议制以经营之。

由大体上看，法国的社会组织，近于四民平等制。但是因袭上的薄尔奔家时代的阶级制度，名义上还在。社会中的一部，不免有在那里作希望以阶级制度为基础而实现君主政治的梦的人。这种人虽然为数不多，却能祸及自由平等。到了此次大战，这些少数的顽固保守派，虽不患其不觉悟，不患他们不消灭迷梦，但不把这些存于社会的阶级制之讴歌者绝掉，法国的社会组织还不能生名实上的 Democratic 呵！

法国战后复旧与改造问题，最困难的是教育制度改造与人口上的问题。都市教育机关及制度的完备，英法相彷佛。但是寒村僻地的教育机关，比美国差得多。因为实现德谟克拉西的基础，便是教育。若果对于国民上的教育，没有均等的机会，纵有如何完全的政治、经济、社会组织等，终不能实现德谟克拉西。德谟克拉西是由使人聪明的方针，配当适材于适合的场所，各人以最高能率发挥天赋的才能。所以实现德谟克拉西最紧要的，便是教育机关之完备与优良国民的素质。故法兰西的教育，战后必大改革，要使凡是国民在教育上都有均等的机会。教育机关完备并非难事，惟有国民的素质的问题不是一朝一夕所能企及的。法国自拿破仑用兵以来，壮丁已丧失不少，因之人口受非常的打击。有人说法国的人口不增加与国民的素质不改善，则风纪必乱。此话是不差的。研究法国人口问题的乔尔旦，也论及法国的优良血族，为了拿破仑战争，都消灭殆尽。所以法国民之堕落，拿破仑战争实尸其咎。加以此次的大战，壮丁又不知死掉多少，所死的可以断定他们都是有优良的血液的、有爱国心的，感共同生活的责任的，有勇敢的、体格强壮的，又可以说他们是繁殖国民子孙的好身手。所以这次大战，消耗军费、破坏物件不是损害，损害最巨的便是许多壮丁的丧失。将来法国恢复国力必大感困难。法国战后的改造比他国不容易，也在这点。

五

德国为联合与国之敌，为此五战乱燎原之火。威廉败走后，共和政体遂成立，政体国体都为之一变。但是政治组织仍余有完成。德意志帝国以二十二联邦及三个独立都市所成立，权力各异，各君主有独立军队。联邦与联邦的关系，没有像美国各州与各州那样深的关系。又以帝王为主，有军事外交的绝对权力，其他权力以联邦自治而受拘束。到了帝国崩坏，才以联邦为基础而造成共和国。近虽制定宪法，但政治改造将来能使国家健全或发达否？还在未知。有说德国复兴很容易的，终属疑问。讲和条约虽经缔结，然德国与世界各国的通商贸易还没有开始，仍然受着四围的压迫。在内部由不健全之政府以统一了，外部的压迫也消灭了以后，据目前的宪法，德国联邦能否统一？能否造一大共和国？也是疑问。本来诸联邦的实力和地位很悬隔，外部的压迫纵然消灭了，能保各联邦的利害冲突不起吗？德国已决不能再为帝制和王国，世界大势也不许其如此，将来必成共和国，但是现在德国的政治组织，能不能存续？政治中坚，能保无军阀与官僚吗？所以德国政治组织的改造，是由从来极端官僚军阀为中心的政治组织，改革成实现德谟克拉西的、最有利益的政治组织。

德国的经济产业组织，在战前与英美异趣。国家干涉经济产业，因为以计算富的分配的公平为主，国家产业不能出于国民意志，政府监督支配产业。因为这样,德国若果能实现德谟克拉西,坚实地建设政治组织,那么德国的经济产业改造,比之英美各国稍稍容易。自然不能逆世界大势,必与英美的产业改造向同一的方面。

至于社会组织的改造,决非一朝一夕之事。普鲁士国王德皇不存在,各联邦的国王公族不能与该撒同一运命。共和国宪法制定,各联邦的自治也适应共和政体以改正,所以社会组织必有大变革。但是德国联邦经过多年的武断专制政治与官僚的跋扈,是曾经受阶级制度锻炼过的国民,不能不说根蒂已深,骤然改造,谈何容易。但这四年半的大战,德民均官四面楚歌之中,过着悲惨的生活。照这点看来,德国国民的醒觉已不难显著,他们希望必速。因此改造的基础,也较容易。

德国国民能奋斗努力,科学的进步也很显著。但是国民任是如何的勤勉,科学任是如何的进步,若果原料的供给不足,那么产业必不可见隆盛。对于德国产业,供给原料便宜的是俄国,所以德国必注全力在俄国,扶植势力于俄。观近来欧洲各报,德国势力已渐弥漫于俄内地。这个时期正当俄国现状混沌,所以培养势力于俄并不困难。但是现在俄国的多数派(鲍尔锡维克)与其思想已支持二年以上,将来必有政治上的变革,断定俄国民决不能扫除这派思想。纵然德能胜俄,终究不能胜过这派思想。所以德国想伸张势力于俄,不可不从多数派的思想。不然势力便不能够永久地发展于俄。将来德国国力之复活,待俄国提携的地方必多,决不能不强烈地感受多数派的思想。

若果德国采用多数派一部分的思想以图国家的改造,以产业为国是,因为经济的发展而扶植势力于俄,必能成功的。德国在战前的国民教育非常努力,误在国家思想太过。此次战争之起,国民受其涂炭,也是教育精神之误。但是受过教育的国民,一知其误,转换方向极为迅速。反之,如俄国罗曼洛夫朝取愚民主义,结果教育不进步,今日俄国大多数的人民,还是无智蒙昧的。所以德俄两国的人民程度不可同日而语,因之发展势力于俄也很容易。若果德人更加能知道多数派浸润俄民思想,而有一种适应的态度,那么德人在生存竞争场中,要算优胜者。论思想俄胜于德,论教育德胜于俄,德欲速复国力,非俄国莫由,所以战后德人图恢复,多向这条路去。

六

俄国的现状混乱极了,实难预测。有断定多数派有害人文发达,不能永久维持俄民信望,不过如火前之烛,易于消灭的;有以为是仅仅破坏的、极危险的。他们将来的命运虽不可测,但在这二年之间,他们已经传播一种思想给俄民,留存一部分的真理在人生生活里面,在世界的文化,极有影响。联合国不是想扑灭多数派政府吗?恐为"不可能"。假令多数派政府倒坏,安知没有继承其一部的思想,代之以起于俄吗?现在多数派政府已左右二年以上的政权,还不能统一俄国全部,实为缺陷。俄国土地既大、人民又杂,风俗习惯都不相同,交通机关不备,民智蒙昧,纵有如何有力的政府,数年间要想统一俄国,恐不可能。虽在罗曼洛夫时代,西俄与西伯利亚状态已异。仅就西伯利亚说,帕卡尔以东和帕卡尔以西已不统一,所以革命后之俄国,非一朝一夕可以统一的。就中国说,革命后已经九年了,这九年之中,纷扰不绝,南北异离,秩序紊乱,何况俄国？有人以紊乱之罪归之多数派,然而俄国今日的状况到这样田地,与其说是多数派的责任,毋宁说是旧罗曼洛夫朝的政治的责任。

总之,俄国无论成立如何的政府,统一与秩序的恢复,实不容易。将来的状况,日愈混沌。十余年来,各国以西俄及西伯利亚诸地的未开发地充溢,资本家引颈而望,所以将来俄国的内政不仅国民纷乱,也要由世界各国有力的资本家纷乱之。在中国,因为各国资本家权利之获得,国内和平以乱。将来的俄国和中国差不多,何况俄是缺乏天然的富的国家？欲设统一,比较的困难。但是各国以俄国的富源未开发的很多,欲获其领土,绝不可能,且为时代所不许。欧战既以打破侵略的德国帝国主义为目的,国际联盟又为使这种主义不可能的一种手段,所以当俄国纷扰的时期,世界各国实未可乘机以取。所以俄国全赖俄国的人民完成它,不能待之他国。

由上诸说,完全统一俄国的政府之成立,恐不可能。或是如中国有南北决裂的倾向吗？或是生东西分裂的倾向呢？均不可知。由文化的状态、地理上的关系、交通机关的状态以推测,则欧俄与西伯利亚分裂。各国人士多有此说,因为国民统治上比较便宜的原故。维持世界的和平,[与]俄国国内的和平极有关系,否则国际间的纷议不易断绝。以俄国的混乱,不仅仅是俄国民的问题,是对于将来世界人类的一个重大问题。

大战以后，改造的声浪时时震着耳鼓。世界的改造，便是各国的改造。一国的改造，无非是这种制度、那种制度的改造，这种组织、那种组织的改造。是篇摘译 World Work 及日本杂志，因其能就事实方面说，使看的人知道欧美各国改造的状况是怎样，虽不详尽，也可见其一斑，这便是移译的本意。

1920年2月2日，东京早稻田

原载《新中国》，1920年第2卷第2期，1920年第2卷第3期。署名：谢六逸　译

妇人问题与近代文学

人类的历史,是解放的历史。(人类最初固然是极平等、极没有束缚,然而到了有历史的时代,已经是束缚很利益的时代了。)解放的进程有了遮拦,就是社会中一切问题发生的时候。所以解放运动的目的,就在消灭一切遮拦。社会问题到现在,纷纭极了,那喧腾众口的、比较重要的有二:1.食的问题;2.性的问题。换句话说,就是劳动问题和妇人问题。德国社会党首领奥古斯特百倍尔说:"妇人和劳动者所受的压制,由来已久。惟有妇人,是人类中受束缚最早的人,她们在男性奴隶制未发生之前,已经是奴隶了。"[注1]加之以男本位制的威权,数千年来,妇人在政治上、社会上、家庭中受着束缚,做些盲目服从的生活,忘了做人的本能。一直到受了自由思想——时代精神的影响,才知道要求精神与物质方面束缚的解放,因此始有妇人问题发生。

丹麦文学批评家白兰德司(Brandes)曾经说,由社会问题之中,文学家尽可取得满足的观念和资料,而社会问题的内容,总不外下列诸项:1.关于宗教的;2.新的、旧的,过去、未来的差别;3.社会阶级;4.关于男女性的。换言之,就是:1.宗教问题;2.新旧思想问题;3.阶级问题;4.妇人问题。由这些问题之中,文人尽可取材,而使"文学向社会"。白氏此说,系就19世纪末的社会状态而言,其时欧洲自然主义(Naturalism)的文学,正在蓬勃兴盛。他们根本的特质,就是描写现实生活,内容脱不了与时代思想相随的常轨,和浪漫主义(Romanticism)的文学相异。所以当时文学所产出的,往往不离时代思想,也不能离时代的社会生活,当时社会上思想道德等的矛盾冲突,研究的对象,便是近代文学内容里所说的。

照这样看起来,近代文学和社会问题是密切不过的,因而与妇人问题也是密切不过的。重言之,近代文学的特质,在能以社会问题为骨。因此妇人问题与近代文学有相提并论的必要,于是我这篇文字发端。

妇人问题发生的渊源很远,因为要知因才能明变,所以溯及既往,略述一下。

妇人解放运动的发源,起于法兰西大革命,因为大革命的影响,欧洲全体的思想为之一变,于是乎布下了Democracy思想——人类平等思想的种子。觉着同为人类,自应享受同等的权利,不能够缺少自由发展自我本能的权利,这种天赋人权,不是什么"门阀""境遇""教养"所能防害它的。同时人与人之间,要拿出一种情——如兄弟姊妹间的爱情去结合。这种自由平等的思想,发展个性的思想及其后工业上的革命都互为因果,或直接间接去助长妇人运动的机缘。又以卢骚倡说尊重个性自由、个我威权，思想之焰更增，启迪了"个人的自觉"。自此以还，科学日愈进步，工业革命——机械之运用和工场之发达，家庭工场衰微了，竟至发生劳动者一阶级。生产状态既变，家庭的共同生活大受影响，就是妇女大受影响。所以爱伦开（Ellen Key）女士说："从来家庭的消费物，都是家庭自己产出，现在一变而用他人所供的生产之物，妇人当然要以作业之力分做他事。"何况妇女除此之外，还有比较这些重要的职务。加以受了当时个性发展的思潮，种种方面，无一样不是引他们到自觉的路上去。妇女才知道他们所处的地位、所享的权利，太不平均。既和男子是同一样的人，同是社会中的一份子，为什么终日要"雌伏"，做男子们的附属品呢？想到这点，于是她们在道德上、法律上、政治上、经济上，都要和男子同样地享受权利。因为要达到这个目的，才有妇女解放运动，妇人问题之起。

法兰西大革命时代，各国妇女虽然有起政治运动的，但是没有什么效果。运动较切实点的，不能不推英国，如像女士玛丽·维尔斯敦克莱特曾著《女权拥护》（1792年）一书宣传，又有卜里司女士著《英吉利妇女解放》一书，都足以表明她们的思想。维女士所主张的，第一就是说妇女是具备个性的人，有自身的权力和能力，与男子是同立在水平线上的，所以妇女也要有充分发展的机会。纵然妇人精神上微有缺点，只要由教育方面去补救便得，一切都不可不同男子一样。书中又说个性的重要，又谓妇女的职务，一般都以为是良母贤妻。其实一个妇人，第一当认为是一个人，其次才论及性的区别。以普通妇女地位为满足的，不外是一种女性堕落的意识。伊所说的这些，都是高呼妇人的精神独立,对于性的束缚要解放,并且要改善妇女的地位。由伊的著书,可以看出几种改善的方法。

1. 职业的自由。商工医业及其他,可以任意从事。

2. 政治方面的均等。如参政权等。

3. 经济独立。对于社会及夫权都在内。

4. 防止丑业妇女须彻底。

英国当时又有弥尔(J. S. Mill)的《妇人压制论》,也极力鼓吹女权。他说:"为什么要把妇女弄到温顺的、柔和的、纤弱的模型里去呢? 为什么不能够生气勃勃、强壮有为呢? 觉得男子对于女性全体,无论何时,都根据人为的标准来判断。"有了弥氏鼓吹的影响,下议院就赞成了妇人参政权的要求。1867年提出请愿书于议会,当时虽被否决,但是影响后来。1917年妇女界有选举权了。越年,又有被选举权了。

总括妇人解放的事实来看,我们可以见他们发达的径路有三阶级。

1. 妇人受天赋人权的思想,自觉是"人",确认了"人间性",对于男子要求生存自由的时代。

2. 有了发展个性的思想,要求人类的权利以及自由地营"自我本位"生活的时代。

3. 已具个性的女性,完全能以自我为使命物时代。

以上的三个阶级,换言之,一就是妇人问题的黎明期,二就是成熟期,三就是圆熟期。

由一至三,都是思想界的产物。向社会的文学,就是思想界的产物的表现和批评。近代欧洲的文学,却能如此。

此篇所说的近代文学,是指自然主义的文学和实写主义(Realism)都说在一起。这两种主义虽然略有分别,但以叙作的便利,时时联络起来说。

自然主义文学的特色是怎样?若不说及,那么就不见得近代文学和社会的关系、和人的关系、和妇人问题的关系。这派文学的特色是:

1. 科学的制作法。自然主义是科学思想之论理的归结,所以根本的特色,就是科学的态度。科学的态度,就是如像生物学家,用显微镜去研究微菌一般,脑中不先存着"成见"(Prejudice),完全是以客观的态度,观取事实的真相。文学的科学的制作法,只是客观的描写,不预存主观的 Prejudice。以作者为主、世相为客,用冷静的态度观察世相。不将观察所得,或随便加减,或粉饰铺张。因此产出社会剧(Social plays)和问题剧(Problem plays)。这两种剧的作法,完全是科学的制作。

2. 丑兽性的描写。自然主义的文学,既然是根基于科学的,那么就不外基于唯物的、机械的人生观。因为专由物质的方面观察,所以不见美的,只见丑劣污秽的。自然派作者的态度,纯然是旁观的,立于冷静批评的见地。而将世中丑的、兽性的描写出来,这却怪他们文学家不得。斯拉夫有句古谚说:"面孔不好,弗要责骂镜子。(We must not blame the mirror if the face looks ugly.)"所以社会中一切丑的、兽性的,都要经他们照直描出。至于那不合于人的社会生活,更不用说了。

3. 描写"人生之一节"。自然主义的文学和人生记录差不多。原原本本地写出人生的自然现象，不加做作、不添技巧，只是注重现在人生之一节（Section），描写出来。浪漫主义的文学是用惊心骇目的事物为材料，或究过去的陈迹，思量人生惯于怎样（Life as it used to be），或是人生未来是怎样（Life as it is going to be），又或是人生应该是怎样（Life as it ought to be），自然派只是描写人生实现是怎样（Life as it is）。人的一生，就譬如川中的流水，我们切断全流的一段来考究它，不必穷原竟委。此派著作，就是这样。至于浪漫派的小说，都是块然成章，有什么脉络哪，首尾一贯哪！要是悲剧呢？结果一定要团圆、Catastrophe，千人一面。读自然派的文学，可以见他们是将人类的生活和社会现象的一节描写出来，是切合于人生的，不是供人娱乐的（Amuse），是要人看了有兴趣（Interest）。要使人生和文学有绝对的关系，使人见了生疑，越疑越想解决它，疑若深思想必深，存在看者脑中，不遽舍去，总有残影留着。这才算是有兴趣，是为人生的艺术（Art for life's sake）。

4. 精密的周围之描写。周围是什么？就是总括围绕作者的，影响所以及的诸般事情，由科学的说来就是四围的情况（Environment）。因为人不能孤立山川草木的自然、气候风土的关系，以至于社会的状态，都直接或间接地影响于人类。换言之，周围（Milieu）就是 Physical 和 Social 的周围状态，成一种"地方色"（Local color），为一种特别的空气，包围人类，影响人和物。所以左拉（Zola）的实验小说谓自然派作家，只在写出"决定人类，完成人类的周围（The environment which

determines and completes the men)",这便是他们的任务。因为无论人物,无论事件,都具备得有个性和特色,而这种个性和特色,不能够不受外界力的影响。就是由于自然的、社会的、职业的种种状况(Conditions),必要生出必然的、不可免的结果。务必要精密地描写外围,然后才能明一件事物的真相,所以自然主义的文学是注力于实际的。

5. 个性之描写。自然派文学的作者由自己所得的经验,去忠实地描写眼前的事象及生活,不是描写人生普遍的类型(Type),只是写出目前所见的个体(Individual)。法国的 Faguet 曾经说:自然决不制两样相同的东西,这个个体与别个个体必异。实际世中决无同性质、同容貌的两人。在进化论上说:凡是生物必基于 Variation 和 Heredity 二力,而各有异特之像,即各有其个性(Individuality)。在自然科学没有发达之前,人的观察力没有如像现在的这样敏捷精致,所以一时不能够观破个性。以前的文学只是由普遍中去抽象,以综合共通的性质和意思表示(Ideal Representation)为满足,以抽象的意思为根基。浪漫主义的文学,便是如此,自然派的思想在描出个性,说明一个体和他个体的区别。譬如一群羊,外人看去,总觉得是一体,到了与羊相近的牧人,便能一一区分出。自然派的作者却有这种性质,不注重概念的描写,只在描写具象的特殊个体。更由思想方面看,近代文学描写个性的发展,更是不遗余力的。

6. 作短篇小说和戏剧的特色。近代文学的特征,就是短篇小说和戏剧。因为文学中,这两种东西在近代需要得急。一则是近代人生受了刺激,对于文学无暇注目那些悠长的读物。美国诗人 Poe 著的《诗的原理》(The Poetic Principle)中说:"诗的价值,在于兴奋读者的精神。精神的兴奋,是心理上必然的结果,有一时的,难得继续永久的性质。所以长篇的叙事诗,如 Milton 的 Paradise Lost 到底赶不上短篇的抒情诗。"照此推想,小诗和戏剧自然也以短篇为最适宜。二则是因为神经的兴奋,是一昂一低的状态,不能始终同一高度,难于长久继续,所以全部的印象,不如部分的印象明了。读短篇的东西,时间上最经济,刺激兴奋的程度始终继续,所以能够强猛地、深深地印入脑里。近代戏剧,也是以独幕剧为难能可贵的,取材犹以现代的生活问题为主,而演成社会剧或思想剧、问题剧,编成社会小说或思想小说、问题小说。社会剧多是描写个人与周围社会状态的冲突争斗,社会本位的旧信仰和个人本位的新思想的争斗,也就是近代文学的特色,极有价值的。

综括上列六项所说[注2],可以归纳拢来:

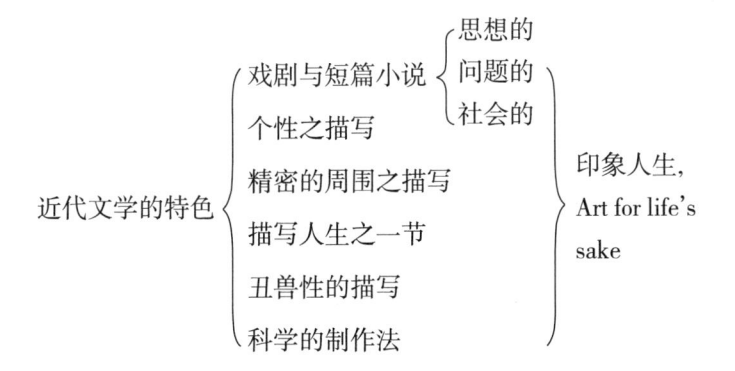

近代文学的特色 ⎰ 戏剧与短篇小说 ⎰ 思想的 / 问题的 / 社会的 ⎱
⎨ 个性之描写 ⎬
⎨ 精密的周围之描写 ⎬ 印象人生,Art for life's sake
⎨ 描写人生之一节 ⎬
⎨ 丑兽性的描写 ⎬
⎱ 科学的制作法 ⎱

以上,我将妇人问题的渊源和近代文学的特色,都说了个大概。现在要看二者的因缘是怎样,就是要说近代文学中描写妇人问题是怎样。我们读近代文学家的著作，觉得描写妇人问题很尽力的，第一个就是挪威的易卜生(Ibsen)。易卜生本着"非全有即全无(All or nothing)"的理想，对于一切旧信仰、因袭都要反抗它。人的根本思想，只是以自己之力，开自己之道。人无论对于哪方面，只在实现自我，除此之外，别无其他的义务。社会和家庭，不过是掣肘个人内心的威力，束缚个我的桎梏，这样的生活，不外是虚伪的生活。萧伯纳(B. Shaw)在《易卜生真髓》(Quintessence of Ibsen)一书有几句话说得好：

> 现在不是信仰的时代了！说道德谈义务的时代也是属于过去了！其实所谓义务，不过是强者因为要不失自己的利益而加之弱者的狡狯之束缚。所以人类要脱束缚，就是要解放(Emancipate)，才能慢慢地进步。

易氏的思想不去个我主义，觉得个人与社会有矛盾，新思想、新信仰、新道德要振起。所以易氏对于伸张女权，提高妇人地位——结婚问题、妇人问题鼓吹甚力，要使近代起 Feminism 的大运动。所以他著的《玩物之家》(A Doll's House)〔《娜拉》(Nora)〕一剧，用意就是要妇人先弃所谓妇道(Womanliness)，超于贤妻良母。普通的妇女，只是：1. 家庭中的人；2. 以孝女、良母、贤妻为本务；3. 必温顺、必贞淑；4. 是献身的。（就吾国妇女说）而易卜生的主义，就是要打破类是的因袭，在《玩物之家》剧中有几句对话。

Helmer:"你就这样弃了你的家、你的丈夫儿女吗?你不想想旁人要说些什么?"

Nora:"我也不管旁人说什么,只知道我该这样。"

H:"真是岂有此理!难道你可以抛弃你的那些神圣的义务吗?"

N:"你以为我的神圣的义务是什么?"

H:"这都不晓得吗?不是你对于你的丈夫和儿女的责任吗?"

N:"我还有别的责任,和这些一样的神圣。"

H:"没有的,那些是什么?"

N:"就是我对于我的责任。"

H:"最要紧的,你是人家的妻子、母亲。"

N:"这些话我如今都不信了!我相信最要紧的我是一个人,和你是一样的人,无论如何,我总得努力做一个人,得晓得许多人也和你一样的说,书上也是那样说,但是自此自后我不能信服多数人的话和书上的话,一切事我总得自己想想,总得我自己懂得。"[注3]

娜拉(Nora)的这一番话,就是曾经饱尝过了不自然上虚伪的境遇,一旦醒觉,再归于自然的本性,结局抛弃了家庭、丈夫、儿女走了。于是伊就不受伊的丈夫呼为雀儿、鼠儿了,出了玩物的地位了,脱离寄生的境遇了。

《玩物之家》全篇的要义,就是促起妇人个性的自觉,要使妇人知道自己也是一个"人",也应该做些人的义务,比 Womanliness 高些的义务。

易氏《群鬼》一剧中的欧文夫人,恰与娜拉得相反的结果。欧文夫人对于她的丈夫放纵不堪,便到相信的牧师那里去说到离婚。但是那位牧师主张,嫁了的妇人无论何时不能不从夫,这是妇人的义务,劝她不要离婚。欧文夫人信了这位牧师的话,后来丈夫死了,遗下了儿子欧士华。欧文夫人虽然尽力地抚育教养,但是[儿子]承了父亲的要性和遗毒,以至于发狂死了。若果那位牧师赞助了夫人离婚,那么不至于生下这欧士华,不至于牺牲了一生,受悲惨的结果了。

推原其故,就是牧师过于趋奉因袭道德之故,欧文夫人和她的丈夫没有恋爱,自然要离婚的。因为夫妇之间,不是真的恋爱,仍然行着结婚生活,那么不异一种罪恶的。这《群鬼》一剧的主义,就是倡说妇人问题中的离婚问题。

又《海上夫人》(The Lady from the Sea)一剧,是描写恋爱自由。剧中爱俪达(Ellida)弃了她的丈夫瓦格儿(Wangel),走到她所恋爱的那里去,力说恋爱的选择自由,忠实于自己的责任。

又有《雁》(The Wild Duck)一剧,描写雁被人捉去,养在小屋里,放在小桶里作玩。雁本来是到处飞翔的东西,但在小屋里住久了,也泰然自安,也长肥了,也竟自忘记它本来任意飞翔的自由快乐了。这剧虽然是泛指社会知和性(Individuality)的损害,摧残个性,但是拿这雁来比普通妇人的境遇更是吻合。

易卜生的友人标尔生(B. M. Bjornson),有剧名《手袋》(A Gauntlet)(1888),描写一富有学识之女曰俪斯,俪斯时时想着妇女贞操,都应该互守。起首伊持独身的思想,想做点改革社会的事业,设立了一所育儿院,其后因与某爵之子阿尔弗相投,订婚约。行婚礼之前一日,有铁工名霍夫者访斯,谓阿尔弗曾与其父邸仆人的妻子通奸,仆人的妻子因为良心的责备,竟早死。俪斯听了这话,便念到贞操的法则,应该公正地平行于男女之间,不能只认是男子的特权。于是愤慨,遂和阿尔弗解约。标氏此剧,在求男女道德律上的平等,因为道德没有性的差别,关于贞操这种道德的法则,男女均应适用。标氏剧中,就是提出"贞操是否单是女子必要的道德,还是男女都必要的呢?"一问。在当时,标尔生就作出这类的戏剧,何等的勇敢!描写妇人经济独立的,有萧伯纳。《华伦夫人之职业》一剧,可作代表。剧中华伦薇薇,可算得是一位"新女子",伊因为忿伊母营业不正,便弃绝一切,去做那自主独立的生活。此外如像 J. A. Strindberg 的《友人》、标尔生的《嫩葡萄花开时》,也是描写妇人经济的独立。《友人》剧中,写一由友人而结合的夫妇,夫妇以绘图充家庭的经费。画出品时,丈夫所绘的画落选,妇人所画的却中选了。其后丈夫遂用妇人的名义冒替,妇人晓得之后,以为这是破男女相对的均衡,并且普通都是夫有支配妇人的权利,极是不均。于是夫妇遂离,美好的家庭便也散了。《嫩葡萄花开时》一剧,描写妇人出外经营职业,男子不堪寂寞,致起家庭中的波澜。以上诸剧,都不外写出妇女经济生活的独立。

我们看以上所列举的:1. 超于良母贤妻的思想;2. 离婚问题;

3. 恋爱自由；4. 贞操问题；5. 妇女经济独立问题，等等。便可知道近代文学描写妇人问题的一个大概。其实近代的文学，以有此等思想而愈彰；此等思想，以有近代文学传布至愈广。此外，如像 Jane Addams、Olive Schreiner、H. Fawcert、Ellen Key 诸女士，本着类似的思想发为文学的，更不胜举了。

再回头看看吾国，妇女问题只是将近发芽。据我的观察，应该注意的有四：

1. 教育问题。男女应该受均等的教育。

2. 结婚问题。结婚自由，家庭中妇人的道德和社会上的地位。

3. 职业问题。职业的选择，男女要有平等自由的均等机会。

4. 权利问题。法律上、政治上一切权利与男子均等。

此四项之中，第一重要的，便是第一条。除了妇女自身已俱觉悟之外，辅助迪发他们思想的，就是由文学方面入手。近来输入有文学价值的小说和戏剧虽多，但这类的文学还不见。从前安迪生（Joseph Addison）在《旁观》(Spector) 上做的文章，那时代的妇女，每天早晨在妆后都等着看，就可见影响之深了。所以今日最需要得急的，就是要具有这类思想的文字多些。要使近时的妇女爱读这类的文字，如像安迪生同时的妇女爱读安氏的文字一样，那么中国的妇女才会改变思想，才能够经过上列四级，才能由黎明期、成熟期、圆熟期，一步一步地走去。

［注1］见白氏 Socialism and Woman, Chap. 1。

［注2］1919 年 8 月初旬，曾撰《近代文艺思潮漫谈》一文，载北京《晨报》，言此6

项甚详。

[注3]见 A Doll's House, and Two Other Plays, by H. Ibson, act III. 82。

1921年4月1日,作于东京早稻田

原载《新中国》,1920年5月第2卷第5期。署名:谢六逸

挽二老卒

(Dirge for Two Verterans)

最后的阳光,由终结的"安息日"轻轻地降下,
在大道这旁,见那旁新筑的双冢。
看呵!月儿方升,
由东升的白银似的圆月,
美丽地铺在屋顶,凄苍、幻渺的月,
无限而沉默的月。
我见着悲哀的行列,
我听着前进的全调的角鼓之音,
市街的道路都充满扰乱之音,
是声音,是珠泪。

我听着军鼓正鸣,
小鼓发出坚实的响声,
激烈震荡的军鼓的合声,

往来地打击我。

父与子正被人搬运,
(在激烈冲锋的前队里,他们死了,二老卒——父与子一齐死了,双冢正等着他们。)
角声渐近,
鼓声愈激,
大道上的阳光全敛迹,
有力的葬曲,包裹我的全身。
东方的天空浮荡,
悲哀、渺茫的幻象发光,
(这是些慈母的大而透明的明孔在天上更光明地照着。)

哦!闹热的葬仪愉快我!
哦!白银似的无限的月儿!你安慰了!
哦!我的二兵卒呵!我的二老卒过葬埋了!
我尽我所有的给你们。

月儿给你们的光,
角鼓给你们的音乐,
——我的心我的兵卒,我的二老卒,我的心给你们的"爱"吧!

原载《时事新报·学灯》,1921年10月8日。署名:谢六逸

在维吉尼纳森林中迷途
（As Toilsome I Wandered Virginia's Woods）
——译惠特曼诗自《草叶集》（Leaves of Grass）

在维吉尼纳森林中迷途，

足踏着落叶的粹□的音律，（时已秋日）

我在树根见有一兵卒的坟墓，

受了致命的伤。退伍后葬于此地，（我知道一切都很容易的）

日中的停止，前进！勿逸时——这种音号遗留着，

墓旁树上钉着禾板，上面乱写着：

"勇敢，谨慎，真实，我的亲爱的伴侣。"

我很久地沉思，仍向前徬徨，

来日正多变迁的时季，正多生命之舞台，

而且时时通过变迁的时季与舞台，或独行险阻，或在杂沓的街里，无名的兵卒墓在我的面前；

维吉尼纳林中现出粗糙的铭言——

"勇敢，谨慎，真实，我的亲爱的伴侣。"

1921年9月29日，东京泷野川

原载《时事新报·学灯》，1920年10月9日。署名：谢六逸　译

平民诗人

一、平民文艺之本质与使命

（一）由贵族主义到平民主义①

德谟克拉西不单是政治的惯语，也以一般的观念，决定人类活动的一切领域里的行为。即是影响于教育、宗教哲学、艺术各部的成长。

由社会的说起来，贵族主义在形式上是因袭的，内容是排他的，就发达之点说，是保守的。至于平民主义的形式则非因袭的，差不多不能说有定形，内容是包括的，思想是进步的。所以贵族的艺术，第一，形式非尊严不可，非照着习惯所规定的衣服不穿，由于传统所保存的善形的标准而决定价值，尤注重外面的"高尚式样"之范围；便是依据完全、有权威的因袭，固定于古典的完成之中。

上流社会的人，在教养趣味之中，避去粗野的语言。同样，贵族的艺术，也避去粗野的人们而保持其上品，所以他们的题材（Subject-

---

①仅有标题（一）。

matter）是排他的,他们的艺术中的人物或场面,不过是王侯贵人,由贵公子传到贵妇人的流动的热情,便成了抒情诗;优雅行动的骑士与佳人,便是组成叙事诗及剧诗的行为范围的。普通的人,在演剧之中,虽然也当作随便的末角,当作嘲笑地表现出来,但决不把他们当作有独立运命及兴味的而入于剧中。譬如我们看沙士比亚的剧,不过见他仅把运命给予帝王与贵族罢了。

即对于生活上说,贵族主义是当时持续着保守的态度,靠过去的恩惠才能存在,他们的力量与特权,全靠公私的相续而推定,父的意志可以支配子的一生,老人的经验束缚着青年创造的本能,而且贵族主义拒绝新思想的侵入,他们无所疑,亦无所望,永久地安定于限制之中,这种艺术,描写过去的黄金时代,叹美封建时代的东西及君主的尊严。

平民的艺术,形式乃不绝地流动、变化,题材的范围极是复杂,在思想上乃系自由的扩充而进步。它的特色:第一就是"自由",自由者,对于形式及题材无束缚地选择。使致个性率真的表现可能,经验与预言的自由,易使进行到表现更高更率真的方法。其他一个特色,便是"个性主义"。本来由人民间所起的艺术,主要特征便是得到人间无限的种类,平民艺术的努力之一,在使各个人有用,使各个人在人间的自然里一致地发言。承认生活的一切事实,它的表现方法,不可不为原始的直截。一切真的实写,必需个人的要素、个人主义的观察及解释,因此,平民的艺术的形式,为单纯、流动的变化。以前固定的"善形式"乃有无数意味的庶民的方法代之而起,而且现在的不规则之形，足以支配内容的要目。

纳司金（Ruskin）论哥希克建筑曰："若果一部分常与其他部分相对应，这确是不好的建筑，能使'不规律'十分显著，使'变化'更十分加大的，才算好建筑。"绘画的形式不完全、音乐的调子里有差异的声音、诗里有粗野的章句，仅为"个性的意味"所许。个性的真率足以支配形式，自尊的艺术的因袭，于他们是毫无所关的呵！

平民主义的第三特色是"平等"，平等即反对排他的包含。平民的哲学，表现最普通的自然之事物及最普通的生活的事物的隐着之本质，而证明他们的神圣。总括的光，普照宇宙的物象，爱与同情、理解普现于事物中的神性。人间及自然中的什么东西，都可以为诗的。唯有博大的心及洞察力的诗人，能透徹事物外部的根底有精髓。

由这种卓越的思想，各个人在世界的分类表里面，各得各的意味和位置。全般与普遍的承认，是不可避的事实了。

平民的特色起自真实，真实承认实在中的人间的绝对，预言者的目光，正瞧着各个人间隐着的神圣与英雄的显示，真实的爱摒弃嘲笑及否定，上流社会和下级社会同样得为特殊的题目，但却不是如目前的反动，把下层社会过于提高，而放松上流社会。

贵推曾说上流社会不能供给什么题材给诗，西蒙司也说："穿着夜宴服与舞蹈衣的人们，要入于艺术之林，是最难的事。"不过平民的艺术，也不一定拒绝上流社会。舞蹈的社会，亦有优雅特出之点，草人舞起镰刀的壮大体魄，以及打着灼热的铁的铁匠之强韧的筋骨，他们的动作的表示，是同样的美丽可爱。所以贵族主义的旧题目也不至于就把他们唾弃，因为英雄的勇武行为，还雄赳赳地残留着，但是现在的解释却相悬远，我们虽也承认英雄的神圣般的雄武行为，但要不外是普通全体中的一个人罢了。此外与人类生活相接触，有可以怀念的人们，当然也不等闲他们。耕作打铁的英雄，在织机旁或厨房里工作的女丈夫，忍耐运命，大胆地忍受于一切悲剧的痛苦——以上的各现象，我们都要尽力地叹美它们呵！爱马生说得好："我们所担负的天才，揭开世俗者之幕，把存于吉卜希（欧洲一种流浪民族）行卖商人之群里的神性，显示□□□□□"预期与未来，亦为平民主义的特色，现在平民主义的社会的理想还没有实现。"新世界"到广大的成长与无比的成功的运命方在附着。惠特曼为美洲而□曰：

使地上一切过去的政治无意味的光辉与壮大。——
你，有心与有德的地球呵！——你，新，实新的精神的世界呵！
现在你没有持着什么，对于你的这样的广大的发达；
你这样的无双的飞翔，你这样的对于同胞；
仅仅"未来"持着你，能够持着你罢！

在这种约束里的进步的先驱大胆地前进，由过去所加诸于他们的，他们也承认，并且自由地相续，喜喜欢欢地向着理想的决胜点前进；向着伟大而幸运的或物而前进。黄金时代横在 20 世纪的那里，在那方有"飞翔着的完全"，诗人的赞或歌，不是咏现在已成的进步，乃系今后能成的发达。若果有时返首看着过去,也并非仅为追怀而已,也是因为要给予预言的地盘。徐勒失望于过去,无望于现在,遥遥地由远方的未来,描守理想世界,而给平民的精神以全形。维廉莫理斯虽梦过去,但眼注于理想国之上,心思理想社会组织及理想之协力。

在某程度上,远方未来的预期事物的幻像(各个人的)来了,个人的独立,善的意志、慈爱、伴侣,以及成为法则而实行的时期也来了。民族的欢喜与独立来了。于是希望与预期的态度,鼓舞新理想的形成用新艺术的形式表现出来。

贵族的艺术为典型的。排除通俗的特质,搜求古旧的模型;平民的艺术则为个性的、现实的,承认个人的见解,把通俗的特质及意味叙述出来。前者使美物统一,后者使之扩大加多;一系追怀的、静的,一系豫想的、动的;一为调和已得事物,一为暗示将来事物;一个的特征为绝望,一为胜利与欢喜;一为限定,一为自由。

二、平民艺术家

不独文艺为然,更看音乐史,由巴哈到瓦格勒尔,形式上已表现解放的特色,更把音乐的范围,展开到诗的概念之包含。

伯尔尼俄斯、徐伯尔特、修曼、李司特及瓦格勒尔,表示对于古典之浪漫的争斗。这种努力包含着诗与美术的题材与形式,而使音乐的领域扩大。就中伯尔尼俄斯及瓦格勒尔均为音乐界及政治界的革命家,伯尔尼俄斯最初音乐的成功,乃是他革命的枪弹由窗里落下时所作之曲，后与巴黎的群众持武器从军。同时瓦格勒尔也以"政治上的危险人物"由沙克梭尼被逐，以无政府主义之一代表者为世人所知。在音乐上，他可以看为代表的平民主义者，兼有诗和音乐的天才，努力于生活及艺术之改造，先组成总括的剧曲，表现泛滥于现代生活的广大中的复杂关系。其次以交响乐的法则无味，于原动力上以剧的、现实的音乐作曲。

绘画方面也有相似的发达，绘画史亦表示人间的个性及题材的包含加增了的特色。以前很久地把无能的中世教会神圣作为题材而满足，同时因为非宗教化的生活的结果、宗教怀疑说的结果，他方面因为科学知识增进抛弃恐怖与夫罚，以有生活的无限的可爱之形的人及自然间的浪漫理论补充其空隙。19世纪初的浪漫的机运，与教会的限制不少变的书院法则及玄学，皆由画家自由使用。至一八三〇年派，才以真率的与个人的见地面向自然，于是有弥勒(J, F. Millet)将人道的灵感加入山水的兴趣里，倡言一个农夫的肖像与一帝王的系同等的价值，弥氏更由一八三〇年派的机运进转，脱去因袭的艺术之羁绊，在画布上自由描写大地所产生的实际的男女。大胆地描写他的面前的男女的粗野的轮廓、工作的活力，以及他们在大地上劳苦的运命。

以简单的叙述通过欧美文学的平民精神发生的路径。

我们把现在与过去的文学对照起来，就他们安排普通人类的位置一看，便容易说明了。大概希腊的诗人崇拜少数的英雄，与阿卡麦隆航过爱琴海的数千人之中，仅有数人为米尔顿所拔用。希腊剧曲要使英雄的行动威严,就把神与人混在一起。耶尼比特斯最初带着写实的风味,但他的革新没有确立的机会,久后遂不影响于他国。到中世纪,英雄仍继续为诗的叹美的题目,徐勒曼与他的贵族及颂歌为全欧所咏,骑士的冒险也为小说的题材,耶尼比特斯所被暗示的平民思想,事实上在乔沙以前还没有发生。康达伯尼寓言,表示接触地方色的血与肉描写守水车的人及农夫,即水车、野外等亦描写无遗,便是乔沙的特色。到沙士比亚则全为贵族的,所谓"一切热情之王"是他没有一次给予普通男女以运命,只给予帝王贵族。16世纪的通俗文学与冒险小说,显然已是写实,演剧上亦有艺术民众化的倾向,道德剧及幕间短剧皆有通俗的特色,可惜这种倾向,在英国的演剧及其他都没有的。

及拉丁的文明支配一切,通过17、18两世纪的平民的表征遂归乌有,18世纪的英国艺术全系贵族的,作家不管平民,只讴歌伟人。但是良心的醒觉,渐知此世纪的满足为苦。波蒲有一句歌说:"我们的一切叹美,还可以君主垄断吗?速起!真实的诗人呵!歌洛斯的人们罢!"洛斯就是他所经的地方,意思就是说普通的人们,无爵位的人们,同有记述的价值,在这个世纪的一切是不能除外的。他在古巴,推广他的同情于贫者卑者,他自己也是卑人,他爱平凡,在园中见兔而喜,见胡瓜之蔓延而乐。洛保特彭斯以包含于普通世界的思想及感情,推开为永远的诗的题材,彭斯有这种的见解,我们实不能不说他是伟大,他认明生物的不朽之差别,可算是文学上最初的、真的平民主义的人。

这种新精神在司考特也可以看见，他虽然推奖贵族主义，他的阿波法尔里面希望旧封建的剑光与黄金之时代，但作品中有溶和于"爱"的梦与幻想，他的同情很宽大，他对于一切的人都如亲戚一般。

在法国革命的特别期间，同胞的精神普通地泛溢着，社会的贵族主义灭亡，同时人道主义醒起，英国的革命诗人有了自由的复兴的热情，拜伦发挥乱动与破坏的多感炽烈的精神，基滋有景慕而优秀的情绪，徐勒对于爱的统治而发挥热情。

以众人为优美的渥斯华司，歌咏一般世界的感情，他有一句诗说："优美的读者呵！你们就各样事物去发现一个故事罢！"显出最有名的故事，最卑贱的东西，以及最平凡的人的不易认识的魅力，便是他的最大使命，他将膨胀于社会革命时代的诗的感情之典型，显示出来。

平民主义的进步，伴着工业的勃兴更加深广，工业的新地位，在诗里成为深意味的题材，表示劳动的题材，普通人类的英雄的性格的东西。迭更司、查克莱、乔治爱略特、纳司金卡莱尔、卜朗林、莫理司的作品，都足以证明对于人道有热情的时代。卡莱尔的文句里有灼热的情绪，他说："于我为可敬的：是劳动的粗野的不正的手，其中横亘着地上的王权一般的有才能的品德，及不朽的尊严。其次可敬的，乃单纯而聪明、受尽风霜的面孔，只有这种是生着的、似人的男的面孔。又对于你们的粗野而敬爱，我爱你们，和你们同情。被苛酷的兄弟们！因为我们的原故，你们的背弯曲了；因为我们，你们的很直的手足也不周正了。你们成了我们的征兵，因为运命落于你们，遂代我们战争而受伤,你们之中,横有神圣的创造的姿态没有伸直,你们的肉体和灵魂一样地不知道自由,你就是你的任务,谁人都不能离脱,因为每日的面包,遂不放弃的劳动。"

工业组合的精神在这个时代也盛行,乔治爱略特的小说中,描写英国社会生活的卓技的特色,爱略特多年居住的路勒顿,恰好是工业中心的地方。19世纪诗人虽然有多少的例外,但无论谁人都为这种机运所动,人道的精神,染于先驱的文学者的作品,卜朗林也可以说是典型的英国平民主义者,他虽然没有如像彭斯一样地亲密地接触普通的人,但是他的作品,含有平民的哲学,呈平民的形式。

至于美国,因为是工业的国家,并且是依据自由劳动契约的民主国,所以文学纯含有充实的平民主义的色调,这是当然的事。

他们不单以平民主义为文学的题材,并以为生活为思想的习惯,为行动的出发点。

爱麦生、特洛、姥维尔、惠特曼,皆为美产,他们都是要近代的土地才产出的,别的时代是没有的,他们与平民的时代关联,由社会的环境看出一切意味。

爱麦生与特洛的主张,乃表示独立的自我中心的人间理论,姥维尔以司库纳哲学的观察,以为生命是分离的,如星一般,独自单一地高悬,主张由爱使人间光辉的平民意味。惠特曼则结合他的个性于历史的效果,他自身乃典型的完全个性,为无条件的绝对主权者的普通人,他力倡个性至上,而一切个性,皆与大自然及"神圣的精神"相关联一致,他的思想含有最进步的哲学宗教的见地,对于一切人都优善,乃一欢喜的诗人,他的欢喜高高地升起,宽阔地飞翔,他的诚实是绝对的,大胆地歌出世界魂与各人的魂的善良意志——他有这样的伟大,未来的不可见的世界也在他的诗里。

由这些过去的系统及母胎,现代的美洲遂有特拉倍尔(Hor of Trnubee),英吉利乃生加本特,平民主义表示艺术上的进步,且为新时代艺术的必须条件。平民主义并非艺术的一流派,乃是高高地掩于今后艺术全体上的先驱思想;这种事实,已经在历史上证明了。

三、平民的精神之高调

德谟克拉西的思潮,并非好新事物,乃是到真实的人类全体的根底之自觉。有人不免责备平民诗人,以为他们把思想赤裸裸地揭出,而不能动人。但是不管思想是明白地揭出;或是成为背景,却不能由这点去论价值的优劣,思想赤裸裸地歌出也有纯粹感动的时候,思想摇曳于底面,不见形象,而没有何等深的感动的时候也是有的。要在所有感动的本质及思想的本质。

真有好思想的人,不产生徒为自己逸乐的作品及狭小个人主义的作品。若是自甘于象征诗及狭小的享乐的作品的人们,便是缺乏人类全体的丰富思想。现在有许多的诗人偏重狭小的个人主义,和文明、民众没有什么连络,他们是如何地图自己一人的享乐,是不言而喻的了,也不过只是立于没有和民众永久地握手的固陋地方罢了。

自然,艺术不可仅为功利的东西,至少也不应该当为以这种效果为主眼而生的东西。但是社会的一人的我有感动,必以人类全体之事为根柢。最初的感动(如病的及稀薄的抒情的咏叹)产生出不能满足的或物。这不过是表面的,由人间的说起来,还得要注意不可不思考的本质。由于自然及由内涌出之力而表现的,即成民众艺术。以人类全体之一人考察起来,越想越深、越想越广的思想的根底,可以生出光辉的枝叶,诗即为我们所有。感动是与自然发生的。民众的感动便是由这样的心的趋向而生的,由这样的意味,初作诗的时候虽然不故意说是为民众而作,但其效果,可以产出同一的民众的作品。

平民诗人力说人类的结合及正义,此二者为他们的有独创的内容的发现及喜悦。他们呼出这种喜悦,不呼不止,由这点看起来,思想许有赤裸裸呈出的时候,但同别的诗人的歌咏斜阳晚景及叹美都会是同样的恍惚的感动。这种时候可以归咎于平民诗人的思想诗吗?静的咏叹为诗;立于前面而叫亦诗;看去粗杂,而新味充溢的时候的呼声也是诗。

但是举目一看,有些平凡的人,把陈腐的东西当作一大发现而呼的时候也有,在第三者看去实是难受,这类的诗人只好不论。又有把民众艺术当作一种通俗艺术的。但是民众艺术虽是为民众而呼,有求民众理解的要素;但我们不可不知他的来因。本来一人或艺术家,以一般人的水准为生活目标的,或许没有什么希望与景慕。至于平民诗人则向着比较现在民众较高、较丰富的目标而歌,此点与民众艺术一语并无矛盾。现在的诗不可不为比较容易了解的东西,现在的诗多把平凡的内容,略加困难地歌出,成为美丽的很不少。但是要把深远的事,平凡的歌出才是诗,并没有什么不自然,乃是自然的形式,当然的事。并且"自然"常由优秀诗人平凡地咏出。我们不要误解了平凡与粗杂，他方面诗人也不可把粗杂宽赦为平凡（或平明）。这类的批判，只有待诸作者的会心罢了。

由这点看起来，平民诗并不是近代的贱价的民众赞美，但生来即以民众为胎，由民众得到要素。

我们由这个见地希望真的国民诗人。诗人根据国民性，产生最善的，歌咏国民的真正感情、意志与要求。所以存在于现在的民众里的，不必定限于肯定，也不必定把现在的民众为最上、为主眼而歌咏。表现的言语须要正的考察，也有时要探讨已经湮没去了的民众的古代之善良的要素，也有时呼求他国的善良的影响，不限于现在，且包含预言将来，而作国民第二步的启示，亦即作自身第二步的启示。一般的民众比较艺术家多为钝感的，缺乏表现的力量，这并非侮蔑之意，表现之力虽然缺乏，但有社会各机关的其他能力。不过诗人在感动上面总得比一般人要优秀些才好。即是诗人要看一般人所不能见（思想的或官能的）的东西，感触上也得为超人的，要为最普遍的个性的。所以艺术无论什么时候，皆为优秀个性的产物，为先驱者之所有物，为民众的善于理解者。暗示民众的第二生活的资格，便产生于此。

平民诗人又为民众之魂的代言者，或许为一切的人所共通尊敬，但是一切的人不是艺术家，没有表现的能力。

原载《时事新报·学灯》，1921年11月5日、1921年11月6日、1921年11月11日。署名：谢六逸　译编

诗人之力

[日本]千家元麿 著

我渴望无限的生存,
我不想失掉人生的兴味,
在人生诸象里失了兴味的人们,
不足语至上的艺术,更无所表示,
自然对于他们是冷的;
人人对于他们闭着了胸襟,
这些人的生涯是怎样的过于寂寥、□苦,及冷落啊!
这样的人我见得多了;
无希望和爱,更无要求,
衰老以终的人;
他们的前方只有黑暗和死的深渊。
啊!可哀的人们啊!
舍这样的世界而去的人们,
现在暂且停足罢,

还返人生罢,

使他们在那里感觉无限的(不尽的)人生之丰惠,

岂非诗人之力吗?

11月17日

原载《时事新报·学灯》,1920年11月25日。署名:谢六逸 译

未来派的诗

在这个时期中,有许多人对于旧诗仍是依依不舍,喜欢旧体诗的朋友,都异口同音地说语体诗不能吟咏,不过是些叫妈唤娘的话,哪里是诗?

他们的诗之动机,只是在百无聊赖的时候,风花雪月地吟咏起来,作为散闷,于是他们的口头禅乃是:"人间无正声——悦耳即为娱。"

自由诗虽然也不排斥诸调及内在律,难道是能受点儿限制的吗?是限韵限题,现翻《诗韵合璧》收括得出来的吗?

自由诗是不屑于要他们摇头摆脑地哼吟的。惠特曼、加本特等人所做自由诗的内在律,都是由于他们心里的呼吸而生的。心里的呼吸,心弦的冲动,是绝不肯受外部一点节约的。把他们的诗朗诵起来,岂是咿唔哗咕所能达其情意的吗?

迷恋旧诗的人对于现代最能传达情绪的语体诗已经这样地不肯下顾,要是他们见了最近的未来派的诗(或美术),更不知要怎样地大拍其书房里的"戒方"呢!

未来派的诗本,三十年前已经有了。打初意大利有未来派(Futurism)的画家,他们极力地反抗过去及现在的压迫。和过去了的人物,斩钉截铁地切断,这样才能使人生与美术有新鲜生命。其所以命名未来者,因为这种艺术,在最近之"未来",是有"要来的"希望。

诗的未来派之提倡者亨利·纽波尔特说得好:

最近科学上的各种发现,使人的感受性非常发达,不可不用实际的新感情,代替旧感情了。新感情是以新的表现形式为必要。新感情因为以速度、噪音、猛烈,或归于应用科学为主;于是新表现势必紧迫、声高。为残忍的、无线电信的、信号样式的,一般都竭力以物质的东西为切适。

人的感情是时常新的,因而表现不可不常新,不然还成诗吗?且译两首未来派的诗于下。

(一)土耳其堡之围(玛利勒特著)

(原文因报纸不便排印,略去。)

堡塔,大炮,勇气,疾走,竖立,测远器,欢喜,轰轰,三秒,轰轰,波动,微笑,哄笑,咚咚,哈哈,呐喊,捉迷藏,水晶,处女,肉,宝玉,真珠,沃素,盐,臭化物,女裙,瓦斯,泡,三秒,轰轰,将官,白,测远器,十字射击,扩音器,一千密达瞄准,全队的左,充分,各立其位,斜角七度,豪气,射出,贯通,渺茫,穹苍,凌辱,冲锋,陋巷,呼声,迷途,褥,呜咽,耕耘,荒芜,床,正确,测远器,单叶飞机,谈天,剧场,喝采,单叶飞机,同僚,洋台,蔷薇,车轮,大鼓,穿孔器,虫,喧骚,浮浪子,牡牛,血色,牢屠场,负伤,避离所,沙漠中的沃地。

——上诗由学校中横山文学校教授讲义里引用的原文译出。原文统是英语单字,排列成立体形

(二)直情之诗(平户廉吉著)

直情 我的道德

我的 行为

我的 艺术

此机械的赞美者

蓦然

见不惯的 到街里

力动

乌俄瓦拉

底波打——

钢铁制的装甲自动车

133957

复眼之闪

到黑暗的宣战

前进！到光的信号
——上诗自日本新潮社出版的《日本诗人》杂志译出

此二诗不过其例。他的批评是怎样，还不敢下断语。不过这种形式可以说是他们的要求，是充足他们的要求之新的诗形。换句话说：他们的新感情，要这样的新诗形才表现得出。

拜倒于旧韵律格式的人，请看世界诗坛的进步到了什么地位？

诗人波浦说蒲人类的适当研究物是"人"。

喜欢旧诗的先生们！请先研究什么是人？然后才研究做诗吧！

12月8日，东京泷野川畔

原载《时事新报·学灯》，1921年12月17日。署名：六逸

柴霍夫生祭感言
（1860年1月17日）

　　各人的使命，在于精神的活动，在于探求人生意义与真实之不断的需求。人一旦自觉本己的真使命之时，使各人得满足者，除了宗教、科学、艺术而外，没有别的。——柴霍夫

　　真珠一般的文章（指霍氏的小说——都省卡），将女子之爱细密地、照实地描出，纵是陀思妥也夫司基、屠格涅夫、康查洛夫、我，也不能够做得这样。——托尔斯泰

倘若我的观察不错，由表现法上，可以将近代文学界分为二类：一类是如像易卜生、托尔斯泰等人，把社会人生问题，在作品里面很明显地表示出来。一类便是柴霍夫，并不打起问题或主义的招牌，只轻描日常的事物，没有将希望与理想了然地现出。前者要教人求幸福，努力向上发展。后者只是教人乖乖地吃饭，做一个人。因此我们在易卜生等的作品里，即时可以看见对于社会人生的热情。妇人问题、宗教问题、思想问题，都被他描写得淋漓尽致。但在柴霍夫的作

品里面，我们得不着这种的理想与要求，觉得是平淡无华，苦闷与忧郁。上述两种的表现法显然不同，但是仔细地把柴霍夫的作品玩味一过，也可以看出里面是隐有问题的。我以前看过他的《叔父瓦尼亚》，觉得其中所包含的人生问题，并不亚于易卜生、萧伯纳等俦。书中所描写的塞耳卜利亚可夫的继妻耶尔娜，却深深地隐示着结婚、贞操、妇人道德的问题。据此看来，文学和人生问题，是怎样的密接啊！

耶尔娜者，幼而姣美，正芳心勃茂之年。伊和塞耳卜利亚可夫教授结婚，并无爱情的结合，只是因这老病的教授的学问与名誉而牺牲了。其间自然是没有什么幸福，然而结婚之后，因为谨守所谓贞操的道德，纵然塞耳卜利亚可夫不堪为伴，便也安然。伊的芳心只这样地思考："湛于胸里的青春亡了，胸里浮漾着的一切幼年希望舍弃了；这样的事是合于道德的。"其后有一个出入伊家的医生阿司特洛夫，和塞耳卜利亚可夫的前妻之女有了情愫，但司爱情者的矢，却不专向其女，渐渐移近于伊，伊知道是危机来了不能不避去，但爱情之炎，颇难骤遏。伊和其夫远行的时候，也禁不得和那亚司特洛医士接吻作别。这岂非描写妇人道德之破坏吗？

柴霍夫的描写，已经将非恋爱的结婚、贞操、妇人道德等的问题寓于其中了。然而他的表现法却不是和易卜生等人一般，将问题当作问题地写出，他只仅描写妇女的本能是如此。世间固多贞淑妇女，然依照妇女的本能，对于旧道德是不能满足的。女性的本能自然而然地要支配女子的一切行动。柴霍夫很巧妙地透视过贞淑妇女，结局难免要和所爱的男子接吻。这深沉的心理描写，除非是名家不能办到的。

将易卜生的娜拉(见 A Doll's House)和柴霍夫的耶尔娜比照一下,虽同为描写妇人问题,一则活跃纸面一则隐邃纸背。一是提高嗓子叫读者注意,明明白白地打出招牌;一是细微地写着人生断面。粗心浮气地看过,是不见着什么的;倘能沉静地观察,便觉有许多问题,自读者的脑际涌出了。

又把托尔斯泰的作品和柴霍夫的比较:我觉得托氏将他的哲学、宗教、主义都溶化在他的著作里。柴霍夫则不然,只由自己眺望人生,观察之,表现之。这样的作品可使读者很有思考的余裕,可以使我们更能仔细地咀嚼人生味。托尔斯泰的著作里所提出的问题,是要解决的,柴霍夫则不是因为指摘某某问题而提出,因之也无解决。《柴霍夫的书翰集》里面,他写送友人的信有几句说:"艺术家观察、选择、推考、结合——自身预想问题。"又说:"解决问题与叙述问题不能混同。"这也可说是柴霍夫的艺术观。据此观察,托尔斯泰是根基自己的哲学与主义而考察人生的艺术家,柴霍夫是以深刻心理直接观察人生的艺术家,前者是态度的,后者是心理的。这两种在任何时代都存在,都要求的。——因为他们都有伟大的人格。

文学既是人生的表现,文学与人格乃相一致。所谓人格,并不是什么圣贤豪杰之说。伟大的人格,就是普遍的天才。我们试看世界著名的诗人或小说家,他们不仅是一个诗人而已,亦哲学者,亦科学者,是兼有一切精神的素质与能力的人。比较普通人更有复杂丰富、活气统一的精神生活的人,此即是我说的伟大的人格。缺乏此种人格的，算不得是艺术家，不过一技巧者而已。意志薄弱、感情纤细的人，于文学上绝不能有创作，因此亦有浮华淫靡文学与人生文学的界限。

批评家西司妥夫曾说柴霍夫是个绝望的文学家，我们也承认这话是正当。但他的绝望并不是因为俄国的压迫，意志受了羁绊，故对于一切绝望的，他的精神生活乃是无时无刻不进展，因之才有伟大的创作。所以他说："……使各人得满足者，除了宗教、科学、艺术而外，没有别的。"

文学家是人生的指导者、先驱者，不可不有伟大的观念、深刻的思想、丰富的同情。要由肯定人生、增进人生、创造人生的途径走去。要把我们潜伏着的勃郁生命，很确适地、强有力地、深奥地表现出来。对于人生的快乐和苦闷，都应该觉得是极有味的。因之我们的观察和我们的感受，与其单纯，宁为复杂。我曾比方文学家之笔，正如农家之锄，锄犁垦出无限的荒地，文学家的笔锋开拓了人生的谜、神秘的世界。生命既无限地流动，在这条路径所遇着的冲突神秘也就不少，全恃文学家的笔锋战胜了他们。不见歌德的《法斯特》克胜了青年男女的心弦吗？屠格涅夫的《猎人日记》克胜了俄国的农奴主吗？柴霍夫的《叔父瓦尼拉》克胜了妇女的旧道德吗？

缺乏真实性的创作家！难道你们为发散一己的情欲、为娱乐、为智巧、为修身而创作吗？

1月9日，严寒之夜

原载《时事新报·学灯》，1922年1月17日。署名：谢六逸

新诗的话

一

诗人作诗是快乐的事,说明诗是苦痛。

诗这东西如微风拂荡般的柔,叹息般的轻,又如泉水般的爽然由我们的胸中涌出,诗人只消将这点写在纸上便得。在这一点并不要何等的努力。诗和小说戏曲有异,小说戏曲虽也是自然地生出,但是做出的时候毕竟多些。既是做出,便需努力,便需要意志之力,靠心情不行的,又要头脑的劳动、批评的眼光,结果,靠理智力的时候多些。诗则不然,诗的范围虽然也容许理智的诗,但在原则上,诗是感情、情绪、感觉的素直而单纯的记录。诗人只消如小鸟般地歌出便好,小鸟歌时,未见得要怎样的努力!此时并无理智的动作,也无批评,也无反省。小鸟何以要歌呢?因为小鸟想歌出,所以便歌出。小鸟之歌,不过是它自己依从它的本能的命令而已;又因为歌出,这才是小鸟的快乐之故。

诗人就是小鸟，诗人是人中的小鸟。诗人最好是就所见所感的，不加修饰而素直地歌出，并不需理由、顾虑与反省。最好是自由大胆地就所思的歌出。只要我们是一个正直诚挚的、"人"的、可爱的东西；只要我们是有血有泪的一个人，我们有什么害羞呢！又我们的心澄若明镜的时候，还怕写不出诗来吗？诗人的心不外是自然的镜子。是置在大自然之前的一把小镜子，在镜面上，悲也映着，喜也映着，飞的鸟也映上，落的花也映上，诗人只消把映在上面的东西歌出便得。

德国大诗人哥德曾说："诗作我，非我作诗。"这话便是说，我们作一首诗，决不是故意去作出来的，是因为觉得不能不歌出，所以才歌出，正和小鸟是相同的。这种时候，小鸟、哥德、人们，都是那自由左右他们的不可知的、无限的（神或大自然）或物的工具，不过是这些的吹笛。诗人倘若能够这样思考，便是真实的诗人，才能发出人间本来的真实之声；倘若忽略内心之声，徒趋作伪弄巧，腐心于修辞之末，而失纯粹，只成其为不纯、虚伪之物而已。

技巧有时也是不可少的。因为有它，同样的感情，更能巧妙地表现，更能有力的动人。即对于用字的选择、言语的迂回、字句的配合、修辞等也不能不有一番苦心。但是，技巧不过是末节之末，最要紧的是内容，是有内容的技巧，倘若内容无味，任凭形式是如何的美，修辞上如何的费尽心血，结果是等于零的。有许多的诗人曾腐心于技巧之末，将"诗"装饰得很美丽，以眩人目；又不仅眩人目而已，且自思是一名作，这便大错。诗之不含真实者，岂能称诗？然人多专心技巧之末，以戕杀诗的生命者很多，这是可叹惋的事。

作诗的技巧,便仿佛化妆。美人之化妆,是因为使他的美更加增一些,但若素质并不美,而徒施脂粉,重涂脂红,虽自以为美,实则丑极,因为这一化妆反把原质的丑加增了。真是由衷心迸出的诗,再加以研磨,才能增加原有的美。我说这话,并不是排斥一切技巧,我是不敢爱那些因于技巧的技巧诗的。借助于作诗法、修辞学作出来的诗,还有何价值可说?

诗人不可不素直,不可不如吹笛般的从顺,不可不照大自然的节奏而歌。因为诗是本能之所产,作诗应该不要怎样的努力。倘若要努力,也并不是技巧上的努力,是努力使自己成为一个"人"。诗人第一要成为一个能成诗人的"人"。人格即是诗。要有哥德的人格才有哥德的诗,有浮海仑的人格才有浮海仑的诗,有惠特曼的人格才有惠特曼的诗。总之,诗人要先完成自己,此外什么技巧等都是末之又末。诗人的修养便是人的修养。作诗的秘诀,就是先做这一个"人"。

二

诗是什么呢?

诗是最率直、最单纯、最直接地表示我们的感情的东西。诗是最原始的艺术之形式。所以诗的起源在一切的艺术中是最古的。西洋有谓诗是和"亚当""夏娃"一路生出的,这话很不错。最初的人间,就是最初的诗人。

诗是人间的感情达于高潮时的声音,即是感激之声、感动之声,无论是喜是悲,我们的心决不能平静的,总得有一种形式表现出来。

或笑或泣,或跳跃或俯颜,至少总要成为表情,发现于脸上,倘若以言语表现中的时候,诗便生出了。例如"喜悦呀!"的声音,说这是诗也并无碍的。不过仅仅这样,便没有艺术的价值。同一样的喜悦,和他人的喜悦相异时的喜悦;和他人相异的其人的喜悦,不能表现出来,则不是艺术。至少也缺乏艺术的独自性,价值也很低。诗人的个性是最要紧的,必要做到非其人,则不能歌出其人的特色才好。模仿是无价值的。单模仿他人,不是由作者的个性发生的,根据于模仿的个性而歌的诗是无存在的意义的。虽然,同一的模仿,倘若其人的个性能够显然地掩去他所模仿的诗人的个性,才有存在的意义,但这样便不能仅称是模仿,说是受暗示或受感化,比较的稳当些。"居友"曾说:"诗人是发挥个性的。若个性里是健实,诗人便于其中叙述类性。"或许有人怀疑诗人过于尊重自己的个性,一意发挥,岂不是为他人所不能理解吗?其实不然。如日本小说家田山花袋所说:"一人之心,万人之心也。"个性的极度个人的感情的呼声——例如歌失恋的悲哀的诗,只要诗人不是极度的病的或迷惑的,便可通于万人,无论谁人都能理解,因为对于相同的为失恋而苦恼的人,能予他们以无量的慰藉。

仅仅说诗人是感情的呼声,还不十分充足,诗的本质也不是区区之文化所能尽事的。某德国诗人说诗是气息,便是说诗是呼吸,正仿佛说这是诗的"音律"。诗的音律,便是感情的波动,呼吸便是这感情的波动。也有旁的诗人说诗是祈祷的语言,对于那些宗教的、敬虔的诗人,诗自然是祈祷的言语了。也有别的诗人说诗是心情之爱,对于人间的诗人,诗确实是这样的。日本生田春月说诗是"人间之声"——痛苦的人间(Suffering Humanity)——人类的苦恼。诗就是因为歌出这些而存在的。

但仅这样说,还不能确实地得诗的概念。应该如解说家一般的,平明地解说一下。

诗在广义上,是用于文学上的创作的名称,(如小说、戏剧等的文学)在这意味,小说家、戏剧家都可以称为诗人。(不仅艺术上的制作,有人生的一切的诗的要素的东西,皆可曰诗。创作家中,虽然不是作诗的人,我们常说那有诗人要素的人为诗人,这是常见的事)不过在现在普通的用法,诗是指与散文对称的韵文——以有节奏的语言写出的——不仅有绘画的、雕刻的作用,大半也含有音乐的作用。即是可以说诗是感情、情绪的、音乐的表白。诗的本质用这样说明,或许明白吧!

三

诗与散文有什么区别?

就形式上区别诗与散文:诗为韵文(韵者,有节奏的语言),即是用有节奏的语言所作的,其一则否,如现在的自由诗,除了分行(Line)分联(Stanza)外,类与散文没有什么区别。区别之点,便在节奏。诗的节奏比较文的节奏更要紧张些,更是强调的。但若细微的区别颇不容易。散文为到诗的阶段,将散文净化、纯化了便是诗。

诗人要有伟大的思想。

诗人一面是思想家,一面是哲学者;但决不是普通意味的思想家与哲学家。普通的哲学家,多以锐利的论理的头脑,推理穿凿。对于一个观念,由表由里返复地思考,期必没有矛盾;诗人则不然,诗是超越论理的。诗人决不要推理,诗人是直观之子,不必要头脑的思考,以心情所感地歌出便得,即诗人是感触的人,思想家或哲学家是思考的人、思索的人,这不过是二者的大体之别。自然诗人也需要思想家的要紧,思想家也需要诗人的要素。例如"尼采",便是能浑然融和这两方面的,即所谓诗人哲学者——理想的人。在这一点,诗的要素多些,便成诗人,至于二者的区别,可以用下式表出——

诗人——心情(感情)——直观(感)——实感——诗

哲学者——头脑(理智)——思索(想)——概念——哲学

约而言之:没有哲学要素的诗人,不能够称为完全;没有诗人要素的,也不能说是完全。在诗里不能发现什么思想,是觉得耻辱的。

感情为诗的根源,不以理智抑制;便有放恣之虞,但若全然以理智抑制,则诗是死的。感情与理智融合,此时便生出思想诗与哲学诗。即所谓观念的抒情诗(Ge dankenlyrik),德国诗人西喇的诗,就是这一类。

有上述的要素的诗,可以说是思想诗,或哲学诗。

四

散文诗与普通的散文有什么区别?

散文诗的诗形,比较自由诗还要新些,也可以说是自由诗以上的自由诗。

散文诗的名称,是在19世纪的后半,屠格涅夫、鲍特勒尔出了散文诗集之后,便成为普通所用的名字,意义就是以散文所作的诗。

散文诗的创始,自法国颓废派诗人鲍特勒尔起。其后玛拉麦、勒尔瓦、王尔德等亦作散文诗,最近有俄国的梭洛古勃。

散文诗与普通散文的区别,在现在论诗的书籍中,不易得明确的指示。若果我们仔细地观察,可以见出散文诗与普通的散文有明确的差别。

散文诗的形式,虽为散文,但是他的内容纯然是诗的。不过将可以为诗的内容,用散文代替韵文作出而已,普通的散文的内容只是散文,而不是诗。

法国诗人玛拉尔麦曾说:

"人人所呼的散文里,也有诗的存在。绝对的散文,严密说来,不过仅是字母而已。"

总括一句:

普通的散文,是以散文为散文的内容而作。

散文诗是以散文为诗的内容而作的。

散文诗与普通的自由诗(即不拘韵律形式之诗)也有显然的区

别,即是散文诗的节奏(Rhythm)与自由诗的节奏的相异。又由音调上又可以看出二者的区别。

原载《时事新报·学灯》,1922年2月9日、1922年2月13日、1922年2月18日。署名:路易 译述

诗人之梦
（散文诗）

[日本]白鸟省吾　作

温暖的爱的幻觉中,他见了社会里各种人的集合。那里有少女,有老人,有青年。许多人的颜面,喜悦着、烦恼着,有的疲劳至于肉、灵都不是自己的了。也有为科学的沉重、劳动的重负、人生无限的重负压溃喘着气的。有些尽力地放开声气唱歌,但那歌声为黑暗的洞穴所吸,消灭了。有的饮酒以至于身体麻痹。这些都如落叶般的岑寂,残留在胸里。

他于其中看见盛装的、全身辉耀的贵妇,看去是十分幸福似的伊的美衣充满兰麝般的香气。伊娇媚含笑,是外交的花。伊如艳花,又是放光的跳舞者。抚着男子,伊的床褥这样的柔软,满足那沉醉的心,人的享乐似乎也完全了。

那一群中有一个诗人,诗人披着褴褛,看去仿佛匍匐在地上一样,有谁还顾他的风采。寒暑的需要和食用不能够充分预备,他默默无言。只有他的贫穷是惹人目的。

但是他静静悄悄地踏于"永远的大地"之上。在自然的胸里,飞鸣着微妙的音乐的,便是他。他在其上孤独地唱着凯歌,他和自然一致,他如光辉的云,拂拂的风一般,是活的焰。

什么都眠了,贵妇也眠了,只有诗人在"永远的大地"上走去。

白鸟省吾是日本现代诗人,曾在东京早稻田大学文科卒业。他于平民诗人惠特曼的诗有丰富的研究,所以他的诗带着平民的色彩,也被称为东方的田园诗人。他的最近的诗集有《幻之日》,论文集有《做诗之道》。后者为集其论诗的散文所成,内中有一篇论散文诗的很好。

2月15日

原载《时事新报·学灯》,1922年2月18日。署名:路易 译

对于戏剧家的希望

我对于戏剧颇缺乏深刻的研究,所以仅由顾客的立足点,有所希望于现在的戏剧家。

在文学里,戏剧比较小说、诗歌的位置高些。因为戏剧是为群众的艺术,看客不只一人,其感化力比较小说与诗歌来得丰富而有力。在这一点上,戏剧与群众心理遂发生绝大的关系。吕朋在所著《群众心理》的群众感情及道德一章里面,曾论及戏剧之引诱群众,力量极为伟大。又论《剧场里的群众心理》,约有三个特色:第一是易信心(Credulity),譬如受过教育的人,对于鬼神的观念,早已泯灭;但一入剧场之中,看了莎士比亚的《哈蒙勒特》剧,第一幕中便有哈蒙勒特王的幽灵出现,当这个时候,以不相信鬼神的人,也一定要感觉其幽灵是有的了,至于素来相信鬼神的人,则已目瞪口呆了,这便是群众的易信心之明证。第二是偏袒(Sides),一幕剧里面,倘若有两种相反的事件或人物,常使观客起了偏袒一方的心理,这种心理无论谁人都是有的。第三便是感情的传染(Contagion of Emotions),这一种更是重要，一幕剧曲的喜怒哀乐，映入看客的眼中，就触动感情，变成自己的喜怒哀乐了（详见吕朋著《群众心理》日译本三五至六二页或加藤朝鸟著《文艺思想讲话》一二四至一二八页）。戏剧与群众心理的关系若此，而且剧场要素中，看客便是第一着，倘若戏剧家（无论作者或演者）疏略这点，则虽欲提倡中国戏剧之革新，恐难成功罢。

所谓明澈戏剧与群众的关系，并不是如沪上的一部分蠢若鹿豕的俳优，一味迎合看客心理，做出许多花样，而使群众欢喜得嘴都合不拢来，乃是希望注意到吕朋所说的三个特性，缓进地提倡有文艺价值的剧曲，以改良社会。

更希望中国戏剧家用缓进的方法改良，不宜于急进，且寓意不宜提高，须从普及入手。假若急进了，他们看了莫名其妙，譬如久饥的人，骤进以饱食，则不消化。现在中国戏剧的创作或介绍，也应该避去这点。听说去年新舞台演萧伯纳的《华伦夫人之职业》，结果失败了，便是中国社会的看戏程度够不上的现象。虽然，像他们骤然照样演出这种第一流的名剧，不能不使我疑惑。因为吕朋在《民族心理》六十二页上曾说："在一国虽然极博人喝采的演剧，在他国也有毫不成功的……其故在不同的群众里，不能起同样感兴。"《华伦夫人之职业》虽为上品，在西洋虽受欢迎，但在毫无文艺观念的中国看客，因为人情习惯的关系，他们看了直与入五里雾中一般。我的愚见，在这过渡时期，万不获已，只宜用"烧直"的办法，而不宜用"移植"，"烧直"者，取材他人，略加变更之谓，如徐半梅君所做日本久米正雄的《三浦制丝场主》便是其例。（此剧载《戏剧杂志》某号）"移植"便是照字照句地直译过来,非特情节(Plot)不变,字句亦无差异。(新舞台所演的《华伦夫人之职业》是这样不是?没有看过,未敢妄断)这种办法,在中国的群众智识的幼稚时代,可暂缓取用,倘若这样地急进,自然难免失败了。

原载《时事新报·学灯》,1922年2月27日。署名:路易

郭果尔与其作品

> 今天是俄国一位大文学的艺术家郭果尔（Gogol）死后七十周年的日子，他并且也是本月 31 日生的。我们今天特地用了这篇短文来表示我们追念他的意思。
>
> ——一岑

1809 年 3 月 31 日，郭果尔生于乌格兰尼亚的贵族之家，他的父亲是一个文学的天才，曾用小俄语作了些喜剧。郭氏幼时失父，在某市镇读书，未几离去。十九岁时住圣彼得堡，此时他的梦想的生涯，欲成一演剧家，但为圣彼得堡帝国剧场监督所拒，志不得达，因改途为某文官的候补书记，他对于这职务很有趣味。其后才入文学的境域。

郭氏在文坛的初试，为 1829 年，他取材于小俄的田园生活，做了些小说。就中以《底堪卡附近农场之夜》及篇名为《米尔哥洛》的几种短篇小说，使他在文坛享盛名，与"犹可夫司基""普希金"并列。

他取材小俄生活所作的小说,其中所包含的滑稽与智的理想,非短文所能说明的。他将村中的歌长、富有的农夫、乡村的老妪、铁匠等类人物,作小说里的主人,书中充满了青年人生的善美之笑,充满了幸福与滑稽的风味;又是生活之乐,没有黑暗思想来扰乱他们。他的描写,并不是无礼的滑稽。他极忠实于"现实",他所描写的农夫、歌长,皆是由实生活中取来的。他的真正滑稽的描写,则在晚年,是悲惨的人生与滑稽的环境的对照,普希金说他的作品是:"在他的诙谐后面,你能感着未见的泪。"

他用小俄语所作的故事,不仅取材于农民生活,有些是取材于小都市的上流社会,《伊瓦洛继志与尼其夫尼志的争论》是现在脍炙人口的滑稽故事,书中描写两个邻居斗嘴,极有兴趣。

他的历史小说《塔拉司·普尔巴》(Taras Bulba),是取材于小俄的小说中的珍品,书中描写哥萨克生活,以及他们的战争方法。只因郭氏注重其时的浪漫主义,所以浪漫色彩很深,由现在的要求读这书,是不能使我们满足的了。

郭氏由大俄(尤以圣彼得堡为甚)取材的小说,以《狂人日记》《外套》二篇为最有名。《狂人日记》里,将狂人的心理严密地描写出来。《外套》就是"诙谐里含着不可见的泪"(见前)的小说的好例。原书描写一个小官吏的可怜的生活,这官吏在恐怖的感觉中,发现他的外套,已经破到不能再加修补的地步,不幸竟被盗贼窃去了。郭氏描写他此时的绝望,字里行间带有大艺术家的印迹,遗留很大的影响于后来的俄国小说家。

散文喜剧《巡按》（吾国已有共学社的译本），是俄国戏曲的出发点，郭氏以后的戏剧家，都把这书放在眼前，作为模范。《巡按》在俄语是 Revizor，为中央派到各地都市去视察地方行政的吏。原书描写某镇上，在巡按未来之前，有人冒充巡按，插入邮政局长、警察长等滑稽人物。此剧在俄国剧曲的发展上，划一新纪元。在当时俄国所演的喜剧或其他剧曲，够不上称为戏剧文学，因为不完全而且幼稚的原故。《巡按》在 1835 年出现，郭氏所描写的滑稽风味，一人物一场面，均有特别的风格，为人人所称赏，这本书要算现存的喜剧中最好的了。倘若描写的人生状况，不专是俄人，不是属于俄国以外的、别人不知的人生的过去阶段，那么这本书完全可以承认是世界文学的珠宝。此剧在德国开演，由熟悉俄人生活的艺员出场，获了很大的成功。

《巡按》惹起了俄国保守派的反对批评，因此后来描写圣彼得堡官僚生活的喜剧《乌拉底米克洛司》，竟不准表演，原剧也没有作完。此外的喜剧，还有《结婚》，描写一个顽固的独身者在结婚前感觉的恐怖与踌躇，到行结婚礼的前几分钟，竟由窗口跳出逃走了。此剧的兴趣在现在仍然保存着的，在俄国剧场的目录上占重要的位置。

《巡按》出版后，他居于罗马，以完成他的杰作《死灵》。书中情节，描写少年契起可夫因贫梦想致富，忽得一策：那时的农奴制度未除，一个地主，都有许多农奴，称为"灵魂"。每十年，政府收税一次，在十年中倘有"灵魂"死去，应由主人付人口税。契起可夫的意思，就是去和地主商量，请他们将死的"灵魂"取去，作为是他买去了，地主因为省税的原故,没有不答应的。于是他就拿这些凭据押在银行,算是活的"灵魂",便得很多的钱,可以另买活的"灵魂"以致富了。因此他周游俄国,去寻找死灵魂。书中的形容,真是淋漓尽致了。

郭氏晚年患神经病,自觉他的一切讽刺的著作是罪恶,盖受虔诚派教徒的影响,乃起宗教的自责。他曾二次烧毁他的《死灵》。他的最后十年是极端的痛苦。最后的著作,便是《与友人的通信》,皆是讨论基督教及文学的函札。1852年3月4日,死于莫斯哥。

郭氏的作品的影响是无限的,到现在仍然是这样,他不是深刻的思想家,乃是一个大艺术家。他的艺术是写实主义。他的滑稽,不是取笑人类的弱点以为快乐,乃是愿望使他们醒觉。将社会的要素入于文学的,他是第一个,使俄国文学有优秀而重要的位置,所以"因为有郭果尔,俄国文学才入了新时代,其时俄国文艺批评家称为郭果尔时代"。

(此文根据克洛泡特金的《俄国文学论》六九至八九页)

原载《时事新报·学灯》,1922年3月4日。署名:路易

文化与出版物

▲研究的团结 ▲ 小丛书的需要

大凡一个时代,总有一个时代的特别空气,这种特别空气笼罩民众生活的各方面,换一个名词来说,就是时代精神。表现这时代精神的:范围狭的有文学,范围宽的就是文化。文化的内容,乃是"以行于一定时代的哲学、科学、宗教、艺术、产业为始,以及支配规定维持我们的社会生活、家庭生活、个人生活的制度道德、风俗习惯等物。这些东西无论在什么时候,无不为时代精神的表现。时代精神的表现,就是文化"。所以一个时代的文化,是包括其时代的精神物质各方面,而文化之能期成与否,发达与否,则应视其国内的精神物质各方面的学术及研究,果能适应或期成其国的文化否?精神物质各方面学术的表现,又在个人的或团结的研究与此研究所得的传播。传播的方法虽多,要以出版物为最适当之法。

所以凡学术的研究介绍或批评之表现,无论为个人研究或团体研究，不欲藏诸名山则已，否则惟出版物是赖。

其次，欲期成或增高一国的文化，当视研究学术的团结为转移。从古希腊起，经过新生时代，以至于现代，其研究学术的团结，以及所有传播的方法，均随时代以增高，其间为学术、为主义流血的也有，皓首穷经的更不可数。即以吾国周时论，研究学术的团结甚多，而自主一宗，以互相辩论者亦不在少数，故能在吾国文化史中，放极大的光芒。这些都是欲图一国文化的发达，必待于团结的研究的明证，就吾国的目前情形看来，虽有学术的团结，但没有认真做研究的工夫。代表其研究结果的出版物更未常见。有之亦未能脚踏实地，供应于求地做去。就已出的独创的著作论尚无可论者。至于介绍方面，则不时有急其所缓的毛病，在学术很幼稚的时候，即骤进以非普遍的读物。普通的人，其欲得知识之念，必被艰涩所打消。故遇着出版界的人，无不曰某种著书销路甚劣，叩之学校生徒，则曰某书看去难懂，由此便可想而知了。

现具体地与有心研究学术者及出版界商榷：首宜多结研究学术的团体，将研究结果借出版物传播，如是则一书之出，无论其为创举或介绍，当较个人所得者为精深。至于出版物，宜先从小册子（Pamphlet）入手，一种小册子约可容字二三万，其价值不得过二角，且必须为系统的，如研究文学、哲学者，则应先出几本叙述文学、哲学是什么，其变迁如何，更将历来之文学、哲学家，各以一小册子述之。或将泰西名著，钩元提要，各作一册 Outline，暂不忙照字照句地搬移过来（此专就论文一类的书说，文学作品不在此列），其他如科学等，亦复如是。例如研究介绍柏格森者,必先有 Roy Carr 等人解释其学说,又如研究易卜生之文学,以日本论,则有易卜生研究会,《易卜生研究》等书。凡此皆为研究其人必经的门径。在中国入门的书还没有几种,便整册地搬过来,难怪不能消化了。

若经过了小丛书的传播或浸润,然后使他们阅高深的书,才不至于无所措手。我们的第一个目的是要他们懂得,是要他们喜欢看。我想经过了几百本小丛书的传播,他们当然能够找着自己所想看的书,同时就不愁他们看不懂大册子的书了。

文化与出版物的关系,已如前述。欲增高吾国的文化,非从介绍研究及出版业入手不可,似已为老生常谈,然试一探出版物的影响,殊等于零。所以我的意思以为研究的团结及小丛书在目前最需要得急,因此把我的一点宿见写出来。

原载《时事新报·学灯》,1922 年 3 月 17 日。署名:谢六逸

歌德纪念杂感

歌德不特是一个大文豪,又是科学家与哲学家,他的人格的伟大,实在令我们景慕无已。

他的八十余年的长生涯,时时刻刻都在研究探讨之中,他对于人间的一切事物都觉得极有兴趣。他年青的时候,除犯了德国学生的通病——美女与醇酒——而外,便是到各地去观察风物和古迹,他很看轻做书本上的工夫,结局乃成一博识的人。他曾向友人说:"倘余不与贤者交游,聆其教语,则余将何为乎?学非仅由书中得也,由活泼思想之交换与快活,始足为学。"又曰:"余在'北门',极耽古事。常访水车之家,扣其臼磨由何处来。"这并不是他蔑视书籍,是他肯做"好问则裕"的工夫。上自西勒、费希特、失林等大诗翁,以至村夫野老、园丁职工,皆为启发他的智识的良师友。

他曾在维也纳研究植物,与植物学家德托利交游。晚近科学的大发明——进化论,也为他所预想过的,足为达尔文之先驱。他无时无地都应用注意力与观察力,天空的云、地上的尘芥,都难逃他的观察。有一次他在车上，忽有所见，立命停车，下车后指路旁之石言曰："汝自何来？"又问此石的产地于附近农人。在普通人看去，以为此老必有神经病，其实不然。有人又说达尔文所发现的杀虫草与茅苔菜，已经被1785年的诗人歌德所发现过了。又有一次他在意大利海岸散步，见了一具破裂的羊头骨，遂确认了一切头骨都是变形脊骨的真理，因得说明生物进化的过程。后又发现"植物变态"的原理，他的这种随时随地的瞬间的注意，比较专门家的终日伏案，所得更多咧！

天才歌德的客观性极重，已有实写派文学家偏重经验观察之风，他说："使外物静悄悄地印象于我的精神，然后观察此印象，忠实地再现出来。此即吾人嗜称的天才之秘密。"一切科学皆恃经验，经验则由观察而来，先由观察集拢经验的材料，由此以立法则。所以许多杂乱无章的东西，都可以统一起来。科学家能做这样的工夫，已不难达到真理的认识了。加以歌德是一个天才诗人，在差别之中看出平等，在变化之中看出常住，安能不得最高科学的真理？然而，有时一耽思索，终不免与神秘的思想相近。歌德亦为神秘的观念所动，但他总想极力地避去，此点可以在他的诗里吟味得的。

歌德的杰作《少年维特尔之烦恼》，已经有人从事翻译了。此书可以代表1774年左右的社会文明的状态，将内部世界与现实世界的纠葛反映出来了。原书叙少年维特尔恋女郎娜特，后娜特为人妻，少年之爱仍不止，烦恼之极，乃自杀。将青年的悲哀，尽在书中发挥出来。他作这本书的时候，不过二十五岁，自然是"夫子自道"，是他的自叙传了。这书的体裁是书翰体，为集合维特尔写送友人的许多书信所成的,文章极美丽之能事。出版后即经二十余国的翻译,赚得无数青年男女的眼泪。

但此书不仅是歌德自己的恋爱故事,也是弥漫当时的病的精神的结晶,此书作成,虽把歌德的病医好了,(歌德的化身维特尔虽自杀,歌德却活了八十多岁)但世界的人的病更加重了,更堕入病的感情之中了!

《少年维特尔之烦恼》里面,有几句说:

> 在苦的梦里,夜渐渐发白了。伸着两腕朝着娜特,但终是无用的。我被无罪的幸福的梦欺骗了。回想与娜特在牧场,并肩儿坐下,挽着手连次的接吻,只有在床里空求娜特以终夜。此时半醒半梦的求娜特,醒后,热泪从被压迫的胸里涌出,我只望着黑暗的未来,除饮泣外,没有慰藉的法子了。

原载《时事新报·学灯》,1922年3月23日。署名:谢六逸

古墅女郎

（原名 A Sea Waif, By Welliam T. Cork）

小说家杰克顾其奚僮作得意状曰："华金,佳哉此岛! 汝主将纵猎矣!"华金笑曰："主束装来此,意在搜索小说材料,何云猎耶?"杰克曰："搜索小说材料亦猎也,人猎以枪,我猎以笔。葱葱者林耶? 潺潺者流耶? 浪浪者天风耶? 苍苍者海水耶? 曳轻绡舒薄谷者,云之幻相耶? 戴兜鍪拥旌纛者,石之变态耶? 凡此种种,人所不能猎,吾独得而猎之,惊神泣鬼之大著作,将取偿于是猎,较之荷枪之辈,仅仅获一雉一兔以归者,所猎不已多乎?"华金未及答,忽指数十步外一古墅,作惊诧声曰："噫! 主乎! 此楼观插天者,非可怖之公爵邸第耶?"华金斯语,正触杰克之好奇心。夙闻某公爵菟裘娱老,建别墅于岛中,连云甲第,为斯间唯一无二之建筑物。墙垣亘以文石,老树环之,黛色参天,俗尘尽隔。公爵栖迟其间,南面王无以易此乐。一日,公爵以暴疾卒。致疾之由,言人人殊,然莫不归咎于宅之非吉。空邸键闭,不知几历春秋。一二好事者,又复创为謷说。或云时有古衣冠者,踝躞邸前,俄顷即没。或云三五之夜,乃有庞眉老人,斜倚楼畔铁栏,捻髭眺月扪槃揣籥之谈。蛇影杯弓之说,渐渍人心,势力至伟。居民动色相戒,不敢结邻。甚至行商居贾,裹足不前。全岛之中,仅有鱼类面包之互易。此外,止军装小肆供游猎者之需要而已。(伏笔)古墅岿然岛中大类墟墓,杰克久耳其名。今日乃亲历此地,必欲闯其堂奥,一窥秘密。顾华金胆小如鼷,力尼其主使勿入魔窟。杰克曰:"此小说之宝藏也,魔窟云乎哉?速入,毋梗吾命。"

记者暂置杰克,今当叙克老克矣。克老克者,岛之渔子也。时驾轻舠,出没银涛雪浪中,以经营其水中之生产。诛茅为屋,寂处海滨。其人硕腹膨脖,髯鬗鬗绕其颊,肤色黧黑,大类内革罗人。性残暴,蓄子女各一,遇之不逮厮养,执役一不中程,辄拳足交施,不痛创之不止。男曰爱里尔,女曰米兰,名为养子,实则不啻克老克之捕获品。先是有舶遇飓于海,乘客数十人,同占灭顶。有二稚子随波漂泊,直抵海滨。克老克张网得之,饲为己子。久之,二子俱长,克老克以奴隶视之,榜箠无虚日。米兰遭荒伧之磨折,而不损其美金丝之发,蔚蓝之眼不以鹑衣百结减其容光。爱里尔亦英英露爽,矫矫不群。二子谓他人父,久不忆其家世,顾念及漂流余生,受假父种种苛待,前途险恶,不知命在何时。两小无猜,相怜也已而相泣有时。米兰执役爨下,稍拂克老克意,虩虎作威,鞭挞之声如雨集。爱里尔力为缓颊,纵以是撄假父怒,亦所弗惜。爱里尔随克老克渔,躬冒风涛,备尝艰苦。以捕鱼之多寡,卜假父之喜怒。鱼罹网则爱里尔漏网,鱼漏网则爱里尔罹网。克老克一日不获鱼,则其势汹汹,直欲寝处爱里尔之皮而食其肉。米兰目视斯状,辄面壁而泣,芳心碎如秋叶。有时米兰负刍山中,秀发压肩,乃为树枝所罥,力挣不脱,状至窘迫。旋觉有人岔息而来,为理乱发,回眸视之,则爱里尔也。天荆地棘中,情爱之苗,竟两两擢颖而出。盖二人年事渐增,知识乍启,非复漂流时之思想简单、天真烂漫矣。

一日,克老克酾资牛饮,泥醉而归。酒神与凶神,本有连带之关系,烈焰之上,灌以酒精,益助其燃烧之力。此可怜之米兰,手调羹汤,意在解克老克之醒,顾为积威所怖,纤手偶颤,羹自器中泼出,竟染假父之衣。克老克谓彼不愿治羹,故作此状,既愤且怒,则力捉米兰之发,伸拳将搥其胸。此拳一下,米兰必无幸,香消玉殒,指顾间事耳。当危迫时,蓦有人自后挽克老克腕。克一释手,米兰得乘间逸去。顾视挽者,则爱里尔也。克切齿曰:"忤奴,竟败乃公事。"飞足蹴之,爱里尔立踣。出门觅米兰,而米兰已杳。

米兰逃未及百步,闻草履蹋地作响,知追者至矣,亟伏丛薄中,屏气不敢息。幸克老克被酒,踉跄而过,竟未属目。米兰俟假父去远,乃反对其所追之方向,纵步逃逸。约数里许,嶙峋之石,着趾作奇痛,不得已息于草际。斜阳射其面色,作可怜红,与腮际泪珠互相辉映。米兰念飘泊余生,至寄食于虎狼之窟,吾生不辰,夫复何说。幸爱里尔援我,稍绵残喘,顾岛荒地僻,伥伥何之,不死于鞭挞,而死于槁饿。同归于死,尚不如死假父手,较为直捷痛快。念至此,将返奔家中,伏地请罪。方越趄间,而岿然古墅映入眼帘,则又心口相商曰:"此非岛人传说之魔窟乎?与其死于槁饿,毋宁死于鞭挞。与其死于鞭挞,毋宁死于魔鬼。且魔鬼云云,耳食之言也。有魔无魔,吾入此窟便知之。早备一死,虽魔窟,较露宿为佳,吾计决矣。"于是鰤儴至古墅前。视门加键,末由飞越。墙隅百叶之窗,因屈戌锈腐,辟而不阖,遂攀槛逾窗入。百年老屋,霉气中人欲呕,鼬鼠成群,见人至相率窜去。壁衣破裂,地毡颇工致,顾为尘埃所封,乃不辨为何色。陈设诸具,为状绝古,足供博物家之考订。写字桌上,列有金字皮脊之书甚伙。穿越数屋,大都类是。楼梯作螺旋形,拾级而上,如踏落叶,不闻步屐声,以积尘厚也。空楼数楹,庋置箧笥若干具,因遭虫蚀,木寸寸落。沿窗设安乐椅,都折其足。人坐其上,跪跽特甚,既不安,又何乐焉。廊间置有花盆,苔藓丛生,饰柱之垩,裂纹累累,为状绝类皱面之妪,傅以铅粉,壁嵌大镜,绝无光彩。室隅置大理石像,岁久剥落,遍体竟生疮痏。时已薄暮,黑幕垂垂欲下。米兰不暇详视,匆促下楼,绕入后部,摸索至庖厨,暗黯特甚。忽忆适为假父治羹,怀中尚藏有火柴,不如燃之。火柴既燃,厨次恰有残烛,借以照夜。焰作青色,摇摇欲灭。顾视左右,刀叉盘盏悉具,柜中有面包,不知何时所贮。饥不择食,取而啮之。硬如嚼铁,几落其齿。夜既阑,乃取旧衣覆体,蜷伏楼上,以度此可怜之宵。白香山诗云:"布谷鸟啼桃李院,络丝虫怨凤凰楼。"废邸凄凉,古今同慨,以多年人迹不至之地,而忽有一女郎匿影其中,宁非奇事。然女郎匿影甫一日,楼下足音遽起,疑克老克觅踪而至。亟启箱笥,潜伏其中,以暂避假父之凶焰。胸次突突然,如撞柞曰。记者曰:"米娘惊弓鸟,闻声惴栗,本无足怪,然来者固非克老克也。"

杰克曰:"华金,是邸颇幽静,裨益小说家匪浅,吾意居此较逆旅为胜。"华金觳觫曰:"人言此地为魔窟,良非虚诞。主不见地衣之上,印有瘦削之足迹乎？"杰克意殊不属，品角呷唔有声，方构一小说之起句，华金又惊呼曰："室中什物，多着手指痕。空邸无人，已为魅据。主速出，此非乐土也。"杰克怒曰："谁云非乐土者。汝盍遄返逆旅，取行李来，并为我召匠启门键。我决卜居于此，勿加梗阻。"华金不得已，逾窗出。少选，匠者启键，门乃大辟。主仆整理行箧，扫除尘垢。穷日之力，约略就绪。尚未及楼顶，手足已疲。偃然思卧，非然者。米兰且发现矣。

杰克居古墅，殊无怪异。著书余暇，辄抚批霞纳，以寄托其意趣。或散步墅外，延揽自然界之形形色色，以充说部之材料。华金者，诚愿之僮也。忠事厥主，纵劳苦无怨言。顾胆小如鼷，终日惘惘，常疑有鬼魅伺其左右。有时夜阑梦醒，隐隐闻楼头足声，则匿首衾窝，汗涔涔下，益信楼上为鬼魔窟穴，深恐乘夜攫人，已必无幸。迨至晓色透窗，乃敢张目四顾，如释重负。设于是时，杰克命华金上楼服务，则华金宁刖其足，而必不敢越雷池一步。幸杰克不喜楼居，自寓此邸，足迹未及楼梯。匿影之米兰，犹得借一枝之寄。一日，杰克徙倚庭中，流连光景，突闻华金怪呼不已，若遭大变。亟入视之，则见杯皿堕地，玻屑四飞。华金目定神呆，身颤颤如风中柳。诘其故，华金曰："方从厨下治事纷陈鲜果于盘中，以供主人餐后之需，偶一返首，则累累之果，均已不翼飞去，只存空盘。大惊失声，手中杯皿，不期落地。主乎！设非鬼魅揶揄，安有此异？凶宅不可居，愿主出幽谷而迁乔木也。"杰克嗤以鼻，第责其无故惊扰而已。

楼居之米兰，弄此狡狯，其意良非得已。初疑来者为克老克，心至志忑，继辨其声非是，意乃稍安。顾楼居不可得食，饥焰中烧，枵腹屡鸣汽笛。值无人时，往往潜入庖厨，攫取残羹冷炙，以疗其饥。是日蹑步下楼，窥见华金背立门次，俯首治馔。乘其不备，遂攫得盘中鲜果，怀之登楼。方华金失声狂叫时，米兰咀嚼佳果，津津乎有余味也。越日，华金系牛于树，将取乳以供主人饮料，会有他事出门。米兰自楼窗望见之，中心弥乐，思窃其乳，以浇渴吻。四顾无人，觅得一旧陶器，攀垣而下，至牛许，吻牛额，祝其毋蹄。因跪地，探首牛腹，就乳饮。蓝桥琼浆，甜美无比。饮既饱乳，尚涔涔下滴。复以器盛之使满，猱升而去。餐时既届，华金往取乳，不得涓滴，力挤之，牛怒蹄之。华金大窘，暗詈鬼魅促狭不止。午后，杰克就浴，既竟晾浴衣于树柯。米兰窥见之，私念日处尘埃中，积垢腻体，得一汤沐，意亦良快。因越楼下，取其衣以浴。华金适来取衣，四觅不可得，奔告杰克。谓鬼魅又作，竟掠浴衣以去。杰克不之信，华金指天誓日，以证不诬，且请往觇其异。杰克不得已，遂与偕行。维时米兰已毕事，置衣原处，潜上楼梯。比主仆至，则浴衣招展树柯矣。华金大诧，咄咄称怪事。杰克因所报不实，颇责其僮。华金无可辩，俯首受谴而已。

杰克夙持无鬼论，蛇影杯弓，何足以摇其意志。顾近顷以来，华金屡屡呼怪，庖厨间物，又屡屡易其位置，意乃不能无疑。彼不疑鬼，盖疑盗也。一夕倚灯草一小说，据科学家理论，以破社会迷信。谓种种幻像，都由心造。妖怪窟穴，在人方寸中。心地清净，则千妖万怪，立时灭迹。书至此，意颇自得，屡屡颠簸其首。俄闻楼梯之畔，砰然作响，有堕甑碎磁声，亟呼奚僮起视。华金缩首衾中，只呼魅来魅来，抵死不肯下榻。杰克无如何,循声往觅,第见梯次碎皿片片,食物狼藉满地。念夜阑无人,乌得有是。楼上当有宵小匿迹,倘不搜捕,必贻后患。因亟返室,左手秉烛,右手握枪,昂昂然上楼梯而去。

是夜,米兰潜入厨下,见肴核纷陈,馋涎欲滴,食指既动,朵颐斯快。旋取酒类牛酪面包,纳一盘中,捧之上楼,以备不时之需。卿本佳人,乃亦作贼。中心怦怦,纤手颤颤。及梯侧有物绊足,盘皿落地,碎声四起。因亟奔返楼顶,蜷伏巨箱中,仓卒间露衣一角于箱外,米兰不知也。杰克至,发其覆,拟以枪曰:"若何为者?速语,不则弹贯汝脑。"米兰大怖,强自箱中出,掩面作孺子啼。烛光之下,照见娟娟此豸,丰韵嫣然,肤理莹洁。一种羞怯情形,大类良家女子误落风尘,鬼魅乌得有是。杰克恻然,携之下楼,令坐书室中,饮以白兰地,且曰:"若毋恐,吾不汝窘,若何名?匿此何为?"米兰哽咽语曰:"侬天下之至可怜者也,名亦不复忆,第假父克老克名,侬曰米兰,侬遂漫应之。"因絮絮道往事,及克老克虐待状,杰克闻而酸鼻,泪簌簌落纸上。适所著之小说,为之甄透。私念吾早识此女为良家子,今果不谬。脱非遭飓覆舟,漂流穷岛,则丁兹年华,方且身被罗绮,亭亭于交际场中,人人目为社会之花矣。涉想未竟,忽见奚僮披衣靸履,赵趄户外。因呼曰:"华金,何事相窥?"华金曰:"主人与谁语者?"杰克笑指米兰,曰:"华金,汝盍与密斯米兰面。密斯米兰,汝所谓空楼之魅者也。"华金入晤米兰,目不稍瞬。杰克曰:"汝畏魅乎?"华金曰:"微论密斯非魅,即密斯而魅,吾亦不复恐怖。"杰克目送之曰:"谁谓是儿心木石,彼固知慕少艾也。"

自是杰克书室中,有一解语之花。镇日相对,小说材料,益以浓郁。华金鬼魅观念,一朝冰释,心无恐怖,夜眠甚酣。不复匿首衾窝,作涔涔汗下状。米兰脱离尘垢,袯濯于醴泉甘露,荡以清风,被以鲜霞。因之玉貌绮年,在在发生异彩。小说家得兹韵友,福真非浅,古墅之中,满布温麇之空气,不复如前此之阴森可怖。花晨月夕,杰克恒携米兰,倚栏远眺,楼头双影,耳鬓厮磨,见者疑为神仙中人。时或挽臂闲行,俨如鹣鲽拂垂枝。步芳草,并坐盘石,展册诵之,声琅琅可听。直令枝头好鸟,见而惭妒。杰克偶出猎,米兰亦必随往,相依为命,形影不离。出寒谷而入温台,米兰固有深幸。然一念蔀檐下之爱里尔,因释己之故,不免撄假父怒,而饱受其鞭棰,于是一寸芳心,频蹙鱼鳞之浪。盖米兰者,固一善感之女郎也。

克老克既失米兰,痛斥爱里尔,必觅得其踪迹。爱亦惘惘若有所失,寝馈不安,形神憔悴。四出觅之,久无朕兆。一日,克老克肩荷鱼篓,蹒跚而来。遥见数十步外,有男子肘挟女郎,穿树前行。女郎背影绝肖米兰,遍体绫罗,又疑非是,遂伪咳以试之。女郎闻咳,亟回顾,识为克老克。玉容失色,如遇恶魔,因投入杰克怀,曰:"假父至矣。"可若何,时克老克已驰至,捉米兰裾呵曰:"贱婢何往?速归受杖。"杰克怒挥以拳,中克老克目立踣。适爱里尔行猎归,道出丛林,见状,大呼米兰。米兰指语杰克曰:"此爱里尔也。"杰克无语,第促米兰行。爱里尔目送其去,中心如剡,既而点首者再,遂扶克老克返。

米兰受惊后,旬日不敢出门户。杰克因授之读,且择说部中可惊可愕之事,亲与讲解,聊破岑寂。米兰聪颖绝人,靡不了悟。银管修书花满案,金钗问字月窥帘。艳福如许,杰克用以自豪。久之,偶与友人通笺素,且备述近状,以夸其俊遇。杰克为英伦名士,交游素广。闻其事者,咸为之神往。一日,天高气朗,山鸟和鸣,杰克猎性忽动,出枪拂拭之。见弹已罄,乃别米兰,不携奚僮,独往军装店购之。悉心遴择,久之乃合枪膛。因购一囊,匆促出肆。忽有人睨之而笑,则爱里尔也。杰克殊不屑意,径觅归途。转折至丛林,有雉据树而雏,发弹击之,不中。因自嗟讶,谓匝月不猎,枪术疏矣。俄闻林后人语,其声至稔。顾之,则英伦旧友,得书来访者。班荆道故,语剌剌不休。中有女友曰海林者,与杰克颇有情愫。闻杰克得米兰,哀怨独绝。杰克频频慰藉之,意终不解。幸有他友,出行囊中酒器,满浮大白,传杯相劝,欢伯当前,谈论乃渐融洽。此问彼答,如丸之走阪,靡有停时。然而寂处古墅之米兰,秋水双瞳,固时时凝望户外也。

米兰久迟杰克不至,意殊悒悒,乃出门。踯躅草坪,随意摘野芳数枝,信步而行。忽至众饮处,遥见海林与杰克亲昵状,芳心乃揉如乱发,裹足不前,状至窘迫。而杰克已见之,起而介绍于众,咸叹美。海林独不与为礼,亦不令坐,回首语杰克曰:"此即厨房攫食之魅耶?"米兰闻言,色立变,弃所持花于地,踽踽穿径去。设于是时,杰克起而相阻,则轩然大波,立可无形消弭。然而杰克之心,固谓羞涩见人,而女子之常态,彼姝未入交际场,翩然逸去,殊不足怪也。

米兰归墅,既愧且恨。念杰克非负情者,何一遇彼美,竟改易其常度。彼美侮侬,杰克微笑于旁,竟无一言半语为侬解嘲。已矣已矣!命可知矣!又念漂泊余生,得居于此,已属非分,不如洁身引退,使彼美目中少一情敌。而侬之耳中,亦不闻此热嘲冷骂,前途祸福,所不计矣。于是屏去装饰,仍着旧时衣,和泪濡墨,作书数行,令华金赍送杰克。华金至,众尚未散,杰克知有异,伸纸读之。词曰:"嗟乎!杰克,侬着旧时裳,遄返故庐矣。归后,或不免为假父磨折而死,然死于毒棒,较死于情网,苦痛当稍减也。未报之恩,俟诸来世。嗟乎!杰克,毋以侬为念。"杰克得书大惊,托词别去,海林挽之已不及。荷枪返墅,其室迩而其人远矣。因念米兰往依克老克,度必无幸,不如往追之。岔息前行,道遇一樵者,执而询之,樵者指一径,谓适见一敝衣女郎,由此径去。杰克循其所指,纵步而往。樵者私讶曰:"夫夫也,荷枪奔走,神色仓皇,其意不可测矣。"(伏笔)

克老克受创后,几瞍其目。卧疾者经旬,衔恨深入骨髓。爱里尔侦得米兰居址,常伺墅侧,意在一晤玉人。是日米兰返庐,爱里尔适他往。因跪假父前,自陈罪状。克老克大骂曰:"贱婢亦有今日乎!"立持大杖,痛挝无算。米兰宛转呼号,声至惨绝。骞闻砰然枪发一弹由户外飞来,直贯克老克脑,倒地而僵。米兰见状大怖,眩然而晕。比醒,见邻右诸人,环绕杰克,责以何故白昼杀人。杰克侃侃辩,不肯稍屈。邻人中有约翰者,探杰克弹囊,数之,适缺一枚。复由墙角检视贯脑之弹,适与杰克之弹同。众乃大哗,白乡长,送杰克至英伦裁判。杰克友人在逆旅闻此事,遄返英伦,延律师为杰克辩护。

审判既开,某男爵临鞫此狱。两造毕集,由证人约翰发言。谓闻枪声入视,克老克已僵。杰克荷枪立其旁,形色张皇。检视弹囊,适少一枚。地上遗弹,与杰克之弹同。杰克云:"是日追米兰,未至其家,即闻枪声。恐米兰有失,亟驰入,即见此惨剧。至己之枪弹,用以猎雉,因耗失一枚。"米兰云:"闻声惊仆,不知弹自何来,惟杰克则决非杀人者。"判官询："杰克与死者，有宿怨乎？"言甫毕，爱里尔屏言曰："某日曾见杰克殴假父，几矐其目。"樵者亦居证人席，谓途次见杰克荷枪奔走，状至汹汹。杰克律师辩曰："枪弹购自岛中，焉知无同式者。"判官曰："此悬揣之词，殊无辩护之价值。"因宣告辩论终结，静候诘朝判决。

翌日为判决期，杰克状至颓丧，默不一言。米兰芳心碎割，私念杰克苟判死刑，己亦与之偕死。旁听席中，万目睒睒，咸为杰克担忧不浅。俄见庭丁上一函于判官，判官阅讫笑曰："杰克，汝无罪也。"因朗诵来函云："杀克老克者，余爱里尔也。余是日行猎返，见假父痛捶米兰，心大忿恨，因发枪毙之。将挟米兰遁，遥见杰克荷枪来，逾垣避之，走匿丛林中。无何，闻人声喧嚣过林外，窥之，则众人争拥杰克而行。私念李代桃僵，计亦甚得。亟匿枪返屋，故作惊异状，且以好语慰米兰。顾米兰心属杰克，坚谓杰克非杀人者。今闻判决伊尔，米兰声言将与杰克偕死，余闻之，殊悔失计。杰克为余之情敌，杰克死，余所乐闻，因死杰克而遂死我米兰，则非余之所深愿。杀克老克者，罪不在杰克，余爱里尔也。"

判官宣读毕，旁听席中，欢声如雷。杰克被释，持米兰而泣，久久不止，堂上堂下，咸为之弹指。越数日，英伦报纸中，登载新闻二则：一曰刱其假父之爱里尔，昨夜自裁狱中；一曰英伦大小说家密司脱杰克，与密斯米兰结婚于伦敦大礼拜堂。

原载《小说月报》，1918 年第 9 卷第 10 号。署名：谢麓逸　原译、瞻庐

自然派小说

文艺潮流,正如清泉出谷,湍激奔逸,流态虽不一定,但却继续不断。自然派小说,不过是文艺思潮中的一支,也就是这种流泉的一段。现在我们要研究自然派小说是怎样,免不得要上溯源头,略叙一过。

美国文学家玛休氏(Brander Matthews)分小说之发达为四期:谓第一期取材荒唐无稽,所写者尽"可能"(Impossible)之事;第二期渐渐写到"或许确"或"未必"(Improbable)之事;第三期渐及实际所有事件(The probable);第四期则为"不可避"(The inevitable)之事,即写一件事物的必然结果,含有"非如此不可"的性质。

以玛氏之说考之文学史,则第一、第二期属于古典派,第三期为浪漫派(Romanticism),第四期系写实派(Realism)及自然派(Naturalism)。古典派已是古物,姑不论列,现在将浪漫派、写实派略为述及,借作导言。

文学有三要素:一,题材(Subject-Matter),即作者所描写之事件;

二，著作（Master-Work）；三，作者（Writer）。这三种的关系有差，于是乎生出派别，如下图。

1. 古典及浪漫

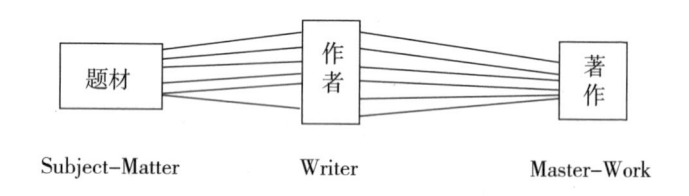

```
题材 ——— 作者 ——— 著作
Subject-Matter   Writer   Master-Work
```

2. 写实

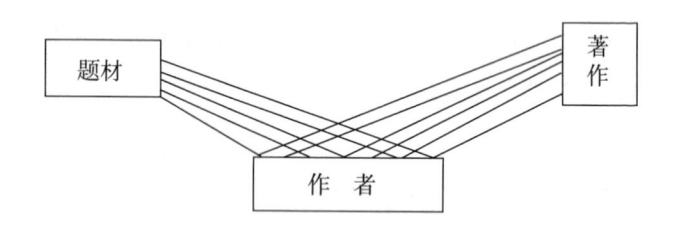

```
题材           著作
    \   /
     作者
```

3. 自然

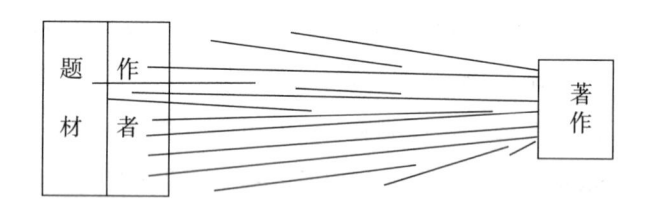

```
┌────┬────┐
│ 题 │ 作 │ ————————→ 著作
│ 材 │ 者 │
└────┴────┘
```

浪漫派的三要素，系在一条直线上。作者譬如透光镜（Lens），若这面透光镜系赤色，那么著作亦随之变为赤色。即这派小说，全凭主观，偏重理想，多以珍奇立异，激动阅者的幻想和感情为目的，不以平常日见的事物做材料。英人 Paters 说得好："浪漫派精神的要素,就是好奇和爱美,竭力仰慕中古。何以呢？因为中古时事多妄诞的风格,奇峭的美丽。这派的著作,仅仅用富强的想像力,去写出眼不可见的奇异事物。"拉司金（Ruskin）在他的建筑雕刻讲演中也说："浪漫一语的真实合宜用法,就是将'美'和'德道'的不确切、不习惯的程度表记出来。(The real and proper use of the word romantic is simply to characterize an improbable or unaccustomed degree of beauty, sublimity or virtue.)"(Lectures on Architecture and Sculpture Lect2)

所以浪漫派是远于实际,超乎自然,贵妖艳,爱幽渺。因为作者的态度是完全主观,所以将经过脑海的材料随意加减,或粉饰铺张,创作全恃理智。在 18 世纪末叶,此派文学异常隆盛,文学史上称为"狂飙勃起"(Storm and Stress)运动,当时如 Heine、Schiller、Hugo、Gautier 诸家,皆系健将。

直到 1860 年左右,一般人倡证实论,科学精神和物质文明并起,一面生活的压迫,一天高似一天,各人已没有闲暇去追求空想,便看重了直接经验的现实生活。现实感(Wirklichkeitssinn)极富,消灭一切热情和幻想,启了"艺术之宫"(The Palace of Arts),将一切所称为美的、高尚的考究起来,暴露他们的真象,于是便促成了写实派、自然派的思想。

写实派是浪漫派的反动,受了自然科学的影响,重视直接经验,为纯客观的文学。例如前页第二图,作者由透光镜而变为反光镜,这派的小说家所取的材料,并不透过作者的脑海去任意团练它,只是将材料反射出来,即成著作。所以是朴直无华,有什么写什么。不具抽象的观念与成见(Prejudice),照实写出。但是写实派又太过于取客观的态度,于人生问题全无解决。当其描写人类病的现象及兽性时,极为深刻可怖。这点虽不足以损写实派的价值,却于艺术上未臻美满。能够补这点缺陷,既不过偏主观,又不过偏客观的,便是自然派。(按:写实、自然二派论近代文学者,以其相差之点甚微,每混为一谈,其异点即在是。)

自然派小说,摒斥神秘奇异、空谈幻想,注重现实,适合常轨,不凭技巧,不因袭成见,用科学的方法,描出现实的真象。〔自然二字的意义就是天赋的(Innate)、固有的(Inherent)〕如前第三图,作者及其所取的材料,并不过重主观,亦不过重客观。一篇著作的诞生,却系经作者题材团练调和。惟其如此,所以取材的时候非常注意。阅者试看本说报5号所载佐拉的《磨坊之役》及托氏《高加索之囚》诸篇,较之妄言妄听,动人感情处便各不相同了。

这派小说的鼻祖是卢骚(Rousseau)、佐拉(Zola)、巴尔沙克(Balzac)。他们三位虽然同派,但却各有所主。卢氏的第一部小说是《爱弥儿》(*Emile*,1762)。他的论据:以为人类本来是善良的,不过因为不自然的社会制度去驯染他,才生出种种罪恶,并谓当时的宗教、政治、文艺,均远于自然的状态,而流于矫揉造作。要除这种痼疾,非使人类脱离恶社会的影响感化,返于人类自然的原始状态不为功。所以他第一呼声便是:"归于自然!(Return to Nature)"此点和老子的"由浑之朴"意却相仿。卢氏这部教育小说《爱弥儿》的中枢意思,就是说人生本是赤裸裸的，天良不染纤尘，后来渐渐被恶教育注入了恶种，不能使儿童自己启发。须知儿童既经具备天禀的根性，非使他们自然而然地发育不可，不必强铸一种模型去范围他们。卢氏论教育之语，姑不置论。仅仅就这部小说的本身说，卢氏完全弃绝浪漫派所重的理想和准则，漠视因袭，倾重个我。

其次便是佐拉，他以为人类决非灵的，不过是一个机械，一切物质的现象和社会的境遇，完全可以由科学方面去测定。其说系以纯粹的唯物观为主。佐氏谓小说家的科学方法可别二种：一是观察的，例如研究天文学的，研究的方法全凭观察，不能实验；二是实验的，例如化学、物理学。研究者若单靠观察，是决不能成功的，必定要精密地去分析、去实验。更谓小说家的任务，属于实验法。此意佐拉在他的《实验小说》(Le Roman Expérimental, 1880) 及《自然派小说家》(Les Romanciers Naturalistes, 1881) 二文中，推论至为精辟。约言之，佐拉主义的精意是：小说家当以科学方法，研究人生的自然现象。

佐氏有《罗康玛卡尔》(Les Rougon Maquarts, 1967—1891) 丛书二十卷，可作其自然派运动的宣言。全书在叙述第二帝政下，家族之自然的、社会的历史，各卷的主题：一为法国的都会生活，二为商人生活，三为菜市、鱼市中的内部生活，四、五为系僧侣生活，六为上流政治社会，七为劳动社会，八为妇人情欲生理的解剖，九为游女生活，十为巴黎商人生活，十一为劝工场生活，十二为人生之痛苦，十三为矿山生活，十四为美术家生活，十五为农夫生活，十六为梦，十七为铁道生活，十八为银行生活，十九为普法战争期之军人生活，二十为科学者生活。其取材之浩瀚真实,冠绝今古。是集完成,又有"三都故事"丛书。三都者:1. 洛尔兹(Lourdes);2. 罗马;3. 巴黎。继有《劳动》(*Travail*)、《多产》(*Fécondités*)、《真理》(*Vérité*)、《正义》(*Justice*)诸小说直至1902年6月29日,因被煤气窒息逝世,始搁笔(时年63)。

自然派小说家,可谓尽荟萃于法兰西。佐氏之前,还有弗劳贝(G. Flaubert, 1821—1880)及龚枯尔兄弟(兄名伊尔孟,Elmond de Goncourt, 1822—1896;弟名姐而司,Jules de Goncourt, 1830—1870)诸人。弗氏《波勿莱夫人》(*Madame Bovary*)说部,自1850年起稿,苦心6年始成;1856年在《巴黎评论》发表。政府说他紊乱风俗,发行者和弗氏均被起诉,裁判结果,幸获无罪。其书价值,因亦增高。一时惹起读书界的毁誉褒贬,文坛喧骚。此书之惊人已可想见。自然派小说,当以此为嚆矢。

是篇所写,不过人生日常生活,特以弗氏之笔,并不夸张、无粉饰,描写至为细微。书中主人系一名叶玛之女,才色极佳,虚荣心很富。不幸所天者系一平凡无奇的田舍医波勿来,叶玛便觉着现在的结婚生活和以前她所预期的结婚生活大相悬隔,常闷闷不乐。书中说得有几句话:

> 她在未结婚之前,相信已坠情网,但是她所期望从恋爱中流出来的幸福,总没有到她的身旁,她想一定受了骗。她现在要发现幸福(Félicité)、热情(Passion)、醉心(Rapture),这些在书本上读过,似乎很美丽的名词,到底在日常生活上

是什么意思？

波勿莱夫人对于她的丈夫欲望不满，于是暗地和二个男子生了关系，后来又被弃掉。又因为背着丈夫借贷不少，弄得进退维谷，就生了病，终以砒霜自杀。——这便是这本小说的大概。书中可贵之点，全在描写法国中流社会的生活，丝丝入微，足为以后自然派的模范。佐氏后有《沙兰波》(*Salambo*)、《感情教育》、《圣安东尼之诱惑》诸作，则带有浪漫派色彩。兹不赘。

龚枯尔兄弟自1887年起，至1896年亘九年间，作成《龚古尔日记》(*Le Journal de Goncourt*)一书行世。书叙巴黎文学家的生活，记录极为细密。因为龚氏兄弟头脑精敏过人，对于以前的一切人生记录，皆视为伪。因脱弃因袭，编纂此册，此书直可谓之曰："非伪的人生报告。"英国文学批评家伯林(Baring)谓法兰西自然派小说分二派：一即弗劳贝、佐拉、莫泊三等之本来自然派(Naturalism proper)；一为龚氏兄弟之印象自然派。盖龚氏诸作多以印象个人之神经为的云。

巴尔沙克亦为自然派之先驱，尝拟作《人生喜剧》(*La comédie Humaine*)25卷(此书未完，巴氏已亡)。全书在描写人类生活状态，而能超越风俗史之干燥无味诸弊。巴氏以当时缺一种活写风俗之文学，故将社会中种种罪恶情欲道德等况，用小说艺术编成记录，垂诸永远。惜当此过渡时代，浪漫派色彩尚不能完全脱弃，因未能注意个性描写，试以其说部与俄国诸家及莫泊三等比较，则不免逊色。

以上列举三人，因和自然派小说的渊源有关，所以述及，此外则不胜缕举。总之,我们读诸家的著作,可以见得自然派小说的几种特长。

第一是短篇。短篇就是说报封面所标题的 Short Story。小说中短篇和长篇的分别,不能仅就分量上去看,由小说的篇幅上去区分,并要向艺术、材料诸要素下观察。短篇的要点是:用经济的方法,由空间描写人生的横断面,有简洁的结构,富于印象的趣味。文学既然是应时世需要的东西,短篇小说即是应付最近人心之要求而生的。因为最近文学的趋势是:由闲暇的产物变到适应的产物,由消遣品变到必需品。近世物质文明进步,生活程度增高,各阶级的人无不被生活忙杀,实在没有余裕的时间去慢慢地领略长篇趣味,于心理上既有种种的困难,所以短篇小说的需要最切。[注1]

由空间描写人生横断面的意义,就是描写人类真实生活之一片（Slices from real life）,不比浪漫派的著作定要有头有尾、大团圆,等形式。所写的不过是由人类生存记录之中,裂取的一活页（A living page, torn out of the annals of human existence）。换言之,不由时间上去取极冗长的材料,只将日常生活的平凡事实尽量写出。既称"一活页",取材极为郑重,彷佛有血有肉、有生气,此点与浪漫派大异。所以自然派小说,非写人生一问题,即社会一现象,而这种问题和现象就是人生横切的一面。我们读短篇小说王——莫泊三的著作便可得见。

第二是用科学的方法。自然派本是受了证实科学的影响而促进的,所以是用科学的方法去著作。他们第一步骤是分解材料,和科学家用显微镜检查霉菌相同,此时胸中并无些儿成见。又如医者分剖人体,探讨病源,有极深密的观察。例如佐拉的分析方法,就是专心观察社会和个人间病的现象,加以解剖。和医家之依据病学(Pathological),诊出病状(Sympton),然后加以诊断(Diagnosis)相同。自从达尔文倡进化论以来,当时文艺界亦受影响。人心对于进化论中的遗传论(Heredity),已有恐怖的观念。文学家所取的材料,遂又注意此点。在他的《罗康玛卡尔丛书》第一卷《罗康家之运命》(La Fortune des Rougons)里面,便深写由祖先遗传子孙的种种恶习。其后易卜生的《群鬼》剧中,更写到先天梅毒之遗传。他们所取的材料都是经过分析解剖,提出病源,使印象人心,非如浪漫派全恃理想可比。所以美人哈米儿登谓浪漫派是用演绎法,由一般的、普通的作成特殊事象,所以不免"千人一面";自然派、写实派则用归纳法,据特殊的经验或事实,以达一般的、普通的真实状况,譬如描写某人,只是将应该写的写出,表出特殊的是如此。他们这种论证,便是根据培根的实验归纳逻辑。据哈氏此说,可见自然派之于科学方法,是最注重不过的了。[注2]

第二步骤是求真、实验。因为求真,所以描写没有顾忌。自然派的作家,尽将近代人类各方面的生活完全暴露。社会或个人的一切状态,只要映到他们的眼里,他们便要如实写出。所以人生的黑暗、肉欲、社会的风气、势力,无一样不是他们的好材料。试读易卜生的《白兰德》(Brand),可见宗教思想之革新;读《玩物之家》,又可见妇女所受男子的压制;读《社会柱石》,则社会中种种黑暗及虚伪活跃纸上。虽然有人说他们这种真实的写法,未免是只有丑而无美,并且丑处过于暴露,于风教问题有关,但是于自然派的特色毫无所损。

第三是能深印人心。有人常觉自然派短篇小说大多头尾不全,其中有不可解的地方,这便是不能领略自然派趣味的人。须知此乃是一种省笔法(Simplification),这种方法最能印象人脑。譬如某篇小说的冒头有一句是:"杰克是法国某地方监狱的第六万五千零一号的囚犯……"读者只要见了这一句,便可推想到那个地方囚犯之多,法律之残酷,等等,这是何等经济!比浪费笔墨,在阅者的眼中如跑马一般强得多了。这不过是一个粗浅的例。

一篇自然派小说,其中必有许多疑问,这种疑问和人生有密切的关系,使人看了疑惑,越疑印象越深,印象既深,思想亦深,总想设法去解决。趣味极浓,放在脑里,不至遽然舍去,常有残影留着。要能这样,然后小说才不是仅供人娱乐的东西,还有绝大的势力和价值呵!

第四是注重个性。据进化论学说,生物因为族别(Variation)与遗传(Heredity)的关系,各有其个性(Individuality),断不可用一个类似的模型去比拟全体。浪漫小说多以抽象观念作成类型(Type),就书中人物说,或就艺术说,皆系千人一面。(在吾国小说界中,蹈此习者实多,如坊间的一切言情、哀情……小说等是。)自然派描写个人,再具体地写出个性和环境。《玩物之家》里的娜拉绝不是《海上夫人》里的哀梨姐。就描写环境说,各地有各地的色彩。例如莫泊三之描写罗曼德(Normandy),标尔生之描写挪威田舍,均各有其风味,绝不像浪漫派所写的美丽庄严,处处皆同。所以自然派小说的艺术,单就这点说,已是高出一等。(此节所说的个性,不是"发展个性"的那个个性,阅者幸勿混为一谈。)

自然派的来源、意义及特色,已略具于上。就吾国说,最需要的便是这种小说。努力地介绍,渐渐地去创作,余日望之!

[注1]详见 Hudson:*Introduction to Literature*,p.449。

[注2]详见 Hamilton:*Materials and Methods of Fiction*,p.29。

原载《小说月报》,1920年第11卷第11号。署名:谢六逸

文学上的表象主义是什么？

泰西文学思潮,在实写主义(Realism)之后,因为神秘的倾向和近代人心病的现象相结合,别产一派新主义,就是表象主义(Symbolism)。就吾国说,还没有经过实写主义的文学,骤然间来谈表象主义,不免有"躐等"之弊,但是表象主义是什么,我们却不可不研究。

诗文中曾经用表象的,决不是自今或昨起。表象就是修辞学(Rhetoric)中暗喻(Metaphor)的变体。由古代到中代,以至于现在,文学上用表象的都很多的。以下我解释"表象"二字。

表象是表现法(Expression)之一,由广义说,就是联想(Association)之一种。即于目前所见所闻的事物上面,再表现以前所经验的事物出来,这新旧二要素(Factors)结合,便能起一种新的思想感情。普通的联想,这种原素的结合很缓,二者之间不是必然的关系。譬如我们见着梅花,就想着邓尉,但是梅花和邓尉,其间没有什么必然的关系。所以若是外国人见着梅花,能够联想到邓尉与否？还不可知。以上所讲的二要素,有比梅花和邓尉的关系更紧密,并且是必然的。

没有人的差别，能够适应人人的，就是表象（Symbol）。就譬如以花比美人，以笔喻文，以剑喻武之类。在这种以什么喻什么的时候，这二个 Factors 便有了结合的关系。

表象的特色、外形和内容，其间价值有别。即表象所表的事物，得有轻重之差。由于外形与内容的轻重之差，而表象之中就可以分成种种：

1. 本来表象（Eigentliches Symbol）；
2. 比喻（Allegory）[与] 寓言（Fable）；
3. 高级表象（Das Hoch-Symbolische）；
4. 情调表象〔Stimmung（or mood）Symbol〕。

1. 本来表象的内容和外形，非特没有至要（Instrinstic）或必要（Essential）的关系，并且两方面价值之差亦甚，即内容意味非常之重，外形不过是一种符号而已。外形以色喻的，譬如以白色表纯洁清净，以黑色表悲哀同死，以黄金色表光荣及权力等类。以色表象的名叫 Farbensymbolik，又有以音表外形的叫 Tonsymbolik，表出物形的时候又叫 Formensymbolik。诸如此类的分别，是不一而足的。这种本来的表象，用于宗教方面的很多，如基督教的受洗礼、圣餐式或十字架等都是这种的表象。又由近代文学中看，易卜生（Ibsen）的《群鬼》剧中有名的太阳，就是表个人主义的自由同美的。又建筑师剧中主人在高塔上所揭的旗子，也是以理想为表象化的。总而言之，不外借简单的外形，表出一种精神的、高尚的、理想的，或是抽象的东西于内容。换句话说，就是以不得闻、不得见的无形无象的事物表现出来，寄托于有表的具象的东西上。

2. 比喻与寓言。这种的外形比第一条复杂多了。比喻就是以人间的事物为外形,表现关于宇宙人生的真理,同字面的解释相同。文学上如天路历程(Piligrim's Progress)是其适例。寓言更易解释,就是借用动物,寓得有一种教训和真理,如《伊索寓言》(Zesop's Fable),更是尽人皆知的了。

上述两种表象,第一条甚少艺术的价值,如前说基督的十字架等,算不得一个艺术品,只是艺术的补助品罢了。第二条亦未能尽文艺之能事。在艺术上需要最甚的表象,就是高级表象!

3. 高级表象。这个名称是德国学者 Vischer 所呼的。这种表象,就是于外形之中,表示或种意味内容。详言之,虽仅外形,亦有意味,能表示人生一般问题及哲学、宗教、道德等的真理。外形是有刺激性质的。古今文学家用这种表象的很不少,如但丁(Dante)的《神曲》(Divina Comedia),就是表中世基督教的思想;莎士比亚的《汉勒特》(Hamlet)、贵推(Goethe)的《法司特》(Faust)等剧,皆各有表示。可以代表高级表象,所以在文学界是很可贵重的。

属于此类的表象主义,虽是直接地描出人物事件,很有价值,但不过暗示人类的 Souls 隐微的、消息的表象。不外借可以见闻的、可感觉的材料之事象,给读者以无限的暗示。Carlyle 曾论表象有曰:

> In the Symbol proper, what we call a symbol, there is ever, more or less distinctly and directly, some embodiment and reve-

lation of the Infinite; the Infinite is made to blend itself with the Finite, to stand visible, and as it were, attainable there.

Sartor Resartus Bk. Ⅲ Chap3.

意思就是说吾人所呼的表象之中,有多少的、明白的、直接的、无限的体现同启示。无限和有限相融混,便可得见,可得达到……

以上所说的几种表象,都是以抽象的、非感觉的内容寄托于具体的、感触的而表现出来。下述情调表现,则以锐敏的神经官能的作用为基础而表现情调(Stimmung or mood)。挽近颓废的艺术(Decadent art)的表象派著作,多属是种。

4. 情调表象。这派表象的起源,全系根基于神秘的倾向。欧洲近世的人心,既入于幽玄的、神秘的境地,遂脱略了普通的思想与感情,而向不可思议的倾向走去。现在人内部生活之中,既潜伏了这般境地,即或他们要想作一种露骨的文字之记载与叙述,到底不行。于是不能不借表象的手段,而取暗示(Suggest)的方法。故有人谓表象为神秘主义的戏拟歌(或译替歌,Symbolism is to some extend a parody of mysticism)即因此故。据法兰西神秘诗人所说,谓人目所见的世界与人目未见的世界,物质界与灵界,有限世界与无限世界之间,是相通相应的,是适应的(Correspondance)。表象者,即两方的媒介。且谓文学之职务,非如自然派之批评万象、思索万象,却在勾通万象而暗示神秘无限的世界。又谓表象者,神秘之别号,离脱自然,以隐蔽之灵类似吾侪之灵,所以表象为可能。(Le symbole dégage des signes

mystiques de la nature, c'est un âme caché qui ressemble fort à la nôtre, c'est pourquoi le symbole est possible.）故这派的主张，以为文艺能达到默示（révélation），已尽能事。

情调的意味是怎样呢？就是谓吾人一刹那所遭遇的种种复杂事象，都能生一种情调。譬如我们眼见一色，或耳闻一音，都刺激了我们的官能的一部分，影响神经中枢，波传全体，便足以形成一种情调。神经过敏的人，应付外界印象的官能作用特别敏锐，因而情调也极复杂。所以能够通过感觉的里奥，而探精神生活的内部的，就只是新表象主义的文学。再普通所谓感情，意思很粗泛，若细检讨，则系由感觉或神经而来的情调积集的结果。在以前浪漫派（Romanticisme）的文学，只是注全力于感情。至于情调表象一派，对于刹那间的感觉均不放去。

又在从前自然派的作家，纯取客观的描写。后来的文学家又渐趋于主观的省察，以情调做文学的中心。他们以为描写客观事实，是一种 Document，不是艺术品。又以为同那些哲学者、伦理学者之批判事实而发表思想没有什么差别，成为文艺以外的范围去了。必要由事象以唤起感情，溯其源流，表现出那些由感情而来的瞬时的情调，能够这样，才是真文艺。客观的事象，不过是用来传这种情调的媒介。若果我们要用一种手段或技巧去再现这种情调，那便是表象。表象的手段，全系以神经作用为根基。要使读者和作者起一种类似的情调。我现举一个明确的譬喻。假如描写一个远别的情人死亡了，这个题材（Subject-Matter），浪漫派的作者只是描出最可悲哀的情景,动辄表现感情,或者描出自己的思想。自然派的作者,只是由外面的客观态度,去精细地描写出那位情人死时的前后情形,以及闻报时的情节。到了表象派的作家,最注重的就在再现这种情调。所描写的或竟与此情人死亡的事件无关,而写别的事象,使阅者起一种类似的情调罢了。如写空中的云、独步幽径的状况、远寺的钟声、松林的风声等景色,一一叙述出来,使闻情人死亡的人起相似的情调。换言之,就是给读者一种暗示。这便是表象派的技巧——情调表象的大意。

照以上所说看起来,表象主义不外是以暗示(Suggestion)为根本的文艺。这派的文艺,以诗歌最占势力。表象诗的创作者为浮勒(Verlaine),有《月下吟》及《秋歌》二诗最著。今列其诗:

月下吟

Under the Moon

The wood's aglow with silver moon,

From every bough soft voices croon in green alcoved,

"O well-beloved!" and deep is set,

In the pool's glass, A silhouette,

Dark willow's mass. Where the winds weep;

"Tis time to sleep." Tender and vast,

A quietness seems to fall, at last,

From heaven as sreams.

The rainbow star;

The hour is rare!

秋歌

Song of Autumn

The wailing note that long doth float

From Autumn's bow. Doth wound my heart with no quick smart

But dull and slow. In breathless pain, I hear again

The hour ring deep. I call once more the days of yore

And then I weep. I drift afar

On winds which bear

My soul in grief. Their evil force

Deflects its course

Like a dead leaf.

表象派的诗歌多系晦涩难解的，很不易使人欢迎。俄国的托尔斯泰攻击表象诗歌最力。他以为文艺这种东西，必要使人人能理解，能够有趣。表象派虽是代表最高级的艺术趣味，但是没有普遍的性质（参看 *Leo Tolstoi's what is Art?*, Chapter 10）。其实表象诗之所以难解，乃其本质所致。因为注重情调，而情调就不如像思想感情之分明，是茫漠的、不可捉摸的。所以表象派诗人马拉麦（Mallarmé stéphane）竟说："诗必谜语。（Il doit y avoir toujours énigime en poésie.）"唯其当作谜语，所以难解了。这是一部分。此外有不很注重形式，专写人生的种种相和生命中的几微，用表象方法表现出作者的感情的，如自由诗（vers libre）或名不定诗（vers amorphes），都能破除古来诗的体裁格律，注重音调，主张诗与音乐合一，使音调去感触阅者的心胸，他们谓之为"香色音一致"（Les parfumés, les Couleurs, et les sons se répondent）。这一部分的表象诗在近代文学上却很有势力。

近代文学家作小说、戏剧采表象主义的，在法国有 Karl Huysmans（1848—1907）。彼出于左拉（Zola）之门，初主实写，后忽走极端，倾向表象。《途上》（*Eu Route*）及《大寺院》（*La Cathédrale*）二作，就是他表象著作的代表。当时又有恶魔派（Diabolist）之名。此外，俄国的 Leonid Andreyev 虽是表象主义一流，却能别开生面。某义学批评家评之曰："氏之著作，是表现于普遍的个别的之中，而非幻像或幻影，是将不可知的东西的偶然的现象表现出来。"这几句很能评尽他的诸作。因为他已经超越实写和理想以及一国一社会的关系和时代地方的关系，进而描写人类的问题与宇宙的问题。根基于神秘的运命观去贯通人类的根底，观察人生的种种相。他的著作如《托克星》（*Toesin*）、《崖》（*Gulf*）、《七个受死刑的》（*The Seven That Were Hunged*）、《赤笑》（*The Red Laugh*）等说部，均是其例。还有比国的麦特林（M.

Maeterlinck)也是表象一派,他同法国的颓废派(Décadentisme)、表象派结纳,受了影响,于是也倾向于运命观的神秘主义。《无辜之虐杀》(Le massacre des Innocents)一篇,即可代表他的倾向。同时又有爱米儿·浮海伦(Emile Verhaeren)、乔治·罗登巴(Georges Rodenbach)都是表象主义的健将。——以上不过略说几个代表的作家。

我又向书里去寻近代文学家关于表象主义的简明解释,却大感困难。有些呢,说表象主义可以看成最近文学一般的总称,广义说就不外是对于散文的自然派、诗的高蹈派(Parnasse)之反动。现在我举两个文学家的解释如下。

1. 果尔孟(Remy de Gourmont)。他是表象派的诗人与小说家,又是法国文坛第一流的批评家。在他的大著《假面集》(Le Liver des Masques)第一卷的自序里面说——

> 说明浪漫主义很容易。表象主义究竟是什么?若果照着字面去狭泥地解释,就没有什么意味。我们仔细看起来,简直可以说那是放弃文学上的个人主义和艺术的自由传习形式,使新奇、使怪异的倾向。又可以说表象主义是理想主义,是蔑视社会的、传说的,反自然主义的。除了人生特征以外的绝不取材,绝不注意某人和某人行为的区别。除了"结局"和"要点"以外的东西,绝不实现。——表象主义有这些倾向。诗人表象派的自由诗,全是脱去束缚,嬉戏于自

由之中的。(Le Liver des Masques, Prefacé, p. 8)

2. 格司大堪(Gustave Kahn)。他是表象诗人,也是这派新文艺开拓者之一人。在他的《表象派与颓废派》书中的第一篇"表象主义之起源"(Les Origines du Symbolisme)中说——

  表象主义这几个字,很不易得其精确,最是复杂。所以要努力说一句,都感困难。……说明表象的当以马拉麦为主,他以表象和"综合"的意义相同。……以对于艺术的热爱和别时代人人不认的共同爱情为基,否定过去的习惯的综合,结成一致。此外的大意是:排斥诗歌小说上的传说,排斥高蹈派的技穷的艺术,崇拜如像嚣俄(Hugo)——拜物教——的却要极力反对,对于自然主义的平凡无味要抗议,一切杂谈小说平易记录要撤去。又因为要"综合",所以排弃一切细微的分解。对于外来思潮——例如俄罗斯或司下的纳维亚,若果是默示的,要留意。——所谓要综合一致之点,就是这些。也可算是表象派的起源,1886年才有具体的结果——就是自由诗的创设。(Symboliste et Décadents, p. 51)

以上所举二说,仅能于大意及性质说了一点,足见要想替表象主义具体的下定义的困难。现在我归纳诸说,简单说一个大概。(单就表象二字的解释,请看此文的前一段。)

表象主义的文艺,有偏于神秘的情调的倾向,是主观的艺术,有寓意、暗喻、讽刺、暗示种种。这派的手段是要使著者自身的神经震动,直接传之读者,使阅者起共鸣(Résonance)的作用,并要使阅者生联想的情感,将从前经验过的事物,重新表现出来。

我们应该知道,西洋的文学思潮的变迁——由古典主义到浪漫主义,到自然主义、表象主义(新浪漫派),只是进化而非退化。有人说近代的新浪漫派——表象派已是复到文艺的本流。这话我虽不敢反对,但是最近的新浪漫派和以前古典主义过后的浪漫派却比较不得了,性质也完全变化了。由浪漫派到新浪漫派已经经过现实主义(Réalisme),所以更成其为内容丰富充实的新浪漫派了,——就是实现觉悟过来的浪漫派了。以前的浪漫派只求美于幻境,自然派又只注重地上的现实生活,专寻出丑来。到了晚近的新艺术——新浪漫派,便能由清新强劲的主观,参加实写主义的精微的观察力,团练调和一过,艺术的趣味也就达到最高的趣味。开拓"诗美的新领土",就算这派。

就现在中国的文艺看去,幼稚自不消说,幸而由退化之中有进化的分子了。经过古典主义、浪漫主义之后,若还不曾经过实写主义,没有经过实写主义特色——科学的制作法,描写兽性、描写人生、周围、个性、印象,作短篇小说及戏剧等的滋味,不由这些阶级通过,便要一蹴而学表象主义的文艺,那就未免不自量,仍然要跌到旧浪漫主义(传奇派)去。因为没有受过科学的洗礼,便要倾向神秘;没有通过写实,就要到表象,简直是幻想罢了。

这篇短文,只是略发其凡,算不得详尽,务请阅者原谅。

参考书

A. Symons, *The Symbolist Movement in Literature*, Moulton's Modern Literature。

日人厨川辰夫《近代文学》。

1920 年 5 月 7 日,作于日京

原载《小说月报》,1920 年第 11 卷第 5 号;1920 年第 11 卷第 6 号。署名:谢六逸　辑

俄国之民众小说家

近世文坛,最足令吾人欢欣鼓舞的,就是已经由贵族的而到民众的了。在昔浪漫派、古典派的文学家,他们所取的材料,何尝顾及民众?不外描写上流社会和王侯贵人、佳人才子,否则不见得文学的尊贵,不足引人快活。在先有专写武士侠客的,弄出一些飘渺无根的传说和神话,其次有莎士比亚一流的浪漫派,作了无数的阶级戏曲,使看的人惊异了一次便算完事,结果只有娱乐(Amuse)而无兴趣(Interest)。日本前数十年专描藩主、武士的小说、戏曲也极多,中国却可以在什么野史稗乘中去发现不少,团圆式的小说戏曲更不胜数。自命为文学家的,除了做几篇颂扬某某盛德,几篇寿序和墓志碑铭而外,能事已毕,便是著作等身。综合以上的论据,可见得他们的文学,只是上级社会的专有物,而不顾民众;以尊严为贵,以习惯为规,以是否能"传统"而决定价值;常持保守的态度,不思进取。像这样的文学,对于人民有什么益处呢?于一国思想有什么影响呢?

近代德莫克拉西(Democracy)思潮澎湃,破除阶级,政治上、经济上要求自由平等,艺术方面也非民众化不可。不是某阶级的专有物,也不是专表现某阶级的。——这便是写实主义而后的文学趋势。所以莎士比亚的戏曲被托尔斯泰瞧不起;摆仑的抒情诗比不上惠特曼(Walt Whitman)的民众诗;与其读霍桑的《奇书》(Wonder Book),不如读史吐活的《黑奴吁天录》。此外,易卜生、萧伯讷、标尔生、史屈恩白、莫泊三、费劳贝诸家的小说(或戏剧),其中都含着一个重要问题,或者提出待阅者的解决(易卜生之作多如是),或是就在那篇小说中解决(标尔生之作多如是)。至于他们的取材,自然是在民众之中。一篇作物的背景,就是目前社会和民众的现象,恒使阅者感到人生真义。这样的文学才算是真能"勉励薄俗"呢!

民众文学家已经收了绝好效果的,首推俄国。我先由历史上去找一个例。法兰西的大革命,虽说是路易十六的不法,人民揭竿而起,但是人民脑里的革新思想,溯其来源,只是自然派文学家费禄特、卢骚所种的根苗。大革命的成功,固然可以说是罗北司比耳一般人的努力,但却先要计算他们两位文学家向民众间接指导的功劳。美国黑奴解放的恩主固然是林肯,有了史吐活的那部《黑奴吁天录》,就把目不及见的可惨生活活现纸上。请看这种文学家的功劳是怎样?从来专制最甚,残酷最甚的,要推俄国。但是俄国已有过社会革命了,农奴(Serf)也解放了,社会上的势力也渐渐除去。这是谁何力量呢?便是俄罗斯的平民文学家——民众小说家。所以我这篇文章要介绍俄国的民众小说家(Folk-Novelists)给阅者。

民众二字的界限,就俄国的社会状况说,就是农民、矿夫、一般工场的劳动者、都会中的下级市民、漂泊者，等等，法国左拉（Zola）的 *Germinal* 和 Gissing 的 *Liza of Lambeth* 诸作，都描写过这种阶级状况，在西欧诸国之中，已经是凤毛麟角了。惟有俄国独多，而且有统系。近五十年间，民众小说家迭出。一般劳动者的生活、农奴制（Serf System）工场、村落的生活、渔业、西伯利亚森林中的生活、贫民窟漂泊者的生活，都经他们描写尽致。此外，如实际上的自治村落及农民普通裁判所诸问题，均为民众小说家的绝好资料。

俄国民众小说家的鼻祖是格尼哥罗维志（Grigorovitch，1822—1899）。格氏天分独高，和托尔斯泰、杜瑾拿夫、康家洛夫（Gontcharoff）、俄司特洛斯基（Ostrosky）齐名。氏生长外邦，初不知俄语，曾为画家、美术鉴识家。后与 Shevchenko、Nekrasov、Volerion、Maykroff 诸批评家交游，始投身文艺界。最初的著作是一部《磨风琴者》（*Organ Grinders*），将圣彼得堡下级社会的生活描写尽致。当时俄国社会中的一部分人，受着法兰西社会主义复兴的影响，便自觉农奴制和专制政治之难堪，因此一般知识阶级对于法国的傅立叶（Fourier）、勒鲁（Pierre Lerous）（均社会主义者）诸人，极表欢迎。格氏自然出世，将农奴制及村落之黑暗描出，很受当时批评家 Byclinsky 的知遇，认为强有力的新进作家。接着又有《不幸之安东》发表，亦写村落间之作，所给予社会的影响，不在史吐活的《黑奴呼天录》（*Uncle Tom's Cabin*）之下。苟稍具知识，微论男女，读［格］氏之此作，无不怜泣彼不幸之安东，而一种悯惜农奴之心，自可油然勃发。1847 至 1855 年间，继续有《渔夫移住者》（*The Immigrants*）、《农夫》（*The Tiller*）、《放浪者》

(*The Tramp*)、《村道》(*The Country Road*)诸作。后遂搁笔,加入康司但丁大公所组织之军舰世界周游文学旅行队,与当时文坛中的 Maximoff、Ostrosky、Gontcharoff 等同行,有《勒非赛舰》(*The Ship Retrizan*)旅行记一帙。(同时,Goncharov 亦有 *Frigate Pallas* 一篇,人多谓比格氏之《勒非赛舰》优美。)旅行归来,乃改治美术,仅有短篇小说,作其回想之记(Reminiscences),1899 年去世。

格氏的重要著述,系在 1846 年至 1855 年之间出版。时人对之尚无定评。批评家中有激赏之者,又有说格氏所描写之农奴有失实者,杜瑾拿夫亦谓氏之著作过于冷酷,不易现出所描写者之心情。当以此评为当。但若不知格氏的个人,决不谙一般读者对于格氏的感想。格氏所写之农民,虽稍理想化,但为一种之暗示,无可疑义。因为当时俄国的农民阶级非统一的团结,故俄国南部的农民,自与北部相异。格氏所书多以莫斯科之南为主,Tila、Oryol 诸地的农民生活,多现于格氏小说之中。因而他的描写方法,自不能无别,所以批评格氏的却不可缺乏人种学的眼光。

和格氏同时的有玛可瓦却克(Markovotchok)(此为匿名,原名 Marie Markovitck)夫人。夫人为中央俄罗斯贵族,生于大俄罗斯,与小俄罗斯文学家 Markovitch 结婚。所作小说也取材于农民,初以小俄罗斯语作,后经杜瑾拿夫译成大俄语。夫人之作,多伤感之色,颇与史吐活(H. B. Stowe)相似,但当时俄国农奴解放问题已成物议,夫人之作,所至欢迎。我们读夫人的短篇小说,便可以看出其中含有伤感主义(Sentimentalism),但决非 19 世纪初叶缺乏真正感情之 Sentimentalism 可比。夫人之作，无不隐有真和爱。对于乌克兰的传说（Ukranian Folkore）及民谣，均极考究。所以在夫人短篇小说之中，又可以看出许多的地方色彩（Local Color）。

同时又有旦尼夫司基（Danilevsky, 1829—1890）。有《洛波尼西亚之逃亡者》（The Runaways in Novorossiya, 1862）、《自由（Free）逃者归来》（The Returned Runaways, 1862）、《新领土》（New Territories, 1867）三长篇，皆系描写北沙那比亚（Bessanabia）之自由移民及农奴逃亡者。一时与格氏、玛可瓦夫人齐名。

1835年，有波亚洛夫斯基（Pomyalovsky）。幼时学于僧侣学校，所作小说遂取材于贫穷之中流阶级生活，有《俗物之生活》及《莫罗夺夫》二长篇。以《兄与妹》一篇为最佳，为描写堕落之男女者，实写的倾听向甚富，惜年才三十即逝。其描写民众，启发后进不少。

俄国民众小说家之彻底实写派，当推尼西蒂哥夫。[尼]氏为乌拉尔人，父为一贫寺之副牧师，家甚寒。曾入僧侣学校，以受叔父虐待逃去，日与乞食为伍。后复返家，命充邮局配达人，以资读邮件之新闻被逐，送到僧侣许令受感化。后以受地方学校所行之试验，成绩优美，得充文官书记，月受俸六先令，生活至苦。其时业书记者，多取贿赂，独尼氏反之，后得某绅力进任内务部书记，得给倍前，渐投稿于各小报。后作《波得利浦基》，小说载于《评论杂说近代》（此篇有法译，名 Cenx de Podlipnaia），始稍露头角。

尼氏饱历患难，于民众生活知之甚稔，如乌拉尔之矿工、伯尔米人之村落、圣彼得堡之贫民窟，皆供尼氏著作资料。所作《古尔莫夫》

一篇,将制铁工人之生活描写得极惨。篇中所表现之人物,阅之发人深省。又有《众人之中》一篇,则为尼氏自写少年时代之作。又有《较善者何在?》二卷,系描写一求业而赴圣彼得堡之女,因贫所遭种种之不幸。读是作者,所受影响与《古尔莫夫》同。

尼氏而后,有勒非夺夫(Levitov,1835?—1877),亦为当时有名之民众小说家,生涯亦极悲惨。幼受僧侣教育,十六岁时以入大学,徒步至莫斯科,后移圣彼得堡。曾参加学生运动,因是被流至极北之兴克维尔司克,与有识者相距日远。后遇赦得释,然腰中已不名一文,以得僧侣助数先令徒步行返。所受苦痛逾他人,故印象脑中最深,后来著作之题材(Subject-Matter)亦至富。脍炙人口者为《旷野杂记》一卷、《莫斯科巢窟》与《贫民窟街市漫记》等篇。上记第二作系描出大都市之漂泊者,《旷野杂记》则写农民之细微生活习惯风俗等,兼叙野间自然之美。读是作者,辄想见野间之景色,恍如身历,而与书中人俱化。

1840至1902年间有威士本斯基。威氏所作小说,与上述各家稍有不同,其小说中所含要素均属于民俗心理学的领域,重在描写繁荣于农奴制风俗习惯之田舍生活,及此等制度废止后之问题。且能以小说家之笔,加上人种学的记述,是其特征。当时俄国"至民众之间"的呼声最高,一般稍具知识的,都注意到农民的村落、土地、文化等问题,以及自治之开发、劳动者的待遇等。威氏于此等的观察最注意,所以他的主要著作就是一部《土地之力》(1881年)。篇中所描写的,都不外上述各种的领域。又俄国当时目为重大问题之一的,即土地自治体所有权之撤废,而以农民个人之所有权以代之。因此有村落自治体发生,一方面力图农工二业结合之发展。此题宿为知识阶级之争论。威氏有《某村之日记》一帙,篇中即描出村落自治体对于个人之压迫(此系威氏之主张)及对于个人公民权之妨害,致下级农民所受富者之压迫,将流为一般的穷困等情况。

此外,如史拉德那斯基(Zlatovratskiey)亦与威氏同一态度,对于农民、自治体等之描写,能补威氏之不足。重要著作有《村之日常生活》《农民陪审官》《读史氏》诸说部,于俄国农民的内部生活更易明晓。

以上所举的诸人,虽不能完全代表俄国民众小说界,但此数人,实为其渊源。这次俄国的社会革命愈足以证明诸民众文学家的效力。虽然没有见着他们直接指导民众,其借文学之力宣传者实多,所以能提醒国民的自觉,要求个性之解放,向强暴及压制宣战,以至于革命。有这样的结果,都不外是百年来民众文学家所宣传的思想实现。

我们读上列诸家的小说,可以看出几种特色。1.俄国文学是由压迫之下产生出来的,一面要脱离这种压迫去要求自由,一面要养成能与长久暴力相战的精神。这两大精神结合了,就产出俄国特有力的人道主义。18世纪之末,法兰西大革命影响俄国,法国革命所标榜之自由、平等、博爱,亦即俄国农民之所要求。所以俄国文学,第一是为人格之自由,与压制之力相战。2.俄国有识者和无识者的知识相差太远,俄国文学就是二者间的媒介,即有识者(知识阶级)教化无识民众的一种工具，为社会、为人生、为民众而传道。故第二特色是教化民众、改造社会。3. 俄国文学最重实写，故诸家之笔，极深刻沉痛，所写俄民之苦闷，阅者不仅作俄国观，亦作世界各国观；不仅作书中人观，亦作本身观。其势力最巨。——综上以观，俄国国民之思想能够革新，一扫专制压力，结果农奴解放，国体改革，实全赖文学家指导的功劳。

阅者诸君！请看这俄国民众文学家之力！——不朽之力！

述俄国文学思潮最详的书，英文本有——Skaabitchevsky：*History of Modern Russian Literature* 4th. ed，1900；P. Kropotkin：*Ideals and Realities in Russian Literature*。（是书为克洛泡特金氏名著，系辑克氏在美国波士顿 Nowell 学院之八次讲演而成，在英伦 Duckworth&Co. 出版，为克氏名著之一。）

日文有升曙梦著《俄国文艺思想史》《俄国文艺及思潮》等书。为阅者深研计，附记于此。

原载《小说月报》，1920年第11卷第8号。署名：谢六逸

屠格涅甫传略

1818年11月9日,屠格涅甫(Ivan Sergeevich Turgenev,1818—1883)生于俄国乌利尔(Orel),其先世为贵族。1837年,即屠氏十九岁时,曾肄业圣彼得堡大学第三级,此时他模仿英国拜伦的剧曲《曼弗勒德》(Manfred),用韵文作了一篇幻想的戏曲,名《司特尼俄》(Stenio),以呈文学教授勃尼特尼甫(P. A. Pletniev),颇受嘉赏,为之发表于《现代》杂志。此作虽没有特别价值,但已足为一个天才的表示。不久他到德国留学,1841年复至莫斯哥省视其母,始与斯拉夫民众相接触。因为他的经验,启发了慈善的感情,他想把这点感情扩充起来,后来他的作品的动机,便是在此。当时的皇帝主义(Tsarism),是他所常常怨恨的。1843年,他用T. L.的名字出版一篇韵文,名《巴拿咯》(Paracha)。批评家皮林斯基见着,为之惊叹。1847年,作散文故事《克霍尔与卡尼立志》,描写农民生活,在《现代》杂志上发表。这种故事前后共有二十四篇。《现代》的编辑人巴纳衣夫替他加上一个《猎人日记》(A Sportman's Sketch)的篇名。是时屠氏遂享盛名,为后来他的许多胜利的基础。

《猎人日记》发表了一半就受俄国政府的疑忌。越年,他出走巴黎,不打算再返俄国,在巴黎将《猎人日记》作完。1852 年,又返俄国一次,以作文吊郭哥尔故,被政府监禁了一个月。至 1861 年,他的作品更多,如《初恋》(The First Love)、《三个会》(The Three Meetings)、《路丁》(Rudin)、《绅士之家》(A House of Gentlefolk),皆陆续发表,所描写多贵族的俄人。

屠氏在俄国文学史上占了极重要的位置。他是把俄国文学介绍给西欧诸国的一个伟人,使俄国文学在俄国以外的地方为世人亲密地知道。直到现在,他仍旧影响西欧的思想及文艺,在这一点,他和托尔斯泰有同样的功绩。

屠氏的初期创作是韵文,显见得也是一个诗的天才。他有高度的美的感觉。他的作品里所包的高尚知识,更是超过普通的作品。就他的小说的结构、完具、美看起来,不愧为 19 世纪最大的小说家。他的小说,不是那些由著者随意视察而描写出来的人物,或突发事件的简单故事。他的小说是互相连续的,是俄国的领袖知识人物的连续。他的小说第一次在 1845 年出现后,一直占了三十年以上的时期。此三十年间的俄国社会,起了欧洲历史所不曾见过的激烈的变化。知识阶级的领袖人物,以一刹那间,进了急激的变化之中。这是仅仅由长眠之中忽然醒来的社会所可能的,于是竟把从前完全渗透在全社会的农奴制废除了,向着新生活猛进。这种"造历史"的典型的连续,被屠格涅甫以彻底的观念、充分人道的理解、近于先见的艺术的观察描写出来了。这种先见(Foresight)的精巧的结合,在同样的程度,为近代作家所没有的。

屠氏不是随从成见的计画的。他说:"关于艺术上的'倾向'及'无意识'的一切讨论,不过是修辞学的粗劣的伪物……随从一种成见的纲领,不过是无能的人而已。因为真是天才的作家,便是人生自身结晶的表现。他们不该作成一种颂词或论文,以及对于他们没有意味的作品。"这可算是屠氏的艺术观。等到俄国知识阶级之中,出现了一些新男女的领袖人物,屠氏立刻被他们所围绕,充分地了解他们,在作品里描写出来。所以他的作品中的一部分又是描写爱情的。

布兰兑斯的《屠格涅甫研究》〔《近代精神》(Moderne Geister)里〕是一篇关于屠氏的最好的批评,其中有几句说:

> 什么使屠格涅甫成为第一流的艺术家,确实说来,是不容易的事……说他是有产出活的人类的真诗人之最高能力这话,究竟还不能完全包括他的本领。在他自己所描写的人物里面所感觉的兴趣,对于那些人物的批评(诗人的),以及读者自己感觉的印象之间,都使读者感得他的艺术的卓越。因为只在这一点上——艺术家与创作家的关系,人物或诗人的各样弱点,是必要表现出来的。

由布兰兑斯的批评,足见屠氏的创作力是怎样的伟大!他的小说,无论长篇也好,短篇也好,各部都保持着均衡。其中没有简单的,

"死人般的人物"的插语,以妨害——或使衰弱——内部的人类之戏曲的发展。倘若省去一人一物一景,便要影响到破灭全体。而且在收束时,总印着非常动人的一般印象的,又常以可惊的收场而结束。

屠氏深刻地了解人类之心,更了解青年的、真挚的、富于女性的少女对于高尚感情与观念醒觉时的心。那种醒觉,往往在伊等不注意的时候,成了爱情的形式。此外,对于人生的瞬间的描写,也没有人赶得上。爱情便是他的一切小说之主要动机,爱情达到最开展的瞬间,便是书中英雄——政治上的煽动家或是温良的绅士——放极度光彩的时候。屠氏以为一个人所从事的日常工作,不能够表记人类的典型——无论工作是怎样的重大,并且用他们的语言来表记也很难的。他多半借重书中英雄的相互关系,特别地用爱情表现出来。由于他所描写的爱情,个人各有的特性,都在爱情里完全表现出来了。

屠氏带有厌世主义的色彩,但是,他却把厌世家的性质和人类的爱[两]者结合在一起。布兰兑斯说:

> 在屠氏的心里,泛溢着深而广的忧愁之流,是通过他的著作而流的。他的描写是客观的,虽然他的著作,有抒情诗的风姿,但在他的著作中,没有抒情诗。屠氏的个性,印象于他的著作里最深。他的个性,常为悲哀,但是没有伤感色彩的特别悲哀。……他的悲哀,在实质上是斯拉夫人种的悲哀,为继续斯拉夫民谣的悲哀的正统后裔……郭果尔的

悲哀是由绝望而来的。当陀思妥以夫斯基表现同样悲哀的时候,因为他的心为那些被践踏的人们和大罪人表同情的原故。托尔斯泰的悲哀,是以他的宗教运命论为根基。屠氏独成一个哲学家……他爱人类。虽然他没有很多想念人类,或是不深信他们的时候,他仍旧爱他们的。

据此,我们可以知道屠氏的厌世主义和其他的作家,很有不相同的地方。

屠氏的天才的全力,大都在他早年的作品内表现出来了,我们在《猎人日记》里面可以看出来的,这部小说的影响是非常的大,对于俄国当时的农民制下了根本的打击。又他的描写方法是很巧妙的,他不写受残酷的农奴,也不把农奴制理想化,只是将屈服于农奴制束缚之下的有理性而可爱的人的实像刻画出来。同时又写出地主的卑劣,唤起这制度所造成的恶意识。至于艺术方面,这本书也足称上品,在那些短篇日记之中,所描写的各个人物的性格,都是生气盎然的,和自然美的描写合在一起。因为作者的意志,在这本作品里,将侮辱、同情、惊叹、深刻的悲哀等,顺次地印象于我们了。

1854 年到 1855 年间,他著了《静的一角》(*Quiet Corner*)、《通信》(*Correspondence*)、《亚可夫·巴星可夫》(*Qá-kow Pásynkov*)、《浮士德》(*Faust*)、《阿沙》(*Asya*)等短篇小说。在这些小说里面,他将他的天才、态度、内个的我力都完全显示出来了,深刻的悲哀也满布其中。他在未发表这些短篇小说的前两年,因为作文吊郭果尔,虽然没有被送到西伯利亚去,也被拘于乡村里面。在村里他见着的,皆是欲表示反抗,不得已而吞声忍气的人,环境尽是农奴制专制政治拥护者的胜利,他不觉大失所望。所以这几篇小说之中,都显出悲哀的痕迹。但是,他所流露的悲哀,不是绝望的呼声,也不是讽刺,乃是对于那些可爱的友人的温和的同情。这是那几篇作品的主要色彩。

屠氏的6大篇杰作,已为世人所熟知,便是《路丁》(*Rudin*)、《贵族的隐居》(*Nobleman's Retreat*)、《前夜》(*On the Eve*)、《父与子》(*Father and Son*)、《烟》(*Smoke*)、《荒地》(*Virgin Soil*)。

《路丁》出版于1856年。书中英雄路丁是一个40岁的人,习过黑格儿哲学,生长于尼古拉斯一世时的社会。在那个时候,思想家是没有应用本能的可能性的,只有做一个贵族的或农奴主的国家服从者。原书开始便是描写某妇人的别墅里的生活,这位妇人喜欢看无味的小说和被检察官禁止过的书籍——如妥克衣维尔的《美国的民治》(*Tocqueville's Democracy in America*)等,在伊的城里的或别墅里的客厅中,都有许多的著名人物,路丁就是其中的一个。因为路丁的知识很丰富,谈吐也雅驯,许多的青年便与他相好,这些青年中有女郎名拉达霞,和他有了爱情。伊曾破除了母亲的家庭旧习,每日朝阳起时,便到池畔和他相会,但是因为没有母亲的允许,他们终竟不能达到最终的目的。原书描写他们和一切障碍相争之事,以及路丁的理想不能实现,也就是代表俄国社会中有高尚思想要素的人的特质,在俄国像路丁一样的人,不知道有多少。路丁因为不满足那个时代的生活状态,自己也没有职业,仍然一贫如洗,为政府所驱逐,结果逃到外国。1868年6月之后,在巴黎的军垒中被人杀了。路丁的收束便是如此。

《贵族的隐居》(1859)是一篇杰构,和屠氏的自叙传《初恋》(First Love)共为最有力的著作。书中的英雄是拉夫莱斯基和女郎尼沙拉夫莱斯基,本已结了婚的,因为结婚的不幸,他们分离了,他的妻到巴黎去做俳优。其后他遇着尼沙,互有爱情,且传闻其妻已客死巴黎,但不久他的妻子忽由巴黎归来,尼沙遂失望,入了修道院。这作极是凄婉动人,所描写的悲哀是诗的。

《前夜》(1860)的书中英雄是海仑。海仑是一个奇特的女子——也就是俄国未来的妇人的代表。伊有奇特的志气和刚毅的决心,伊不满足家庭的琐屑生活,希望广大的天地,对于伊的周围的著作家、艺术家、官吏都不屑一顾,独倾心于保加利亚的爱国志士印沙洛夫。印沙洛夫是一个排斥忧郁哲学之梦的人,为自由生活而奋斗。他和海仑有了恋爱,便相偕逃去。屠氏在这篇里面的描写,和以前的作品却大不相同,没有像《贵族的隐居》中的悲哀,只是把海仑与印沙洛夫二人的生活奋斗活现纸上。从前俄国像路丁一流的人,已是灭尽,而易以海仑、印沙洛夫等青年,与当时俄国人的心理相符。这本书是在西欧出版的,后来才流入俄国。

其次的小说便是《父与子》,为1859年所作。其时正当旧时的感伤主义者及美学派等人绝迹,新的虚无主义者出现于俄国社会的时候,《父与子》不外是这新旧思想冲突的描写。原书中的英雄为少年医生巴沙洛夫,是一个非常强项的人。他对于当时一切制度都取否定态度,排斥社会生活的传统与无谓的虚伪。巴沙洛夫因为归省,住在他的友人的村舍里。友人有老父及叔父,屠氏便将此二人描写为旧思想的代表人物。旧的代表二人中,弟名尼古拉·彼得洛维其,是一个爱读西喇及普希金的优美热烈诗歌的空想家,对于实际事业颇乏兴趣,在田舍里过他的地主的怠惰生活。兄名巴维尔,与其弟相反,是一个娇养的利己者,在上流社会度过他的少年时代。现在虽然住在乡间,他仍旧穿上他的绅士的衣服,表示他是一个绅士,严格地服从社交界的规则,忠于教会及国家。他们二人和虚无主义的巴沙洛夫是极端的反对,他完全否定巴维尔所谈的一切原理,不信国家和教会所设立的法则,对于社会生活的已然的形式也深刻地侮蔑,他的行为与语言,都是心里所想作说的,是绝对的真实。因为彼此思想的冲突,三人竟至于决斗,演出悲剧。这小说便是当时人物的表现。书出后,屠氏颇受攻击,旧人物以为他本身即是虚无主义者,而新人物又以屠氏将他们视同巴沙洛夫,颇不浃意。据屠氏自己说,是读者还不能十分地理解巴沙洛夫,所以才生出这样的误会。

屠氏在1860年有一篇讲演《哈姆勒特与唐癸阿谛》(*Hamlet and Don Quixote*),是一篇为了解《父与子》的意义所必知道的著作。屠氏自己曾谓哈姆勒特与唐癸阿谛是体现人性相反的两个特质,一切人类,至少总有属于这两个模型中之一的。……唐癸阿谛尽力于他的理想,为理想甘受困难,牺牲生命而不辞。他以为生命能供给理想的实现,能促进地上的真理与正义,要这样生命才有价值。他是为反对那些抵抗人类的势力(即压制人类的)而生的。……所以他无恐怖而能忍耐,不耻粗衣恶食,对于人生别有见解。他是极谦让的,意志是伟大而勇敢。至于哈姆勒特,则为一个有解析力的人,无信仰,是一个自我主义者,他完全为他自己而生存的,但是他也相信别人……他对于什么都抱怀疑,他以由自身所得的知识为满足。又唐癸阿谛是一个穷人,和乞丐不相上下,没有财产及亲故,是一个孤独者。他矫正一切邪恶,并且保护大地上被压迫的人们。他的最初的尝试就是由压制者的手里救出无辜的友人,可是没有效果,反替友人加上二倍的痛苦。但在哈姆勒特则没有这样。他不肯以锐敏的、有修养的、怀疑的头脑去铸成大错,他不相信压迫者是不用说的了,但他也不相信攻击,并且他虽然是一个怀疑家,既不信善的,也不信恶的,因为恶与伪是他的仇敌。前面所述的巴沙洛夫,便是哈姆勒特一系的人物,同时也不只巴沙洛夫一人而已。

再次的小说是《烟》,于 1867 年出版。他作这本小说的目的:第一是表现俄国社交界里的妇人,第二是描写二十年间支配俄国的官吏的浅识与愚蠢。此外,如废止农奴制度的失败运动与深刻的失望,都浸透在这本小说里。屠氏对于当时俄国社会的绝望,可以在这书里充分地看出来。又在《死艺术家的记录》(Eunogh: From the Memoris of a Dead Artist, 1865)、幻想的杂记《群鬼》(Ghosts, 1867) 二篇中,也可以看出屠氏的绝望与厌世。

最后的著作是《荒地》(1876),为描写其时俄国的"到民间"运动的杰作。屠氏对于这次的新运动——"到民间",充分地表示同情,使他把以前的失望和厌世灭去。就这本书的实质看起来,据克鲁泡特金说,缺乏俄国当时的真象,对于俄国的"到民间"的新运动没有正确的观念。又因为屠氏并未曾与此次运动的真实代表相遇,所以也就没有说及此次运动的开始。以他这样宏大的天才,依旧不能由直观以补知识的欠缺。不过他却理解了这运动初期所表现的两个特质:一是青年的运动对于农民的误解,就是此次运动开始时的多数指导者,具有文学、历史及社会的、教育的偏见,没有理解俄罗斯农民的能力;第二便是哈姆勒特主义,既缺乏决断力,思想方面也因为灰色而衰弱了。

除以上六大杰作而外,自1878年以降,更著了50篇的散文诗(Poem in Prose or Senilia,1882年出版)。这些诗是他就个人、社会生活的各种印象而作的,其中如《老妇》《乞丐》《蔷薇》《自然》《犬》诸篇,皆是真实的宝玉,有深刻的感触及印象。又《门槛》一诗,用极佳的诗词感叹为革命运动的人。

原载《小说月报》,1922年第13卷第3号。署名:谢六逸

通信：自然主义的论战
（谢六逸答郭国勋）

记者先生：

我读谢六逸先生的《西洋小说发达史》有一个疑问，谢先生说："……神话（Mythos）和传说（Sagas）……是小说发达的泉源……以下'先'把神话说一说——"那么，我以为谢先生讲过 Mythos 之后，必有一段讲解 Sagas 的话。有说神话的"先"字，自然有"后说"Sagas 的一段，所以我老实地往后读，一直将"小说发达之经过"也读完了，终没有找着 Sagas 的讲解。

是不是因为 Sagas 没有讲解的必要？即认为没有讲解的必要，应不应当叙明一笔？我的知识很浅陋，对于谢先生的作品，没有什么批评，只这疑问的惠然解答，就是我的唯一的希望。恕我冒昧和不恭！祝你们进步！

郭国勋
1922 年 2 月 20 日

国勋先生：

示悉希腊的神话与传说不能截然地区别，所以在《小说发达史》里不曾另外提出来说。神话的意义比传说广些。传说原文为 Sagas，但又可译为神话（Mytho），如北欧神话亦名 Sagas，足以为例。按希腊的传说，即 Heroic Myth（英雄时代的神话），指希腊战士的故事。因为他们都是口述（Oral），故译为传说。在实际上，传说在那时是神话的一部分，属于神话范围之内。文中未及详说，便是此意。至属文时，未及叙明一笔，至今犹歉，承教至感。

六逸敬复

原载《小说月报》，1922 年第 13 卷第 5 号。署名：六逸

通信：自然主义的怀疑与解答
（谢六逸答王锴鸣）

记者先生：

　　读贵杂志第三期所载的《西洋小说发达史》，始恍然悟"罗曼主义"的解释。不过我有一点怀疑，罗曼主义的作品，全然无一点好处吗？我想罗曼主义既是古典主义的反动，它总有一点好处的。这个疑问要请先生答复我——或请谢六逸先生答我，我都感激不尽。祝先生们好！

　　　　　　　　　　　　　　　　　王锴鸣
　　　　　　　　　　　　3月31日，作于上海

锴鸣先生：

　　你的疑问是很有趣的。有些人对于西洋文艺思潮未能融合地了解，往往把自然主义看得如在天上一般，而将罗曼主义一笔抹杀，这很不对。先生的问题，在此虽不能详答，（因为说明罗曼主义的好处，涉及的范围很广，非几句话能讲清楚的）但罗曼主义的两个显著的"好处"，可以提出和先生商榷。它的"好处"，一是打破形式，二是讴歌情绪。从前古典主义注重形式，戕贼内容，罗曼主义力反此弊，看内容比形式重。又受古典派束缚的时候，个性不能发挥，到罗曼的反动起时，个人的感情或情绪乃能自由讴歌。作者能把热情泛溢在作品里面。这二者又可以说是罗曼主义的特质。只可惜真正的罗曼主义的作品，我国也还不曾介绍过。

六逸

　　我以为"罗曼主义作品的价值"和"罗曼主义在文学史上的价值"是两件事，应当分开来讲。

　　罗曼主义的作品当然自有其价值，它们终究是"佳品"。我们固然也欣赏自然派以及新浪漫派的作品，并且我们或许自己也做自然派以及新浪漫派的作品，但是我们见了那几部好的罗曼派作品，一样的也欣赏。这犹之欣赏立体派、表现派绘画的人们，同时也可以欣赏文西、卢本兹等人的作品；犹之爱菊、爱莲的人，同时也可以爱兰花、爱牡丹。一件完美的艺术品始终是件完美的艺术品，推而至于古典主义的作品，亦莫不然。所以我们若问罗曼派作品的价值，不妨肯定地说：凡是好的罗曼派作品都有永久的真价。

　　罗曼主义作品是些艺术品，我们从这些艺术品里固然可以抽出共同的几点来派他们是罗曼主义的特点。换句话，这些共同的特点被我们加以专名曰"罗曼主义"，但是我们究竟不能从罗曼主义的定义里想像罗曼派作品如何如何的美，就是不能从定义里得到欣赏。我们问"罗曼主义有何价值"时，心里想的一定不是空洞洞的一个专名，而是包括在这专名里的那些作品。如果我们定要离开作品，单问这专名所涵的意义有何等价值，那我们的问题一定就是"罗曼主义在文学史上的价值"了。

此两点既明，然后能定"浪漫主义运动于我国现在文坛有无需要"这一个问题，同时亦能决定"我国现在是否需要大宗的西洋浪漫派文学的译品"这一个问题了。谢君所说，我都同意，就在这一点上，我和他意见不同。

雁冰附志

原载《小说月报》，1922年第13卷第6号。署名：六逸

近代日本文学

在东方的国度里,努力于文学而获了效果的,我们不能不说是日本。他们在真正文艺的意味上,介绍、研究、创作,足有30余年,在文艺演进的路途上,因为受了西欧文学的影响,也有古典、浪漫、自然、新浪漫等倾向的变迁,又有文言口语的改革,也有翻译文学的盛行。这些经过,在领略近代文艺较迟的我国,有足供借鉴之处。

现在我述这篇《近代日本文学》,并不是徒将别人家珍宝拿来数弄。就广义说,日本文学是世界文学里的一员,而且又是我们的邻近,自然有研究一番的必要。稍为说得狭隘一点,日本文学没有很深的传统思想,不像中国这一爿老店,有几千年的历史,有形形色色的货物,旧货不能理清,新货也是迟迟不进。日本起首把汉文体取去用了一会,到他们和荷兰人通商后,他们便即刻觉得汉文的缺陷,所以借用外来语,后来引起文言白话之争,在别方面又努力介绍各国的文学作品。直到现在,在世界文坛上能立足的作品,他们已经翻译殆遍,真能创作的人,也有50人左右,文艺杂志也有百余种,这便是他们30余年来的功绩。他们的功绩,我们也得偷暇来看看究竟是怎样,为我们的前车。况且我们现在需要文学趣味的情形,和前20年的日本所差无几,我们不妨看他们这许多年来所走的路有没有错,倘使有错,我们可以不必仍走那条了。

本文材料,泰半取自高须梅溪氏的《近代文艺史论》《明治文学十一讲》二书,并参证宫岛新三郎的《明治文学文艺年鉴》等。至于大正时代的文学(即最近的文学),因为没有经过时间的锻炼,日本许多批评家都不曾有过系统的记述,无足供考证之书,只得就我向来所留心的,略为说及罢了。

一

倘若有人问道:"日本明治、大正两个时代最进步是什么?"我们可以爽快地答道:"便是文学。"其他政治、经济、学术等虽然也有相当的进步,但和文学的进步比较起来,相差还远。其实现代的日本文学,决不劣于欧美。其中优美的部分,的确具备独创的内容与形式,而在别一方面却已脱离欧美文学的模仿状态了。这样的现象,在日本真可算是空前的。即如平安朝时代、元禄时代,文化文政的文学,也赶不上明治、大正时代文学的进步。后世史家,以明治、大正的文学时代,为日本的伟大的文艺复兴期而与元禄期的文学并论。

明治大正时的伟大的文艺复兴,在日本国史上求一个足与比伦的,只有元禄期。元禄期可算日本最光明的时代之一。一向被抑压的民众得到解放,能尝点生之喜悦的味道,都在这个时候。民众文艺之花,开遍一时。如近松巢林子、松尾芭蕉、井原西鹤、尾形光琳、菱川师宣诸巨匠,都是从元禄时代的民众新兴精神里出来的。其中如巢林子、芭蕉、西鹤的艺术,在今日尚保持伟大的生命,是日本文学史上可尊贵的出产。

可是把元禄期的伟大,和明治、大正的伟大比较起来,仍然赶不上,就文艺说,的确是如此。日本人有一种尚古癖和叹美过去之癖,有一种看过去的东西都比现在的优美的倾向。不免有人以为产生近松、芭蕉、西鹤的元禄期,较明治、大正优美的,也说不定。但若冷静思量,便可发现决不是如此。试数明治、大正文坛的过去人物,则有尾崎红叶、高山樗牛、国木田独步、长谷川二叶亭、正冈子规、樋口一叶、岩野泡鸣、上田敏、纲岛梁川、大西祝、川上眉山、河竹默阿弥诸人。内中红叶的小说,决不劣于西鹤,默阿弥的戏曲,足以追随巢林子、子规的俳句,其内容足以比附芭蕉。此外如介绍俄国文学的二叶亭,做短篇小说的独步、一叶,作评论的樗牛、祝、梁川等人,都放射不朽的光芒。所以将两个时代对照一看,明治、大正时代是表示伟大光明的文学收获的。现存的第一流作家之中,可以认为不朽的,至少有十人以上,所以说日本近代文化之中,以文学为最进步,决没有什么不当的。

二

明治、大正的文学,既然这样显明的进步,其原因在什么地方呢?就是他们继承那传统的演进的江户时代的文学,同时又吸收其长处。

如近松、西鹤、马琴、京传、一九、三马、春水、芭蕉、芜村、真渊、景树等的文学，都影响及明治文学，犹以芭蕉、西鹤给日本近代文学的影响最大。例如幸田露伴、樋口一叶等，便倾倒于西鹤的简劲文笔；如尾崎红叶，不特与西鹤的文理共鸣，并且明明受了他的《好色本》的感化。不仅此三人而已，又如自然主义的主倡者田山花袋，亦研究西鹤，所得不少，这是他在《西鹤小论》里说过的。花袋与西鹤的其他作品共鸣，较《好色本》为甚。关于此点，他曾经说道："说及西鹤作品，人即联想到《好色物》，以为《好色物》足以尽西鹤艺术的一切。但我决不作如此想，我除《好色物》而外，对于他发现忠实的、真正的、人不知的理解，无论何时，都极惊愕。"花袋所同情的《胸算用》《永代藏》等作品，都是西鹤描写大阪町人生活的。

　　花袋关于西鹤的《胸算用》曾曰："其中隐藏着怎样深的他的悲痛呢？其中潜伏着有智慧而聪明的大阪人的苦痛吗？其中描写的是金钱，描写从前金钱的悲剧。我们想充分地理解'妇人'与'金钱'，由以金钱仅为物质的心里的简单境地脱离，而至金钱即心、金钱即妇人之境。更进一步，以入物质即心之境，我们想到这种境地去。可是想是尽管这样想，终难达到这步境地。妇人虽可描写，金钱则不易描写。因为'妇人'是'诗'，而'金钱'不是'诗'。描写非'诗'的'金钱'，便不容易达到'真'。西鹤在《胸算用》《永代藏》里所描写的真正的'金钱'，在莫泊三、柴霍夫之上。近松的艺术里虽也有'金钱'，不过是剧场所见的金钱而已。又如梅川忠兵卫所描的金钱，也决不是渗透心中的金钱，不是'妇人即金钱'的金钱。可是《永代藏》里的

《拾取的金》的悲剧,便深刻地与心理接触。据我的思考,日本文坛中,真能取'金钱'做题材的作者,除西鹤外,没有谁人。至于《胸算用》里所写的大晦日之苦痛,到现在还在我的心里作响,冲动我们的生活。一切善、美、思想、理想等,都在各处幻灭着。"观此,足见花袋、红叶、露伴等,又在别的意义上倾倒于西鹤了。

岛村抱月也与西鹤共鸣。他的小说,受西鹤的戏曲的影响很深,自从他参加自然主义运动以后,对于西鹤的艺术,更有同感。他在《由五个女人所见出的思想》中曾说:"西鹤的人生,难道不曾看出是由个性、快乐性、感情性之企图向上,而生的寂寞、不满之感吗?由这意味说来,西鹤的思想,在各方面,却与近代欧洲文艺里所见的思想接近。"

西鹤的作品,有很深的永远性,给现代的日本文学家以新影响及感化。红叶、露伴、一叶等受西鹤感化,都表现在他们的作品上。总之,大正、明治的文坛,都传统地受西鹤的影响。

西鹤之次,给明治文坛以深影响的,便是芭蕉,继其后者有近松巢林子。芭蕉与芜村,不特感动正冈子规,使革新明治的俳句。芭蕉的艺术,对于如北村透谷、岛崎藤村等人的文学界一派,更很深地感动他们。如透谷的哀世思想,藤村在放浪时代的思想与表现,其由芭蕉所受的感化之迹,极为显明。藤村的新体诗与小说,在明治、大正文坛,能有不变的生命力,不能不说是芭蕉给明治文学的影响所致。同时说他隐伏地给今日的文字以新影响,这种可能性是可以承认的。

近松巢林子于明治文坛也有相当的感化。自坪内逍遥在明治二十三年的《日本评论》上发表《评释天的纲岛》以后，便有仿效他的。高山樗牛曾于明治二十八年在《太阳帝国文学》等杂志上发表《近松巢林子》《巢林子之女性》《近松巢林子之人生观》诸文；又于[明治]二十九年，在《早稻田文学》上连载《近松研究》一文，于当时都有相当的影响。岛村抱月也著有《近松之艺术及人生》《近松与东西心中（情死）剧之比较》等文，论巢林子的作品。他的小说《城荒》《玉纲处女波》等，也有学近松的结构的地方。田山花袋在《明治小说内容发达史》里说道："抱月之作，以布置整齐出色，可以认为受近松的感化。"由于以上的叙述，明治文坛曾由近松的戏曲受相当的感化，是显明的了。其次，大正文坛虽也有几分受近松的影响，但和西鹤、芭蕉比较起来，不免要浅些。

总之，明治文学的发达，实赖于江户时代文学伟人芭蕉、西鹤、巢林子。此外，也受马琴、春水、三马、一九、真渊、景树的几分影响。高山樗牛在《明治小说》里说："明治十年以前的小说，不过啜德川时代的冷肴残羹，而承其余脉。……由其文体上看来，仅尝马琴、春水、三马、一九的糟粕而已。"这是真确的事实。又如明治文坛初期，以轻笑者（Humorist）知名的饡庭篁村受其磺、三马、一九的影响也最多。那种色调，在明治二十五六年左右，还残留在一部分的作家上。不过他们不如西鹤、近松、芭蕉等人一样，影响明治文坛极少。

三

试考明治、大正文学发达的原因，可分为五：第一是时势的变革；

第二是欧美文化的流入;第三是民众生活的进步;第四是中日战争、日俄战争的胜利;第五是人才频出。有这五个原因,日本文学的进步,几有一日千里之势。明治、大正的文学,可以说是维新革命所产出的。以前江户末期的颓废文学,已经到了山穷水尽的时候,所以不能不开拓新生面,乃是必然之理,而勃发于此时的,便有明治维新的革命。此次革命,虽然没有如19世纪的法兰西革命那样的激烈性质,但在日本史上,乃是空前的。因为此次革命,遂把封建制度完全颠覆了。当时的文化,也有一半以上被破坏了。于是到了着手建造新文化以代旧文化的时代了。当时旧文化的形式,虽然尚存留于一部分的社会,但是一切都能够建筑在新的地盘上。如政治、经济、教育、学术等都带着新的色彩,不仅是文学革新而已。明治文学的萌芽,便是维新革命所带来的新文化的一部分。

日本明治维新,创作新文化时,他们唯一的目标就是欧美文化。日本自战国时代起,已渐有欧洲文化输入,但是很微弱。幕府时代末期,由荷兰语得与欧洲文化接触,所得也微弱不足道。欧美文化如急潮一般流入日本的时候,以明治维新为始,自此便接续不断地流入。促进明治、大正文学进步的绝大势力,实为欧美文化。

最初流入日本的,以英、美文化为主,其后法兰西、德意志文化也流入。欧美各国的文学思潮,给予文坛诸人的印象颇强。明治文学的黎明期,不仅为寝馈英国文学的坪内逍遥博士所促进的,如德意志文学造诣很深的森鸥外博士也造成向上的机缘。与法兰西思潮共鸣的中江兆民,倾倒俄罗斯文学的长谷川二叶亭、内田鲁庵,因为有他们，日本文学思想才比较地进步得快。此后自私淑左拉的小杉天外、永井荷风的写实主义，与欧洲大陆文学相亲的田山花袋、岛崎藤村的自然主义始，以至大正今日的文坛的新运动，大抵是以由欧洲文学得来的新印象为原动力的。不特小说界如此，即如戏曲、新体诗等，也是受了欧洲文学的影响与刺激而发达的。今后的日本文学，虽有大半是继续地独自发达，而以前的文学，却大都在欧美文学的影响之下。

因为中日战争、日俄战争二役，日本都得了胜利。国民经济有余裕，遂使生活能够向上，因而影响及文学的进步。譬如德意志在七年战争胜利之后，便出勒星、克洛普司妥克等文豪；法兰西路易十四世强盛之际，便有拉希奴、莫里哀、哥尔涅等作家。日本文学也是如此，因为这两次战争之后，国民生息于其中的氛围起了变化，遂促进文学的进步。

明治文学既然有这些错综的原因，于是小说、长诗（新体诗）、短歌、俳句、戏曲、评论，各界都出了不少的人物，犹以作评论文，在明治时代为大有进步。自福泽谕吉为始，以后文艺评论家续出，有坪内逍遥、森鸥外、石桥忍月、北村透谷、高山樗牛、斋藤绿雨、田冈岭云、纲岛梁川、金子筑水、上田敏、大町桂月、大西操山、岛村抱月等人。此外，明治文坛的一个特色便是出了科学的批评的文艺评论家，如坪内逍遥、森鸥外二人即文艺评论的最初的模型。

在明治文坛中，以小说家放光彩者极多，有尾崎红叶、幸田露伴、樋口一叶、小栗风叶、泉镜花、广津柳浪、小杉天外、川上眉山、柳川春叶、后藤宙外、江见水荫、德富芦花、山田美妙、国木田独步、岛崎藤村、正宗白鸟、严野泡鸣、永井荷风、夏目漱石、高滨虚子、德田秋声、田山花袋等。长诗有岛崎藤村、土井晚翠、薄田泣堇、蒲原有明、北原白秋、三木露风等。短歌有落合直文、佐佐木信纲、与谢野晶子、与谢野宽、金子薰园、若山牧水、尾上柴舟、洼田空穗、石川啄木、土岐哀果、伊藤左千夫等。俳句有正冈子规、内藤鸣雪、高滨虚子、河东碧梧桐、荻原井泉水等。戏曲有坪内逍遥、福地樱痴、河竹默阿弥、中村吉藏、秋田雨雀、冈本绮堂等。评论方面有生田长江、片上仲、相马御风、中泽临川、田中王堂诸人。

以上都是明治时代的人物，其中在大正时代活动的也不少。到了大正时代，新人物加添很多，有谷崎润一郎、上司小剑诸人，很能发挥特色（详后）。阅者试观上列诸名，便可以知道明治文坛的人材，是频出的了。

在上述的各种原因与及江户文学的传统的影响之下，便促进了明治文学显明的发展，其余波更及大正文学。近代日本文学发达的原因，虽然复杂，还有其他的小原因，但是原因之大者，不外上述诸端。至于日人因为普通教育、中等教育的普及与进步，使人民读书的力量增进。此外对于文艺知识的灌输，各大学增设文科，文坛先进之扶掖后进，以及新人物之自辟径路，等等，都是促进文学的原因。

四

明治、大正文学之进步，前后连续，保持有机的关系。欲明进步的径路，势必要假定区划。日本高须梅溪氏将明治初年至大正十年的文学，就其进步趋势，划为五期：第一期自明治初年至十八九年；第二期自十八九年至中日战争前后；第三期自中日战争前后至日俄战争前后；第四期自日俄战争前后至明治末年；第五期自大正元年至今日。第一期为守旧时代，第二期为新文学发生时代，第三期为写实主义的过渡时代或罗曼主义时代，第四期为自然主义时代，第五期为各派分立的时代。这样的区划，在文坛的全体上，虽然不能完全妥当，但大体是不差的。

第一期的前半，为明治文学的黑暗时代，后半可以说是准备时代。前半指明治初年至十年左右，后半指十一年至十八年左右。前半时代因为在大改革、大动摇之中，思想、生活两方面续起激烈的变化与动摇，全没有顾及文学。当时的社会中，有新旧分子之争、保守派与进步派激烈之争，有神风连之乱、荻之乱、佐贺之乱，又有以征韩论为起因的西南战争，真是纷乱已极。同时占据新政府要津的人人，都参加于政治、财政、司法、军事、教育、产业等上的大改革，而断行那有名的废藩置县。因为有这些情形，当时的人，都忙杀于骚乱与改革。有为的人材，奔走热中于当前的事业，而残留于文学方面的，不过是因袭旧套的、保守的人物而已。就小说讲，当时也只模仿一九、三马、春水、马琴的作风，不曾有何等新意义。其中稍可注目的，只有假名垣鲁文一类的人物。剧本方面，仅有河竹默阿弥。他是江户演剧的最后的殿军，最能放光彩。他的著作有三百余篇，杰作至今还在东京、大阪及各地的剧场开演。今人永井荷风叹美他的作品说："我常相信默阿弥翁是在法国剧坛的 Engene Scrive,和1921年逝世的 Victorian Sardow 以上的大作剧家。翁并不如现代许多青年作家一般,由所谓学问、小理节以及偏狭浅薄的理想以入艺术,乃是由狂爱艺术之情,投身于其中。是于不知不觉之间,领悟艺术为何物的人。"他惯于在恶的世界里选择题材中的人物,在日本称为"白浪作者"。他的杰作如《三人吉三》《鼠小僧》《村井长庵》《白浪五人男》《铸挂松》《十六夜清心》《发结新三》等,皆以恶人为中心人物。他以描写恶世界的人为特长。假名垣鲁文的代表作为《西洋道中膝栗毛》《胡瓜扱》《安愚乐锅》。他以滑稽见长,《西洋道中膝栗毛》写神田的荡儿弥次郎兵卫与北八二人随横滨豪商游英伦,是一篇途中记,其中充满极有趣的谐谑。当时可数的不过这一二人,由广义说,成岛柳北的《花月新志》、福泽谕吉的《世界国尽劝学》、中村正直的《西国立志篇》,也可以范入文学之内,但不是纯粹的东西。明治五、六年间的新闻杂志,也颇尽力于普及通俗的文学趣味,是可以注意的。要之,这第一期前半的文学进步,实在是卑无足道的。

到了第一期的后半,因为西南战争的原故,除去了许多不平的士族,不特平民阶级的势力增加,就是从前的骚乱也扫除干净。因此便入了和平时代,文学方面的事业在新光之下,才多少带点复苏的色彩。在这个时代,有中江兆民、坂垣退助输入自由民权的思想,风靡天下。此时的精神,便是大呼改革政治,为激烈的政治运动。当时的文坛,因为应顺时势的倾向,政治小说最流行,同时科学小说也足与之比肩。科学小说之流行,也不过是为传达欧美科学思想的意思。

其实那时候的政治小说，由文学上严密地看去，还难于说它是政治小说，不能说是艺术的政治小说，只不过著者假借小说的形式，以披露他的政治思想的一种低级作品罢了。正如尾崎行雄所说："化身为小说家，将锦绣心肠发露于镜花水月的幻境中，俾易使呼声入于一般人的耳里，照这样，乃是今日我国做政治家的至急的便法。"当时就是以这种方针，将小说利用于政治上。不特如此，他们的文学的素养、艺术的气禀都很欠缺。我们用今日的眼光看去，实在是极幼稚的。

政治小说出产最早的，当数矢野龙溪在明治十六年发表的《经国美谈》，十七年有藤田鸣鹤的《文明东渐史》，十九年有末广铁肠的《雪中梅》，二十年有须藤南翠的《新装佳人》、末广铁肠的《花间莺》、东海散士的《佳人奇遇》等。其中，《文明东渐史》是一种史论，不是小说，只在描写高野长英、渡边华山的生涯之点，足称小说；其余五种都可以说是政治小说。《经国美谈》与《佳人奇遇》是以史的 Romance 的风味组成的。《经国美谈》取材于希腊历史，用稗史的形式表现出来。原书写希腊齐武名士耶巴米洛达斯，与北洛比达斯合力以图国威的隆盛。这样人物，为当时的日本所最需要的，所以借这类的小说去鼓吹政治。

这个时期，翻译文学也很流行，可分为政治的、纯文学的、科学的三类，政治的译书如中江兆民译法国卢骚的《民约论》，但不是纯文学的，不在本文范围内，可以不谈。纯文学的译品，如井上勤的《世界大奇书》，原本即《天方夜谭》；片山平三郎的《鹅璱蹯回岛记》，原本即《格利勿游记》。井上勤又译德国歌德的《狐之裁判》，坪内逍遥译英国莎士比亚的《凯撒》。此外尚有织田纯一郎译法国尼敦的《花柳春话》，关直彦译《春莺啭》，藤田鸣鹤译《系思谈》等。至于科学小说，多译法国杰耳倍勒之作，以川岛忠之助译的《八十日间世界一周》出版最早，继而有井上勤的《六万英里海底旅行》、红芍园主人的《铁世界》、福田直彦的《万里绝域北极旅行》。此外尚有《造物者惊愕试验》《亚非利加内地三十五日空中旅行》《月球旅行》等。上述的各种小说，在当时都极博阅者的欢迎。至于译者，当时移植外国作品的原因，不外二途：一因他们对于欧美文化有相当的理解，对于从前的平凡小说极乏兴趣，所以开始做这种工作；二是以鼓吹政治及普及新文学趣味为目的。而当时的阅者，也感染了欧化热与政治热，想看新的欧美小说的欲望，比较旧小说强些，可是他们鉴赏文学的程度，依然不曾进步。当时的译品中，除了坪内逍遥所译的一部《慨世士传》（尼敦作），足当得流丽婉曲四字外，其余的译文都粗糙生梗，然在当时的人，却当为清新的译文看呢！

五

到了第二期时代（即明治十八年顷至中日战争前后），才是明治文学的轮廓分明的时代。明治十八年四月，坪内逍遥著了一部《小说神髓》，内容分上、下二卷。

上卷

小说总论 { 何谓美术（今日之艺术） / 小说为美术之理由

小说之变迁 { 小说与历史之起原
　　　　　　小说与戏剧之差别

小说之主眼（唯人情为小说之主眼）

小说之种类 { 描写小说与劝惩小说之区别
　　　　　　时代物语、世界物语等

小说之裨益（论小说之四大裨益）

下卷

小说法则总论 { 小说法则之必要
　　　　　　　各种文体之得失

小说脚色之法则 { 快活小说与悲哀小说
　　　　　　　　脚色之十一弊

时代物语之脚色 { 正史与时代物语
　　　　　　　　时代物语创作之心得

主人公之评置 { 主人公之性质
　　　　　　　主人公之二假设法

叙事法（叙事之阴阳二法）

　　这部《小说神髓》在日本文学史上最有价值，为提倡写实主义的先驱，破坏从前对于小说的旧观念，而树立新观念。坪内氏在上书《小说总论》《小说之主眼》二章中，痛陈昔日对于小说观念之谬误。在《总论》中，力主小说为一种美术（今日之艺术），美术决非实用主义、目的主义,它自身即是独立体,所以小说不是供劝善惩恶的用具,也不是教育道德的奴隶。在《小说之主眼》中,说明新小说是什么东西,最主要的话便是:"小说之主脑为人情,世态风俗次之。"他所说的人情是什么呢?不用说即是人间的情欲。人为情欲的动物,无论善人贤者,皆有情欲。不过他们不曾表出而已,却不能说他们的心里没有这种东西。所以人间表现于外的行为,与藏于内部的微妙的感情情绪,成为两条现象。如历史、传记只能叙述表现于外的行为,而不能细描深藏于内部的感情与情绪。小说的职务只在穿透人情的微妙的奥底,要描出所谓贤人君子、老幼男女、善恶正邪的心的内幕无余,使周到精密的人情,灼然可见。因此小说家又不可不为心理学者。凡创作人物,须适宜地根据心理学的原理,倘若任自己的意匠而悖于人情,成创作一与心理学原理相反的人物,则任其脚色如何巧妙,或叙事如何奇特,都不能称为好的小说。故所谓小说必深描人心的内面,而使它如现于目前一般能如此,才能写出各时代的人情世态,才能说小说是人生的批评。

以上为原书《小说的主眼》一节内所主张的。由此可见坪内氏主张心理描写说、客观的态度说,排主观说、非狭义的、为人生的艺术,等等,已将近世的写实主义的特色,完全包含于其文中了。由于他的学说,遂将日本文学上的旧观念,如以文学为道德、教育的奴隶,以文学为滑稽、诙谐、消闲等,都打破了。自从《小说神髓》出世以后,明治小说才脱离了"戏作"的范围,对于"近代小说"的称号,才受之无愧。当时只知做春水、马琴的旧梦的,到现在都醒了。政治翻译小说的流行也停止了，于是描写实际的人情，力呼留意现实人生，救活了濒死的明治文学。

小说家田山花袋评《小说神髓》说："此书教人写实，倡心理描写，奖励没却主观的客观态度，将从来小说的一切邪道一语道破，在这一点，确为逍遥的伟勋。"高山樗牛也说："逍遥既出，著《小说神髓》与《当世书生气质》痛论劝善惩恶主义之谬误，开写实主义之端，当世风靡，小说文坛之旗帜为之一变，虽为时势之所必至，然当举世沉睡于旧梦中，一人之力不能脱离旧套之时，独能与浊世相反，为一世木铎，却不能不说是逍遥其人的识见非凡绝伦了。"又岩城准太郎著《明治文学史》也称赞这部书，说："《小说神髓》不仅关于小说，乃向文学全体促进革新之文坛有数的著作。"樗牛同时又举出这部书的微疵，他说："其写实之意义失之偏狭，不承认传奇（Romance）与小说（Novel）之并立，过重心理的描写，且不研究可以通用心理描写的小说为什么种类，亦不欲承认理想小说之真价，由现在看来，不无可疑，但也是对于旧来小说的反动所不得已而有的弊病。"约言之，这部《小说神髓》，实在是明治文学的晓钟。

逍遥既把他对于小说的新见披沥无遗，他又将他的主张具体化，继续发表处女作《当世书生气质》。当时日本的社会，常以小说家为戏作者而轻侮之，受过新教育的人士来执笔做小说，未尝见过。于是逍遥要打破这种社会的惯习，自进而为小说家，著《当世书生气质》，想给当时的社会以一种强烈的感动。原书用现代的眼光看去，虽有多少的不满，但在当时，其作法实是新颖，（"书生"即"学生"的意思，当时的书生意等于现在的新人物）意在描写与当时的生活相反的新的学生生活。原书于明治十八年五月出第一卷,翌年一月出全,计十七卷。内容以描写某英语学塾里的几个学生的气质为主眼,写出他们受各人的境遇与运命操纵而各赴转变的路途,且把他们所有的新思想和当时社会的旧思想之冲突标示出来。书中插入守山父子的奇遇、青年小町田粲尔与艺妓田之次的 Romance 更为生色。全书的主旨,在于旁观所得的如实写出,排斥劝善惩恶主义,一任读者的判断。这部小说在明治小说史上,占极重大的位置。

《小说神髓》与《当世书生气质》二书出后,受影响最深的为长谷川二叶亭氏。著《浮云》,为将逍遥的小说理论更具体化的杰作。又受俄国文学的影响（氏精俄语,为首先介绍俄国文学之人）,学陀思妥也夫斯基与康伽洛夫的作风。原书第一编借坪内逍遥的名字,于明治二十年六月出版,翌年二月第二编出版,第三编于二十二年秋用自己的名字发表于《花之都》。内容以由静冈旅东京,寄寓于叔父家中之任判官内海文三与其叔父之女阿势为中心,插入叔父之妻阿政、内海之友人本田等人物,描写恋爱的 Romance 及新旧思想的冲突。结构极单纯,与目前的小说,全然异趣。在这部书里,二叶亭于表现他所见的日本文明的里面,以及描写人物的性情心理,算是成功的。《浮云》出世时的日本——尤其是东京,因为披了文明开化的名,溺于皮相的青年男女固然很多,反之,纯然以保守的思想终的半老的男女也不少。所以代表新时代的人与代表旧时代的人,常起纠葛。二叶亭因为要表现这点,他用阿势代表新时代,伊母阿政代表旧时代,而使家庭中起点小小冲突。换句话说,这不是日本文明的里面的缩图吗?

　　二叶亭的《浮云》既出,便与逍遥的两大名著鼎足而三,这是当时小说界的黎明。同时有德富苏峰等人出来组织民友社,可算得是评论界的曙光。苏峰为民友社的中心人物,于明治二十年二月,发刊《国民之友》第一号。他使用的文字独创一格,他能把由汉文所得的丰富文字巧妙地应用,又以西文本为骨,成为一种民友社派的新Style。至以他们的思想,则发挥以基督为背景的平民主义,使许多青年受强烈的影响。当时的人物有山路爱山、竹越三义、德富芦花、宫崎湖处子、塚越停春、人见一太郎、矢崎嵯峨、角田浩浩歌客、松原二十三阶堂等;后来国木田独步也于[明治]二十七年加入《国民新闻》。此外如森鸥外、山田美妙、二叶亭、内田不知庵、森田思轩、依田学海、石桥忍月、中西梅花等人,可算是民友社的客员。他们发刊杂志《国民之友》,内容和现在日本的《中央公论》《改造》《太阳》《解放》等一样,对于政治、文学、宗教、社会各方面加以新评论,并设文学栏,春夏二期增添文学附录,给当时的文人不少的便益,使他们在文坛上得名。文学附录中所登的作品,为明治初期文坛的点缀。其中如鸥外的《舞姬》、逍遥的《细君》、露伴的《一口剑》、一叶的《るかれ道》、透谷的《宿魂镜》、镜花的《琵琶传》等,翻译有森田思轩的《侦探耶倍儿》、二叶亭四迷的《あひびぎ》等。《国民之友》既出,很激动当时的一般人士,遂有《哲学杂志》《以良都女》《出版月评》《日本人》《我乐多文库》《文都之花》《新著百种》《女学杂志》《少年园》《小说萃锦》《大和锦》《新小说》《史海》等先后出世。至[明治]二十二年十月,有森鸥外主干的《栅草纸》出;[明治]二十四年十月,有逍遥主干的《早稻田文学》出。这两种杂志,与前举《都之花》《栅草纸》《新著百种》《我乐多文库》等,为文学上最有密接关系的杂志。鸥外、逍遥二人的文艺批评,在当时极有势力,态度很严正,对于后来的文坛有莫大的功绩。

同时有尾崎红叶以《我乐多文库》为机关组成砚友社,这一派对于明治文学的贡献,也是最显著的。砚友社之创立,在明治十八年三月,恰好是坪内逍遥的《小说神髓》出世的前一个月。最初的同人只有尾崎红叶、山田美妙、石桥思案,后有川上眉山、江见水荫、岩谷小波等加入。二十一年五月,遂出机关杂志《我乐多文库》,又有大桥乙羽、中村花瘦、广津柳浪等人加入,山田美妙后来因为意见不同,便退出了。

砚友社之成立,也是因为受了《小说神髓》《当世书生气质》的刺激,自觉新时代需要新小说,所以不能不出来活动。他们的立足点,是以江户文学的系统为中心,而加入西欧文学的风趣,和那由俄国文学出身的二叶亭,由英国文学出身的坪内逍遥,以及欧化的倾向极旺的民友社一派,色彩自然有异。尾崎红叶与山田美妙是这一派的中心人物。美妙主张言文一致,有创作集名《夏木立》,中含《柿山伏》《笼之俘囚》《花之茨武藏野》《恩仇》《赝金刚石》诸篇。红叶的名作为《二人比丘尼色忏悔》(略称《色忏悔》),曾揭载于《花之都》第一编。其作风虽受英国文学的影响,但亦承一九、三马、西鹤诸氏绪余。《色忏悔》之体裁很新颖,自成一家。内容乃一 Romantic 衰话,书中未提时代，未定场所：在一林木凋零、寒风凛冽的山野，荒庵中看美貌尼姑二人，一为庵主，一为来客，一夜闲话，主人语其夫战死的旧事，客尼亦悼其恋人殁于沙场，语次知死者皆二人所共相思之爱人，方惊异时，夜幕揭去，东方已白。原书的结构大致如此。书中人物在许多 Romance 中，乃类型的而非独创的，结构亦不脱俗套，推红叶之文，能将西鹤派与欧文派巧妙配合，文句简洁，能用省略法，使余韵余情留于阅者脑中。小说家田山花袋评曰："其文非言文一致，不是普通的雅俗折衷调，也不是翻译调，完全是一种独创的。文章在现在完全脱离和文、汉文的领域，而成优美整洁的体裁，自不用说。然在《色忏悔》的当时，作家于文章如此苦心，是了不得的。"因为红叶他不满足言文一致之容易流于冗漫，也不取翻译调之晦涩，所以他取法西鹤的惊拔、写实而多含蓄的 Style，稍加欧文学的风味，以创新体。《色忏悔》既出，又于[明治]二十二年五月的《新著百种》第三编的附录里发表《风雅娘》。其后新著频出，二十四年一月出《新色忏悔》，八月出《二人女房》，十月出《伽罗枕》等作。此外还有《金色夜叉》《心之暗》《三人妻》，文体极华丽。后人评红叶之作，媸妍互见，其缺点常为一己的趣味所囿，取材仅止于恋爱、色欲世界，不及其他。换句话说，便是只能彷徨于小主观之中，无高远的理想，深刻的人生观、社会观。其描写亦不能为彻底纯粹的写实主义，态度仍不脱戏作者之风，此不能不使人稍感不满。至于红叶天禀的艺术的身手，能终生努力文学，产生如《多情多恨》等艳丽之作，为后来新文字的基础，足使人敬佩。倘若他能致力哲学、思想，则其所作当更有深味，内容当更痛切。

砚友社同人作品以红叶为中心外,尚有广津柳浪的《残菊》、严谷小波的《妹脊贝》、川上眉山的《れるて》、大桥乙羽的《露小袖》、石桥思案的《乙女心》等作,皆为当时文坛所承认的。其中石桥思案,因为病脑,不久便停止作家生活。严谷小波最初即有童话作家的倾向,于描写少年少女之姿态,具有特殊才能,但于小说上,因为性质过于淡白洒脱,故于作品内容之深刻、表现上的锐利都付之缺如,所以目前严谷氏只专心于童话了。川上眉山倾倒于许六,也有等的俳文,善作洒脱轻快美丽之文,就小说作家论,他并不曾发挥什么特色。前述诸人中只有广津柳浪所作《残菊》,有后来所谓深酷小说或悲惨小说的形体。原书描写病女的悲痛心理,与其他砚友社同人倾向全异,足与红叶相抗。除上叙各作家外,当时尚有江见水荫、中村花瘦、丸冈九华、冈田虚心亭等人,但于文坛上没有什么深的关系。

与尾崎红叶同时投身文坛,其声名不在红叶下者,为幸田露伴。幸田一人自成一家,不似红叶有砚友社为背景。他的文学生涯,以明治二十二年二月,在《花之都》发表《露团团》为始,其知名之作为同年九月发表于《新著百种》第五篇中的《风流佛》。《露团团》以兴味为主,未尽露伴之长。《风流佛》写珠运与卖花之女阿底的恋爱,女为子爵落胤,其后恋爱割裂,珠运不忘彼女之美,因刻女像为风流佛。此外有《一口剑》《缘外缘》《五重塔》《血红星》等篇,《五重塔》尤为成熟之作,于明治二十五年,连载于《国民新闻》,后刊单行本。篇中写十兵卫的艺术的性格,极为显活,惟多空想与夸张,为砚友社一派所病。

当时作家有红叶、露伴对峙，评论家也有坪内逍遥与森鸥外二人并立。逍遥以《小说神髓》《当世书生气质》（见前）二作投身文坛，较鸥外为早。鸥外由德国归来，于明治二十二年在《国民之友》附录里发表译诗《面影》；同年十月，刊行文学杂志《栅草纸》。对于评论、翻译、创作各方面均甚努力。《舞姬》是他的处女作，发表于二十三年的《国民之友》春季附录。同年夏又发表《暂时杂记》及《文遣》，与《舞姬》共收入《水沫集》中。诸作成于鸥外的青春时代，所写的都是恋爱故事，文体亦有醇雅清新之趣。同时逍遥也有《细君》《一圆纸币的履历》发表。他们二人曾为"没理想"的问题，争辩很久。

砚友社等人既标榜写实主义，当时的作品不免是千篇一律。所谓写实，也只是皮相的，一时陷于麻疲的状态，无论阅者、作者都倦怠了。坪内逍遥曾在《早稻田文学》论小说不振的原因，金子筑水也在《明治二十六年文学界之风潮》文中论及当时的弊病。其结论皆以当时思想的调子，与创作的调子合不来，世间对于当时的创作颇不满足，他们不能不要求比小家庭、色情等的写实更新鲜、更高远的作品，而希望有恋爱以外的描写。其实那时的写实主义，也是似是而非的，有自身破灭的可能性。如红叶诸人，他们的观察虽较以前的作家近于自然，也没有寓劝惩褒贬于作品之中。但是他们所写的世相，只是他们贫弱而偏颇的阅历之反映，所以不能系住有教育经验的人，亦不能保持永久。当时的社会，对于他们的无味放浮、浮艳淫靡之作，自不能不发生厌倦心了。

此时的作家既缺乏阅历，偏于小主观，流于皮相的写实，取材又单调，于是读书界遂起而需求新奇的东西一变而欢迎传奇小说、侦探小说乃至历史小说。传奇小说之中，比较有名的是：村上浪六的《三日月》《女之助》，矢野龙溪的《浮城物语》，须藤南翠的《胧月夜》《荒海实一》，宫崎三昧的《桂姬》，末广铁肠的《南洋之波澜》等。其中得好评的，算是《三日月》，内容以侠客三日月次郎吉为主人公，以夸张之笔描写人物，以兴味为中心，所有场面富于波澜与变化。当时读书界得此，为之喝采。浪六乘兴更作《井筒女之助》《奴小万髯之自休》《深见笠》等篇，自然是很受欢迎的。老实说一句，这些传奇小说的价值也就微弱得很，当然缺乏那真能和写实主义对抗的传奇派的艺术趣味，不过是炫奇好幻，以媚俗众之嗜好罢了。但却恼了逍遥、鸥外、内田鲁庵诸人，要想扑灭这些作品，明讥暗讽。逍遥曾替他们定了几条"小说学校泼鬓科教则"，以讥诮他们的矫奇与风流。到了"泼鬓小说"衰颓后，便是通俗小说中的侦探小说代兴。其故在当时的评论界有奖励侦探小说的倾向，虽然他们不十分看重侦探小说的艺术价值，以为在通俗的、低级的小说中，侦探小说以及冒险等，算是稍好的了，所以当时西洋的侦探小说流入不少。介绍最力者，首推黑岩泪香（周六）。他将许多外国侦探小说重述，文章很平明朴实，如《铁假面》《死美人》《大金块》《人耶鬼耶》等，都有引诱一般人的魔力。此外他又译述法国许俄、大小仲马的作品，尤其译得好的是《哀史》。他的势力普及一般民众，直到现在。当侦探小说正流行的时候，岛村抱月在《早稻田文学》上发表《侦探小说》一文，搭击此种小说。大意说：我们试翻阅几种侦探小说，检其结构，就其类似之点而抽象，先留于心者，即连篇累牍，皆以快乐性的根柢，放在智力上。换言之，就是以索究的快乐为兴味之根本。侦探小说之主要命脉，在申诉于智力的快乐，而成就之法，于发端时先揭出某种疑问，以引起读者的好奇心，于是追次解疑，如数学家解释问题一般，不到结局的答案不止。至于达到疑团冰释的顺路，不惜用尽方法，但并无何等意味，不过引起快乐的结局而已。譬如杀富家之寡妇而案情隐蔽，阅者先要知道的就是犯罪的是什么人，于是有无情无血的侦探；有法官卖友人卖良心，弄尽诈谋术数，求捕罪人，以满足阅者的智力的心识。阅者读侦探小说而感快乐时，并不在刚读着的事件的全局，或悦乐在某部分乃是一步一步渐近最后的满足。……侦探小说无全部浏览的必要，阅者先读前半，再跳阅收尾的部分，则阅前部分所感之兴味，必全消失，纵令经过之事件，有若干妙味，然除秘密的解释而外，侦探小说之本来面目，殆难保存云云。由抱月之说，侦探小说在文学上的地位，是不难估量的了。

读书界既饱妖传奇，侦探小说亦被排击，遂有历史小说代之。历史文学之萌芽，在明治二十二三年顷，乃对于欧化主义的显扬国粹运动。金子筑水谓历史小说为回顾过去之我，知现在之我而作。又谓"历史小说乃因憬慕已往的好古心，普通的爱国精神，单纯学者的气质，欧化主义的反动。又因厌憎肤浅卑劣的小说，空漠的好奇心，及其他别种原因，以致流行一时"。其时此种小说的先驱，当数民友社、博文馆的史的出版物，以及田口鼎轩于[明治]二十四年五月出版的《史海》，颇能吸收饱厌浅薄小说的阅者。此外有力的为德富苏峰的

《吉田松荫》，竹越三义的《新日本史》《二千五百年史》，德富芦花的《格兰斯顿》，民友社的《十二文豪》等。至如博文馆出版的《世界百杰传》《日本百杰传》，虽乏文学的价值，亦为读者欢迎。裳华房的《伟人史丛》，也风靡读书界。其最有文学的价值者，为前述三义的二作。森田思轩的《赖小阳》、内田鲁庵的《约翰孙》、北村透谷的《爱玛孙》、德富芦花的《托尔斯泰》、宫崎湖处子的《高士华绥》、爱山的《新井白石》等。高山樗牛所作历史小说颇富于情感，能以优雅的文体，咏叹地叙述悲恋。《泷口入道》一作，于二十六年发表于《读卖新闻》，为坪内逍遥、尾崎红叶、幸田露伴所选拔，以平家之衰亡为背景，描写泷口时赖与横笛的悲恋，不啻是一篇抒情的小说。另有《平家杂记》《我袖的日记》等，亦为樗牛的感伤的(Sentimental)发露。论者以他的作品，不脱雅气，过偏修饰，不过在当时的作品里，也实在寻不出他这样富于情味的作品了。其时坪内逍遥曾在《读卖新闻》上发表《论历史小说》一题，他替历史小说下了一个定义，说："历史小说发挥其国之特性，同时要能反映当时的人情风俗。"所以当时所作的历史小说，大多数是符合逍遥的定义的。至于今日的历史小说，则以现代的新精神解释史的事实，多为抒情诗的。作时不特要长于史的见识，亦应具文化史的知识与其哲理，并且要有能活写时代人物的手腕。但日本当时的历史小说作家，虽然为一般人所欢迎，但有这样资格的人，是很少的。在现在看来，那个时候的作品，不免是失败的了。

当时民友社中人，也作传记文学，具小说的体格。如平田久之传嘉莱儿，人见一太郎之传许俄，塚越停春之传近松门左卫门，皆以直译的文体,明快的方法出之,为传记文学开一新生面。

除上述各种小说外,在明治新文学的发达上有重大关系的,便要数当时的翻译文学了。

六

对于翻译文学为有价值的贡献的,当数长谷川二叶亭为第一。他摘译俄国屠格涅夫《猎人日记》的一章,更名《相会》,发表于明治二十一年七月的《国民之友》。十月又摘译《邂逅》一节载《花之都》。此二篇据缩印《二叶亭全集》的编者说:"距今 30 年前,屠格涅夫之名,还不曾为英、德所知的时候,将他翻译介绍到极东的幼稚的读书界里,有如向山野鄙人弹琴之感。这种优秀的高调,怎样的感激当时的人,使后来文艺上的新萌芽胚胎,是不可知的。"当时的无名文学书生田山花袋,见了他的《相会》,也记出了感想,说:"更使我惊异的,乃是在一二号前发表的二叶亭译的《相会》。养育在粗大的经书汉文国文里的我的头脑与我的修养,因为用这样细密而可异的叙述方法做的文章,很受感动。心里疑惑这是文章吗?"当时学他的翻译文学的影响的人很多,国木田独步也是其一。他们觉得那些作品里的叙述法,为日本文学所不可缺少的。

二叶亭的翻译,和他的处女作《浮云》同样是以真诚而热心的态度作成的。他在《我的翻译的标准》里说:"翻译外国文的时候,只偏重思考意味,便有损毁原文之虞。须渗透原文之音调,然后移植。我相信一个点号、一个逗点都是不可滥弃的。若原文有三个逗点、一个点号,译文也应该照着三个逗点、一个点号般的移植原文的调子。"二叶亭又主译者应理会原作者之诗意的必要,他论吉可夫司基以俄语译英国拜伦诗的方法说:"吉可夫司基虽是俄国的诗人,然以翻译家成名。译成拜伦的作品很多,都很巧妙。而当时的俄国社会状态,正是小拜伦盛产的时候。铁中铮铮的吉可夫斯基,不期能与拜伦的诗意相合,遂告成功,亦不可知。总之,他的译文是美丽的俄文。但是将译文与拜伦的原诗比较,则句法大异。原文仄起的,他平起;原文平起的,他仄起。原文有韵的,他译成无韵。又加添了原文所无的形容词与副词,任意减削。即是把原文分裂成为自己意匠的诗形,不过仅把意味译出来罢了。"他译屠格涅夫的作品时也曾说:"屠格涅夫的诗意不是秋冬之景,乃是春景,说是春景,既不是初春,也不是仲春,乃是晚春。恰好是樱花烂漫、花瓣渐散的时候。他的趣味,正如远霞天际、美丽朦胧的春月照着的晚上,在两旁植有樱花的细道上缓步一般。简单说一句,艳丽之中,有岑寂的地方,这便是屠格涅夫的诗意。他的小说里,全部都贯穿着这样的情趣,乃是当然的结果。翻译的时候要不失他的情趣般的,自身当作他本人地写出,否则文调往往失其真意。此时却又不可拘泥于逗点、点号或其他的形式,应该先将根本的诗意咽下,然后才不裂诗形地翻译出来。实际上我译屠格涅夫的时候,力求不忘他的诗意,心里打算使自己真和他的诗意同化,但没有好好的成功。"

我们读他的这些苦心之谈便觉得他的翻译由最初到成功,在艺术上的光耀不是偶然的了。那些文艺家开始议论翻译方法,是在二叶亭的两篇译稿出世之后，虽然从前有过不少的议论，但多幼稚。二叶亭对于翻译功夫的细微与见解之卓越，实超迈前人。不用说他是精通俄语，又是通汉文学、英文学的，并且又有小说家的丰富的才能，所以在翻译方面，不能不说他有适当的资格了。他的特长，就是在以创作的风调用于翻译。例如他译的《密会的骨头》的叙景文，译得很新鲜精致。为国木田独步爱诵，引用于他的《武藏野》之中，印象独步很深，这也可算他的翻译成功的证据了。

翻译文学家与二叶亭同时代的有森田思轩，他的本领劣于二叶亭。思轩以批评见长，翻译次之。他的译文加有汉文的风味，虽一字不苟地苦心译出，结果仍是不好。即以对于思轩深表同情的苏峰，也说"思轩的翻译过于执念，反有痕迹"。不过思轩的翻译文学，也为文坛一部所推重。他译法人许俄的《死刑前六小时》，译ж过于思轩化，把许俄的风韵没却了。他译的小说，有名的是《侦探犹倍儿》《盲使者》《十五小豪杰》等。

在二叶亭、思轩之后，于翻译文学界别开生面的，为森鸥外、坪内逍遥、内田不知庵诸人。鸥外精德国文学及语言，亦长于译欧美文学。思轩以汉文调翻译，鸥外则用日文调，这倒是巧妙的反错。[明治]二十五年七月，他的《水沫集》出版，中收十六篇的译文。其中有名者为俄希卜·许宾的《埋木》，克纳司特的《地震》《恶因缘》。《埋木》原书叙薄幸的天才音乐家喀撒破灭于恋爱，将他的艺术的破灭之末路，用抒情的调子描写出来。鸥外很巧妙地将原文的情趣表现于日文调之上，典雅而清丽。惟有贵族的香味与热情的缺乏，是其弱点。鸥外于日文调之中仍混用汉语,对于表现原作的风韵与语调极为腐心。他的译书中最好的是安徒生的《即兴诗人》。原书的情节,据我们所熟知,是描写堪见尼亚的即兴诗人与歌妓的强烈的恋爱的。经鸥外一字不苟地译出,很富于诗的兴味。除此之外,对于德、奥的作品,由他译出的也不少。

内田不知庵译俄国陀思妥也夫斯基的《罪与罚》,颇显出他的卓越的本领。他由[明治]二十五年末起译至次年的夏天,成第一、第二两卷,第三卷不曾出版。因为当时的读书界,还没有领略如像《罪与罚》这类书的理解力与欣赏力。即以二叶亭所译屠格涅夫的作品论,也不过只为一部分的文学书生所了解。至于《罪与罚》销路的坏,倒是当然的结果了。坪内逍遥在《早稻田文学》上,极口称赞他的译本。说他的译文是《浮云》一流的言文一致,刚柔自在,写出男女、老少、都鄙、上下的口吻,如亲闻一般。他译到第二卷,愈显得他的手腕的熟练。逍遥称赞说:"仅就译文论,已经是明治唯一的杰作了。"他此时的译事,很能巧妙地应用东京的俗语与原文融会,使读者几忘其为译文。

坪内逍遥是翻译莎士比亚的名手,莎氏的著作,他移译殆尽。他对于戏剧也有很深的研究。他的半生精力,多费在早稻田大学的文科的计画上,现在东京的文坛,早稻田派的人材最杰出,便是坪内氏培育出来的。他译书的方法,是服膺特莱登的一句话,就是:"勿失语,勿失意。"他不取生硬的直译,而主张造成艺术的翻译的倾向。

日本的翻译文学的重镇,便是上述的二叶亭、鸥外、不知庵、逍遥四大家。后来便是升曙梦、片上伸等介绍俄国文学，生田长江、户川秋骨等介绍英美文学。到大正时代，有世界的价值的作品，无论全集或短篇，几于全有译本，而且每一种名著，也不只一种译本。现在新兴文学的发达，翻译介绍之努力实为主因，溯其功绩，自不能不推这几位了。

在翻译文学兴起之前，新体诗也曾发芽。明治十五年四月，有井上巽轩、矢田部尚今等要求发表新思想的新诗，形出《新体诗钞》一卷。巽轩论曰："向来占领诗坛的汉诗与和歌，不足以发舒吾人的情志。是汉诗，便成了支那的诗，并非当作本邦的文学发达起来的。和歌虽为本邦文学足以尊贵，然而是过去的文学，栖息于新日本的大潮流里的国民，欲借此以发挥情志，则应取以现时的国语所作的欧化的诗形，应该选择用平平常常的语言作成的诗形。"巽轩的这种痛感新诗之必要，就是他和欧美文学接触，而受其启发感化的结果。所谓新体诗的名称，矢田部尚今说是"模仿西洋风，而作出一种新体的诗"。《新体诗钞》便是在这种意气与抱负之下出世的，此书的内容由现在看起来，颇乏艺术的芳香。巽轩自己所作的和翻译的，都是幼稚的东西。不过，他对于新体诗的名称及创始之尽力，其功仍不可没。

新体诗的反响在当时并不大发现，到明治二十年顷才渐渐地发酵。此时有尾崎红叶、山田美妙等出《新体诗选》，与从前所出的《新体诗钞》相呼应。《国民之友》《新声社》（约名为 *S. S. S.*）的同人森鸥外、落合直文以及对于基督教文学有研究的汤浅半月都发表新体诗。接着矢崎嵯峨屋（别署北邙散士）、中西梅花、宫崎湖处子等人也寄稿。当时的少壮文人,亦为诗坛努力,如拜伦、海勒、徐勒、歌德等名家的诗,都是常见的了。

森鸥外所译的诗,收在他的《水沫集》里的《于母影》一篇之中,有拜伦的《曼弗勒德》、海勒的《海女》,译调极优雅。《孝女白菊之歌》是落合直文新体诗的代表作,流利优艳。中西梅花的《新体梅花诗集》出版于[明治]二十四年三月,德富苏峰评其诗曰:"君负奇骨,飘荡清逸,如天马行空,不可以寻常规矩律也。"他是一个狂热的诗人,诗集出版不久,便发狂死了。当时在诗坛上放异彩的尚有北村透谷、岛崎藤村、马场孤蝶、户川残花等人,开拓新体诗之领域,他们创刊《文学界》。北村以厌世的哀调作诗,作诗剧曰《蓬莱曲》,由三出八场而成,反映其天才之光焰。北村死后,颇少个性优越的诗人,惟岛崎藤村蓄意修养,以待其诗才之发酵。到中日战争后,他便成了诗坛的第一流人物(详后)。落合直文是短歌革新的运动者,他虽然是不通欧洲文学的人,但是他和森鸥外等结新声社,自然有与新文艺思潮接触的机会。他出版《日本文学全书》,又在《栅草纸》《歌学》《国文》等杂志上,以清新之文,叙情叙事,所作《高岭之雪》有新国文的风味。佐佐木信纲之刊行《日本歌学全书》,以及后来大町桂月、武岛羽衣、盐井两江等所作的美文与诗体,皆受直文的感化。他死于明治三十六年,著书有《荻之家遗稿》《荻之家歌集》等。

翻译文学的兴盛,欧化思想自然是澎湃,当时的反动,便是国汉文的新研究和东洋哲学的研钻。正在这个时候,中日战争便发生了。这一次的战争,我们中国人固然是醉生梦死,看成是"番邦造反",不足轻重,而在日本的国民,则视为决定国运的机会。结果中国败了,一蹶不起,日本人却直步青云。于是他们的自尊心更增加,在世界上的地位更稳固,"征清胜利"的呼声,到处皆是。彷佛有夸大狂的高须梅溪,在《明治大正五十三年史论》里说这次胜利的要素:一是日本国民性的优越;二是文化的优越;三是政府当局人物的优秀;四是海陆军人的优秀。于是乎"征清"胜利,那时是明治二十七年七月。

七

这一次的战争以后,日本文学入了第三时代。我们所晓得的,一国的文学在国家兴盛的时期,自然要起剧烈的变化。因为这时国民生计较有余裕,所以影响及于文学。日本胜利崛的文学杂志,像春笋一般的后起。战争之次年([明治]二十八年)一月,有《帝国文学》《太阳》出世;二月,《文艺俱乐部》;八月,《文库》等续出。二十九年一月,《惊目草》(*Mezamashikusa*,《栅草纸》之改名)出;七月,《新小说》再兴,《世界之日本》诞生。此外则《新著月刊》《青年文》《日本主义》《杜鹃》《江湖文学》《新声》《中央公论》《小天地》《关西文学》等相继刊行。《太阳》的创刊号,有坪内逍遥的《战争与文学》一文。篇幅颇长,中有《什么是战争?》《战争之影响》《在文学的直接影响》《战争与诗、文人》《战争后之文学》诸章,竟在观测日本战后文学的前途。《帝国文学》的发刊辞,也极夸诩国家之胜利与文学的关系。二十八九年以后的文学,果真日新月异。这第三时期的文学,乃是日本文学史上的中心点。

通览这时期的创作，评论的全体，可以称为 Romanticism 时代，因为此时的小说、戏曲、新体诗、短歌、文艺评论，都浓厚地带着浪漫主义的色彩，也就是达到后来写实主义的桥梁，是大众舒展他们的诗的空想之翼，以逍遥于超现实世界的时代，是睁开燃烧于美之憬慕里的眼睛而高歌的时代。这个时代，新体诗歌的勃兴，也是当然的结果。当时出了许多以诗歌为中心的杂志，别的杂志也争着刊载诗歌，主要者有《明星》《白百合》《文库》《新声》《山彦》等。此外，戏剧进步，俳句革新了，文艺评论也兴盛。

这一个时代的期间很久，人物也纷繁，现以小说为主，叙述这期的文学。为便宜计，分为前后二期：自中日战争起后三十三年为前半期，自此以后迄日俄战争为后半期。前半期以空想味胜的小说居多，后半期以现实味胜的小说居多；前半期为浪漫主义的最盛期，后半期为与现实接近的时代。

前半期小说的主潮，有当时所呼的观念小说、悲哀小说、深刻小说等，其支流有心理小说、社会小说、家庭小说等。因为那时的评论家，对于从前平凡的小说、拨鬓小说、侦探小说等深感不满，无论对于何种小说都要求有深味的、有道念或理想的。在先应这种要求的，就是观念小说。所谓观念小说者，便是指作品的内容有一种的观念。观念小说的先驱同时又为中心人物的作家，是泉镜花和川上眉山二人。就现在说，观念小说的名称，早已不存在了。泉镜花后来的作风也大变，然而在那时因为应评论家的要求，却不得不作观念小说。

从前砚友社的全盛时代，文阀的势力很大，若不当文阀的门徒，是不会出头的。正和政界有萨阀、长阀一般，若不打破这些门阀，青年人士便不能在政界露头角，所以如大隈重信、板垣退助、犬养毅、尾崎行雄诸人，便去努力打破政界的门阀。至于文坛的门阀，便是赤门派的冈田岭云及《国民之友》一派的批评家去打头阵。他们痛恨砚友社之固结文阀，先向砚友社的中心人物尾崎红叶发炮，《文库》《新声》等[杂]志向他极力挑战。《文库》有小岛乌水、千叶龟雄，《新声》有佐藤义亮、高须梅溪等人。由于他们的努力，遂替无名的文士杀了一条血路。于是前半期的文坛分成了几系——

砚友社系泉镜花、小栗风叶、北田薄冰。

早稻田系岛村抱月、后藤宙外、水谷不倒。

独立系田山花袋、樋口一叶、小杉天外。

民友社系德富芦花。

露伴系田村鱼松。

后半期的新进作家有德田秋声、柳川春叶、永井荷风、中村吉藏、田吉掬汀、草村北星诸人。田口、中村二氏与《新声》的关系很深，可以说是《新声》系。德田秋声、柳川春叶是砚友社系，国木田独步是民友社系，草村北星是早稻田系。独立系诸人，大抵出入于当时文坛大家之门，假其势力，以出于世。例如小杉天外之接近斋藤绿雨，田山花袋之接近砚友社系，樋口一叶之依付半井挑水与《文学界》一派，俨然各张文帜，互相立异。这第三时代的文坛，可算得是复杂的了。

泉镜花是浪漫派的诗人，也是于神秘思想里开拓新境之北国诗人，是将北国之光明与黑暗体现于一身的作家。他先为做观念小说，跃入文坛。他的出世作为发表于[明治]二十八年,《文艺俱乐部》的《外科室》与《夜行巡查》二篇。《外科室》描写一伯爵夫人与某医生的痛悲的爱;《夜行巡查》写一警察对于他自己的职务责任之忏悔并救其情敌。他的文体不是向来的流丽潇洒一派,而是生硬的翻译调式以此自炫清新。描写的内容,多为责任感与悲痛的异常的恋爱。这一点和向来的作风两样,在当时颇得批评家之称许。由现在看来,也不能说他的写法是非凡的、异常的,然在当时却以为是深刻的了。镜花因这两篇作品,遂被认为新进作家之有力者。后又续出《钟声夜半录》,二十九年出《海城发电》,渐渐转移到《琵琶传》《化银杏》等奇怪神秘的作品。显然是由观念小说移至神怪的空想小说了。以后有《一卷》至《六卷》等长篇,《照叶狂言》《风流蝶花影》《化鸟》《清心庵》《龙潭谭》《髯题目》等作也出世。所写的无非是以怪蝶象征游女的死,为恶魔诱惑的幼童之幻梦,诅咒现世的少女,想少年的游女,艺者的末路等。其中最杰出的,要算《照叶狂言》了。

《照叶狂言》是写他幼时在北国都市的小剧场里,所见的歌舞剧女优之群的淡漠的回忆,是用当时流行的美文式的风俗,印象的叙述,富于抒情诗味的作品。田山花袋说他此作是受了森鸥外译的《即兴诗人》的暗示。总之,这一篇是镜花离了他特有的奇矫之弊,而成素直的诗的作品。《照叶狂言》出世之后,《枭物语》《笈草纸》《辰巳巷谈》等出。比较能发挥其优点的,当数《汤岛诣》《辰巳巷谈》,前者以深川、洲崎为背景,写一美妓与美少年之恋。篇中写美少年月夜访妓于深川的陋巷里的景色,极为纤细。《辰巳巷谈》中所写亦为悲痛之感。高山樗牛评《汤岛诣》，为[明治]三十二年的佳作。

与泉镜花同作观念小说的作家，惹文坛注目的，为川上眉山。他是砚友社中对于艺术始终执着研究态度的人。他生于明治二年，于[明治]四十一年六月自杀。他的名作有《书记官》《表里》。《表里》发表于二十八年《国民之友》的夏季附录，颇得批评家的赞赏。后来著《白藤》《贱机》二篇。川氏之文学的变换甚著。《表里》一篇眉山将他的社会观寄托在一个由德行家变成盗贼的人，名叫波多野十郎的身上。描写因为世人被煽动，因为慈善倾破财产的德行家，受了与从前相异的世人的冷遇，怨愤社会之无情与残酷，弃而为盗的情况。他的描写方法和以前的文体相异，而对于主人公的心理描写应该努力的，他却没有注意，而以一种议论的会话体占主位。这一篇在描写及表现上，是完全失败的作品。但是在那个时候，将社会观寄托在小说里的，还没有见过，所以也惹起文坛的注目。《书记官》曾发表于《太阳》，描写为父牺牲、节操被污的少女之苦运，也是揭发社会黑暗面的。此篇在表现法上，较《表里》为优。嗣后他又在《胧富士》里写苦于悲恋之女；在《弦声》里描出与夜半弦声共鸣的幽微的心境；在《松风》里写热情的诗人，始注力于心理描写。他的缺点，就是欠乏精力与执着力。二十八年发表于《读卖新闻》的《暗潮》，虽为一般人所期待，始终不曾完稿。后来《暗潮》改题为《纲代木》，有单刊本行世。

与观念小说同时的，有广津柳浪的深刻小说或悲惨小说。柳浪之作（由[明治]二十九年至三十三年前半）可概称之曰深刻小说。他描写情死的作品最多，如《今户心中》《中川心中》《女夫心中》等都是的(日语心中二字即情死之意)。《变目传》《龟君》《黑蜥蜴》《蓄生腹》《青大将》等,可以称为悲惨小说,至于《羽拔鸟》《女仕人》则是光明的小说。他在文坛上能够占确实的地步,全靠带有感动的色调的悲惨小说。他的作品的长处有四:一是描写人生黑暗面的居多;二是富于戏剧的情调;三是比较还能尽力于心理描写;四是现实味比别的作家多些。田山花袋论他的缺点说,他只能以"实"感动低级的读者,未能深味人生。《今户心中》《河内屋》算是他的代表作,但由今人的眼光看去,不过仅是人情小说、同情小说罢了。他有几种作品,其情调无非是杀人、自杀、痛苦等类奇怪事件,以冀惊动他人。具侦探小说的倾向,所写黑暗面终无什么意义。只有他的《今户心中》很能忠实地描写吉原公娼的生活,描写心理的地方也还细致。《蓄生腹》为高山樗牛所推赏,谓可以和尾崎红叶的《金色夜叉》相侔。在三十二年,又作《骨盗》《目黑小町》《连系二孀》《紫被布》等,作风渐次显明,作法也老练,俨然驾凌红叶了。

这时有一位新进的女文学家名叫樋口一叶(夏子),伊是真诚地思考人生与艺术的作家。伊为文学的活动不过四五年,二十五岁便死了;所著作品不过二十多篇,读之有一种打击我们胸际的力量。在她的优秀作品里,显然是人生之姿态的再现,悲哀之味,脉脉不尽。一叶文学成功的原因,据说有下列几种:一是比较普通女子,能够了解实世间一部的事情;二是艺术的良心锐利;三是能描写自己所观的环境,虽然是狭;四是有比较的深酷的社会观及人生观;五是在表现上,能努力向自己的世界前进不息;六是能体味西鹤作品的骨髓,而不为虚构的、游戏的结构。所以伊的作品能受人的欢迎。伊没有哲学的修养，也缺乏科学的知识。伊的人生观与社会观，不是从书桌上的科学、哲学得来的，是由伊的阅历经验得来的。因此伊偏向一方面，以为人生是不如意的，被苦的运命诅咒，于此只有悲痛、哀泣、愁苦，而没有欢喜与悦乐。生活于这样人生里的女子，是不幸的。不合理的社会与黑暗的人生虐待女子，使伊们烦恼痛苦。人生是悲哀之谷，社会如冷石一般。伊虽是带了这样的哀世的色彩，但是，伊的人生观、社会观，对于这些，以被虐的女性的资格，执着激烈的反抗态度。

伊爱诵《源氏物语》及西鹤的小说，受了感化，但却不是如像尾崎红叶般的，受了皮相的感化，乃是内部的受感化。伊又爱读幸田露伴的小说，也受了几分影响，终不如受西鹤感化之深，可以说西鹤是伊的精神的小说上之指导者，而在其内部的感化之下，执笔以入文学生活。所以伊的态度，一点也不是戏作者的，是真切而严肃的。伊所采取的题材，得之自观的环境，是就伊实际所见所经验的，由自己能解的狭世界之中取材。简单说一句，一叶的现实倾向多，空想的倾向少。伊无论何时都面向着活的现实，由现实中取材。以空想为主而制造小说的手法，伊不大用。因此伊在[明治]二十八年顷所作的，都是如实地再现人生之一面，并无破绽与缺陷，可算是成功的。此时代伊的描写有新鲜之味，所用文体及形式，是由伊自身的个性而生出的。换言之，就形式上说，已经是完全脱离了西鹤与露伴，作成独自的世界了。伊在[明治]二十五六年时代的作品，是发泄自己的厌世的苦闷与反抗的心情,将空想与实验作成的很多,如《暗樱》《玉禅》《埋木》《五月雨》等都是的。到[明治]二十七年后半期,才离了空想的世界,表现起而直面人生的态度,对于人生的悲痛的环境、因果、运命及复杂的事象,才能显然地看出,同时伊的作品便大进步。读伊的后期的作品,无论谁人,所先感触的,便是巧妙的女性描写。《浊江》一篇,描写酒店女儿阿力的内部的苦闷;《十三夜》里,写那家庭为束缚与抑压所满充,虽然绝望,然而还能强耐的阿关;《纵我起》里叙那有遗传的执拗,因而误身的可怜的阿町;《别路》里面,以女子的弱力,渡琐细生活,到头陷于浮世的诱惑,以至于决心为妾的阿京;受继母虐待,在恋爱上见男子之心不可恃的《行云》一篇里的阿缝;又有写由艺州到东京吉原娼家里当养女的薄命少女的境遇;及少女时代的性的变化的《阿绿》(此篇名 Takekurabbe)等人物,都把女性巧妙地描写出来。因为伊是女性,所以能至男性作家所不能触到的境地。又伊描写阿力、阿关、阿町、阿绿等的心理,无一不是成功的。

伊的杰作要算 Takekurabbe 一篇,所写的事件极平淡,并无何等惊人的地方,仅以吉原娼寮为中心,描写其处附近的少年生活,但有深能动人的诗的魅力。写少年少女之生活,暗示人生之一面,将人生的愁暗如实地写出,写法也很圆熟。如吉原的地方色,少年少女的特性,都鲜明地表现出来。篇中[任]性的正太、温和沉默的信如、暗愚滑稽的三五郎等人物,都给人一种不忘的印象。文学也是很优美的。

和一叶同时的新进作家,显示相当成绩的,为后藤宙外。宙外初为评论家,后始执笔创作。他的出世作为《兴涌》与《暗之现》二篇,前者刊于[明治]二十八年的《文艺俱乐部》，后者发表于二十九年的《新小说》。二者于心理描写与田园之叙景、结构之周到诸点，可说是成功的作品。由现在看起来，他的作品正如田山花袋所评——"独得的心理描写，也多空想"，这话是不差的。三十年，宙外与小杉天外共出《新著月刊》，新进作家借此出世的有岛村抱月、水谷不倒。抱月的小说不及他的评论，用笔平淡，描写也没有什么特色。惟结构与布置是戏剧的，令人注目。说他是以诗的感兴的沸腾而写，不若说他在冷淡的理性里加上几分热情而写的为妥当些。当时得好评的，是三十年所作的《夫妇波》《月晕日晕》和三十一年所作的《墨绘草纸》等。水谷不倒在抱月的前后出《锖刀》《薄唇》二篇，他受江户文学的影响，尤其是近松的影响为多。小杉天外师事斋藤绿雨，他的最初的作品是与绿雨合作的《五纹》。其后于二十八年作《奇病》，二十九年作《改良若殿》《卒塔婆记》等。此时，他在绿雨的影响之下，别开生面地，作讽刺小说。以上诸作，或嘲笑议院议员之内幕，或讽刺华族之愚昧。虽无绿雨般的苦味，但却以轻微的甘味着笔。

小栗风叶与泉镜花同逮尾崎红叶门下。[明治]二十九年发表《龟甲鹤》《寐白粉》等作，被认为新进作家。他对于肉欲描写颇大胆，在《寐白粉》中描写兄妹相奸之恋爱，文坛起一大波澜，当时的作家都注力在"道德调"上，对于他的这样的描写，当然有退避的倾向。《龟甲鹤》描写半田地方的造酒家的生活，很精细新鲜。[明治]三十年出《十七八》，田山花袋评为有写实的风味。三十一年以《恋慕流》一篇发起于《读卖新闻》，其名始与各大家同列。此作有深感青年之力,内容叙一音乐界的天才与擅长西乐的少年恋爱的故事。写他们为一对恋爱的盲目者,背亲舍去名誉结为夫妇,及至走到实际界,他们的美丽的虹一般的空想,被那寒冷的实世的风吹破,意外地堕入社会深底的贫民窟生活。青年尚手持尺八(日本乐器,用竹根制成,状如我国之箫,其声呜呜,悲哀动人),以寄托他的艺术的生命。结局成了生活之劣败者,葬送在屈辱与黑暗之中,他们的美丽的热爱终不能全,终为悲惨的下场。此作在当时为人赞为浓艳精致,所以能入大家之列。与《恋慕流》同时出世的有《鬘下地》,描写情人之爱与子爱之女优的悲惨生活,也得人相当的推赞。

在这个时代作社会小说的有内田鲁庵(号"不知庵"),著家庭小说的有德富芦花、菊池幽芳。他们的作品,是为补充前述诸家的观念小说、悲惨小说、深刻小说,以及皮相的写实,空想本位的作品而出的,这也是当时评论界的风潮。他们要求:1.作社会小说;2.描写时代精神;3.离开恶写实之弊而写非游荡的、健全的小说。那时的批评家要求社会小说的理由,据高山樗牛说:"现今的小说家没有许多的读者又不能成伟大著作的原因,就是因为他们和社会的实相隔离,这已是从前的批评家所高呼的了。其实现在的作家,年龄还幼,阅历不足,所以他们表现的人物,其事件思想多为世所未见的虚浮的事。他们所写的人物的多数,不过是他们的同年辈——二三十岁壮年的事。这些人物和他们自己的境遇相近,而于一般读者极不成兴味。由这些所生出的自然的结果,除了平凡的恋爱谈之外,读者与作者之间没有共通的兴味,得这种小说的满足的读者,也不过是一部分的青年学生。年在四五十以上,稍有世间经验的人,这样的小说自然看为幼稚空疏了。简单说一句,现在小说家的根本缺点,就是不能捉住实世与活社会的共通兴味,在其主观性之过于幼稚而狭隘。"因为以上的理由,所以要求与活着的社会相接触的作品,遂有社会小说之提倡。但是社会小说是什么呢?当时的解答也纷纷不一,有说社会小说是描写社会的实相的,有说是带社会主义倾向的,也有说是取料于政治界、宗教界,而扩张其范围的。结局释为"离开单调的恋爱的材料,与空想本位的世界,积极地与活的社会相接触,确切地捉住其真相之一部分"较为妥当。由此可见,当时要求社会的热望与社会小说的意义。其次就是要求与时代精神接触。内田鲁庵骂当时的小说家"常与社会分离,不能理解时代精神,他们的作品不过是新闻纸上的三面杂报的延长。老实说来,现在的小说家立在思想界,没有与别的学者、政治家、宗教家相骋驰的权利"。他又说:"试看我国现在,在政治、宗教、伦理上,不是预告新旧思想的乖离,将起大冲突吗?读每天的新闻,可感可怖,宛然有如读维新前后的历史同一之感。反过来看《文艺俱乐部》《新小说》,则天下太平无事,狂于恋爱,劳于放荡,宛如隔世。"因为要补这样的缺点,所以内田鲁庵力说描写时代精神的必要。对于以上诸点,更是热心要求的,要算是高山樗牛。他批评皮相的写实者说:"所谓写实派作家描写的人物,名虽称为写实,其实是如无根之草一般。这些人物所生活的社会,弘通于此社会的精神,也没有多的观察及解释。单就表现于外的语言、衣服、风习等末节,以自炫其写实逼真。"当时的批评家既然如此地要求,所以社会小说自［明治］二十九年起便流行起来了。游荡文学（砚友社派的）被排斥，要求有道念，内容纯洁的小说，宗教的文学、哲学的文学的呼声遂起。因此家庭小说、社会小说与内容纯洁的小说的要求相会，由新空气之中，产出带有通俗味的结晶了。

当时做社会小说的，不只内田鲁庵，如广津柳浪、小栗风叶、后藤宙外、前田曙山也著的，不过顶努力而作品比较多的算是内田鲁庵罢了。宙外的《腐肉团》、风叶的《政弩》，虽是描写政治社会的一部分的，然只能抚拨其表面，不能具象化。柳浪的《非国民》，描当时的诗人兼批评家某氏，写法是露骨的，惜没有艺术味。鲁庵虽主张社会小说，但其作品的全部，几近失败，有相当的艺术价值的，不过一两篇。因为他的抱负与理想，比较是高伟的，所以表现上的中心生命几于不能够艺术化。他的作品，大都是露骨的概念之发布，或近于社会黑暗面的剔抉。［明治］三十二年顷有《暮之二十八日》《落红片鹑》《霜消》《今样厌世男》《浮枕》《电影》《血樱》《青理想》等作出世。其中最有艺术味的，要数发表于三十一年三月的《新著月刊》的《暮之二十八日》。此作写梦想大事业的青年，中途失败，异常苦闷，不意与宗教之光相触，遂悟自己的真幸福在于家庭，遂入于平和的生活。梗概大约如此，系以暮年的气氛及情趣为背景的。当时饱饫悲惨小说、深刻小说的文坛，对于此作，极表欢迎。实际近来所出的社会小说，没有能出其右的了。

家庭小说的第一作，为德富芦花的《不如归》，［明治］三十三年出版于民友社，日人几于人手一篇，至今已重版数百次，有英汉文译本。至于《不如归》的艺术价值,田山花袋评论说:"此作得非常的欢迎,乃由于取材、实感及同情,不在艺术上的价值。"当时能感动人的原因,实由于内容的事件与通俗,其气氛为向来的小说家所没有的。与芦花同时作家庭小说的有菊池幽芳,他的《己之罪》曾发表于《大阪每日新闻》,逐日登载,算是新闻小说中进步的了。又作《乳姊妹》,也为一般读者所欢迎。

此期尚有许多闺秀作家,如三宅花圃、北田薄冰、大塚楠绪子、田泽稻舟等。若松贱子与小金井喜美子则为翻译家,这也是这个时期的一种特色。

最近文坛上负盛名的田山花袋是这时候的一个新进作家。[明治]二十六年他译了俄国托尔斯泰的《哥萨克》,作为《世界文库》的翻译丛书出版。这丛书里有松居松叶译的塞凡迪斯的《唐癸阿柳》、不知庵的《夫妇》。花袋最初作恋爱小说,三十五年著《重右卫门之最后》,所写多为美丽山水、美貌士女的爱,此时正是他醉于浪漫的幻梦里而赞美恋爱的时代。他的小说是抒情诗的,为一般青年所赏叹。《忘了的水》也是他的代表作,是写青年男女恋爱的悲哀与真实的诗的小说。《故乡》是歌故乡山水的感想的散文诗。

和上述的这些新进作家对峙的,便是以前曾经说过的尾崎红叶和幸田露伴二人。红叶从[明治]二十八年七月起有半年没有作小说,那时的人骂他说:"红叶退出创作坛,便是自觉他的创作之无能,他与其作小说家,不如做记事文作家。"他在当时被称为"排想派的首领",嘲笑他的很多,但是他在二十九年十月,作好了《多情多恨》。

他自夸这部小说是："假如世间的小说是珍味，这部小说便是自己的家常米饭。"他的自夸是很当的，此作确为后来自然派的先导，描写性格是最成功的。越年，他又作《金色夜叉》，由三十年七月起至三十六年止，连载于《读卖新闻》上。还没有作完，他便死了。在这部小说里，他将从来的观念小说、心理小说、社会小说、时代精神论、Sentimentalism 等的倾向都摄取来融冶于一炉。其前篇中写间贯一与阿富之恋，是非常美丽的。

幸田露伴在此时惹人注目的作品有《风流微尘藏》《新浦岛》《二日物语》等。最好的是《新浦岛》，为抒情的寓意的小说，足与红叶的作品匹敌。《新浦岛》发表于[明治]二十八年，其中所表现的思想，可以说是佛教的、禅的。他以为生活向上的第一阶级是离开物的生活，入于清淡的自然生活；第二阶级是由自然生活进至神仙生活；第三阶级是由神仙生活更进一步，不愿为仙，以达不生不死、寂静无为的境地。他将心的推移与归宿，表现成为诗的。《二日物语》在三十二年发表于《文艺俱乐部》，是古典味丰富的作品，以《平家物语》一类的文调，讴歌西行的半生的诗篇。三十六年九月又在《读卖新闻》发表《天打浪》，他想变更他从来的佛教的色彩，结果是没有成功。此篇终于没有做完。

以上是述浪漫主义时代前半期的概况。

此时代的后半期的小说界，有两个潮流。一是前半期兴起的少壮作家，仍步从前的旧道，次第向上。一是在前半期成名的，到了后半期以后，至于现在，已另走别的道路。前者对于文坛没有加入新味,后者乃日俄战争后的新兴文学的导火线,为后来的新文学的动机。此时的泉镜花的作风,渐次加增神秘的、象征的色彩。有长篇《通夜物语》《三枚续》《锦带记》《黑百合》《高野圣》《女仙前记》《汤女之魂》等,则神秘妖幻的色彩极浓厚。德富芦花也出了《黑潮》《回忆录》等篇,都是通俗小说。[明治]三十四年,中村吉藏作《无花果》及短篇集《鸠鹦》《密航妇》,脚本《司法大臣》等。思想之纯洁与内容之带哀调,是他的特色。后藤宙外更辟田园小说一派,在《新小说》上发表描写田园之美的《乳母之家》《遗留的光》等,为人称道,又有《新机》《缘不缘》。他是此时的早稻田派的骁将。

反对向来的唯美的道德的文学,与法国左拉主义共鸣,造成自己的新艺术的,为小杉天外。他主张的要旨是:"人生不是美的,不是丑的,也不是善的,也不是恶的,只是有他原有的姿态。小说在写出实社会,要将人物及事件正直而亲切地写出来。"他所倡的这种写实主义是很模糊的,不能得左拉的真髓,自然有许多可以议论的地方。他使他的写实主义具体化的作品,是[明治]三十三年所作的《初姿》。此作之前,曾作有《咖啡店》《乱发》《蛇莓》《肱枕》《女儿之心》等。《初姿》中第一、二回用力描写剧场之内部,为模仿左拉的《拉那》之作。此作成功后,更作续篇《伪紫》《恋与恋》。三十六年作《魔风恋风》《长者星》《拳》等。他的写实主义没有深的意味,并且轻视心理描写,不能算是特出的。不过介绍西洋的写实派作风到日本来的,却是他的功劳。

小栗风叶作《恋慕流》以后,又作了《沼之女》《醒了的女子》《凉炎》《黑装束》等。他的敏感与才气，文笔之华丽浓艳，是很可尊敬的。惟对于思想问题没有深的研究，常受批评家的影响。又以作品适应倾向，乃其缺点。

在后半期努力的作家，当数田山花袋、岛崎藤村、国木田独步三人。其中最不幸的是国木田独步，他在［明治］三十四年出短篇集《武藏野》，也没有正当的批评，只有《新声》表同情于他，替他介绍一下。他的作品富淡漠的诗情及自然味，《难忘之人》《鹿狩》《武藏野》三篇是最好的。在艺术上他是反对尾崎红叶，在新声社出版的《现代百人豪》里作《红叶论》痛骂红叶。在三十五六年时虽作有《女难》《第三者》《酒中日记》《牛肉与马铃薯》等，但也不曾得着好评。田山花袋在此时也是不遇的作家，除《重右卫门之最后》外，又著《女教师》。他在三十七年著了一篇论文名叫《露骨的描写》，发表于《新声》杂志，为提倡自然主义的第一声，力说露骨的自然的描写之必要，并论及欧洲近代文学的大势。此文出后没有什么反响，他们俩只得静待以后的新时代，同时也准备造出新时代罢了。

岛崎藤村先是新体诗人，后来专做小说。他的初期的作品是《稿草鞋》《水彩画家》《老孃》《椰子之叶荫》等。就中得世评的是《水彩画家》，此作以信州的地方色为背景，写由外洋回来的水彩画家的家庭——妻子的怀疑与不睦，显示艺术家的烦恼的生活。篇中为诗趣所充满。他的诗集有《若菜集》，歌自然之美与恋爱之美。歌自然美的如《深林之逍遥》，歌恋爱的如《四袖》，都是超越的产物。又有诗文集《一叶舟》、诗集《夏草》，于奔放的热情之中，微有沉静的色调。

《夏草》里的诗,是由空想的世界、梦的世界到现实世界的。如《农夫》《新潮》等诗便是讴歌现实生活。[明治]三十四年出《落梅集》,就渐有为民家为劳动的价值而讴歌的倾向了。

除上列诸家外,还有永井荷风。他在这个时期发表的作品有《野心》《地狱之花》《梦之女》等。他崇拜广津柳浪,曾为其门徒,但看他的作品,几于没有受柳浪的感化。《地狱之花》是他的佳作,写女教师的薄幸与节操被污之悲哀,收束处描写黑暗面,显示最后的希望之曙光。他的手法不仅是外面的描写,也是内面的,后来的文坛受他的影响不少。

这个时代的戏剧也比以前进步。[明治]十二七年,坪内逍遥在早稻田上发表新史剧《桐一叶》。二十九年发表三部曲之一《牧之方》。三十年在《新小说》上发表《沓手鸟孤城落月》,《二叶楠》发表于《新著月刊》,作法皆极优美。福地樱痴于二十八年作史剧《丰岛风》,三十年作《侠客春雨伞》《大森彦七》等。森鸥外在三十六年发表《两蒲岛》,越年出《日莲上人过说法》。高安月郊在三十六年作新史剧《大盐平八郎》《江户城明渡》,又译易卜生的社会剧《玩物之家》与《社会之敌》二篇。二十九年逍遥译莎士比亚的《哈蒙雷特》。三十二年户泽姑射在《太阳》上发表《俄色洛》。三十六年江见水荫译《俄色洛》,由明治座的川上一派表演,土肥春曙、山岸荷叶等也译莎氏之作,演于舞台,剧曲之创作与介绍,此时是很努力的了。

诗歌方面,新进作家也不少。最初有盐井雨江者,以韵文译司各德的《湖上美人》。外山正一、上田万年、中村秋香的《新体诗歌集》

继之。井上巽轩在《帝国文学》上，发表《比沼山歌》，与谢野宽也出诗歌集名《东西南北》，有新体诗的专门杂志曰《大和琴》。如岛崎藤村和土井晚翠，是诗界的白眉。藤村的诗略见前述，晚翠的处女作是［明治］三十二年出的诗集《天地有情》，披沥冥想的诗人对于人生与自然的胸怀，而将悲痛的现实与理想的天地对照所流出的无限的感慨，由哲理地表出。流动于里面的，不是燃烧般的热情，乃是冷静的思想之脉络。此外还有诗集《晓钟》与《黑龙江上的悲剧》等。此外如蒲原有明、薄田泣菫，其位置在藤村、晚翠之次。蒲原有《独弦哀歌》，泣菫有《暮笛集》行世。

革新短歌的为落合直文，［明治］三十三年发行短歌杂志《明星》，内容有与谢野宽等人的短歌，他们的格调不是因袭的，诗味复杂而清新，有抒情诗之风。即是将从前的短歌，加以欧化。同志有与谢野晶子、洼田空穗、山川登美子、增田杂子、水野叶舟、吉井勇、北原白秋、高村光太郎等人。其中最杰出的是与谢野晶子，三十八年出歌集《乱发》，歌恋爱与肉感，浪漫的色彩极浓厚，诗才横溢，至今不衰。与"明星"一派对峙的是佐佐本信纲、正冈子规。"明星"派有西诗的倾向，他们则趋纯日本的倾向。正冈子规更革新俳句，他努力研究俳句的宗匠芭蕉、芜村，主张俳句之真生命为叙景与客观的句法。芭蕉、芜村是由自然观察而得新诗材，所以他主眺望自然，将自然写出。他的有名的俳句是《灯火十二月》，这是他的主张的表现。当时帮助他的，还有高滨虚子、河井碧梧桐，《杜鹃》是他们的机关，称为日本派的俳人。和他们对立的有秋声社与筑波会。秋声社的中心人物有角田竹冷、尾崎红叶、岩谷小波；筑波会的中心有大野洒竹、佐佐醒雪，但是始终不及日本派。

在这第三时代将终的时候，有一件可注意的事，就是文艺评论的勃兴。评坛上最大的两派是赤门派（帝国大学派）和早稻田派（早稻田大学派）。赤门派有高山樗牛、大町桂月、姊崎嘲风、田冈岭雪、登张竹风、笹川临风等人。早稻田派有岛村抱月、金子筑水、长谷川天溪、后藤宙外、中岛孤岛、纲岛梁川、正宗白鸟、高须梅溪等人。此外还有《文库》的小岛乌水、千叶龟雄，《新声》的田口掬汀、正冈艺阳。更加上前辈的森鸥外、坪内逍遥、内田鲁庵、斋藤绿雨，可算是一时之盛。那时他们讨论的约有几项：1. 古文学之新研究；2. 美学的研究；3. 关于尼采的论争；4. 文人的品行问题与生活问题。古文学的研究如《早稻田文学》同人与樗牛之研究近松西鹤，大町桂月之国文学大纲，藤田剑峰、田冈岭雪之《支那文学大纲》，都是主要的研究。研究美学最力的为森鸥外与大西祝。大西氏曾在早稻田向抱月、宙外、梁川等讲美学。他们四人后来遂注重美学，关于美学的著作很多，且能使美学影响于小说、戏剧，功绩很大。尼采的争论是起于赤门派之恭维尼采的长处，而态度却并非批评的。早稻田派反对尼采，一时纷纷辩难，尼采的本体因此得以明了。关于文人的生活，樗牛倡美的、满足本能的生活，曾在《太阳》上发表《论美的生活》的文章。他说："我们的目的，在于幸福。幸福是什么呢？就是满足本能。本能者何？即是人性本来的要求，使人生本然的要求满足，便是美的生活。"他摒斥旧道德、伦理，使青年的锐利的意气得以解放。其次文人的品行，在那时也成了问题,因为不知是谁出了一本《文坛照妖镜》的小册子,摘发与谢野宽的不德,加以攻击。当时的少壮文人为了这事也纷争了一下,于文坛也不无影响。

八

第四期(由日俄战争前后到大正初年)在文学史上是最可注意的文学革新时代。这时自然主义的文学代兴,正和法国文学由许俄的浪漫主义到龚枯尔兄弟、弗劳贝的自然主义一样。日俄战争,一面提高国民的自尊心,他方则将悲惨的现实姿态显示国人,即德富芦花所说的"胜利的悲哀"的内部的思考,起于各知识阶级的人。眼睛凝视着现实,一切的不满足、不平都涌出来了。要想除去了不满不平,以入于充实的新生活,遂排斥向来所行的,为虚伪的道德形式所囚的风习,有面向赤裸裸的真实的必要。不特当时的社会、生活、思想上这样的感触,即在文学上,也有同样之感,因此自然主义便有勃兴的可能性了。

自然主义的发生有各种原因。高须梅溪在《明治大正五十三年史论》里说:"思想方面:1.因为扩充科学的精神;2.因为受了实验主义、人道主义的影响;3.因为不满意向来的诗的宗教思想、唯心的哲学与形式道德,遂直入个人的自觉的彻底境,以把握人生的真实。更说文学方面:1.因为受了欧洲大陆文学的影响;2.因为要破除向来囿于游戏的、空想的弊病,偏于小主观,作伪之迹很著的文学,将非虚饰的、真切的,表现赤裸裸的人生与现实。"将以上的话加了注解,就是思想方面:19世纪到20世纪,因为顶尊重科学的结果,由精密的、穷理的方法出发的机械的、唯物的人生观占强势力。研究人生现象,也用一定的方式,由科学下观察,这样风气很兴旺。善、美、真三者,第一先把持着真,自然主义的根柢,便以此为主。当时起于英美的人道主义、实验主义也流入日本,以为现实生活比什么东西都要尊贵些。就文学方面说,因为欧洲文学的输入,得了新刺激。日俄战争前后,从法国左拉、巴尔沙克、弗劳贝、莫泊三、龚枯尔兄弟起,以至德国苏德曼、哈勃特曼诸家的作品,都兴盛地介绍过来,刺激了日本少壮文学家的一部分,也感染了自然主义的思潮。到了日俄战争以后(明治三十九年),自然主义的作品便崛起了。

自然主义的先声当推[明治]三十八年国木田独步的《独步集》《运命》,其次则为岛崎藤村的《破戒》。岛村抱月评说:"《破戒》确为我国文坛近来的新发现。我对于此作,不禁有小说坛开始达于更新的回转期之感。欧洲的自然派的问题作品所传的生命,因为此作,我国创作里始有和它对等的发现,是可以这样说的。"据此言,足见《破戒》在当时的新异彩了。[明治]四十年,田山花袋作《蒲团》(《棉被》),为新兴文学的巨匠。那时因为注重写实,作小说家的也利用"莫特儿",此作因"莫特儿"的关系,曾被官厅认为紊乱风俗,被禁止发卖。正宗向鸟的《红尘》、真山青果的《青果集》续出。文坛上便起了自然主义的争执。岛村抱月、长谷川天溪、岩野泡鸣等党自然派,后藤迪外主非自然主义,加以论难。但因时代精神的归趋,自然派始终得了胜利。于是二十年来把持着文阀的砚友社派,被推出文坛之外,新进作品得渐露头角。如小栗风叶的《青春恋鲛》(禁止发行)、生田葵山的《都会》(禁止发行)、德田秋声的《出产》诸作出后,自然派的运动加增了几分实力。评论方面有岛村抱月的《被囚的文艺》、长谷川天溪的《幻灭时代的艺术》、岩野泡鸣的《神秘的半兽主义》,均高唱自然主义。新体诗人也在自然主义的旗帜下兴起,如相马御风、三木露风用口语作的长诗,歌都会情调的北原白秋、上田敏的民谣,都与自然主义共鸣。自此以后,日渐进步。到了后半期,岛崎藤村的《春与家》,田山花袋的《乡先生》《生妻》《缘》三部作,国木田独步的《涛声第二独步集》,德田秋声的《霉》《足痕》,岩野泡鸣的《耽溺》,高滨虚子的《俳谐师》,二叶亭的《平凡》等出,文坛更充满了泼辣的生气。

当时与自然主义运动分离,别取途径的有夏目漱石、森鸥外、永井荷风等。漱石以《我是猫》一作出名,至《虞美人》《草》《三四郎》《门》等作出,初称为低徊趣味小说的首领。永井荷风写都会人的享乐的倾向,有《美洲物语》《欢乐》《冷笑》等,鸥外出《塞克斯亚尼司》《游戏》《青年》诸作。

因为自然主义的影响,戏剧也起了革新运动,其先驱为坪内逍遥所指导的文艺协会。先是逍遥曾于[明治]三十七年发表《新乐剧论》《新曲浦岛》,颇惹剧坛的注目,三十八年作《新曲赫哉姬》,三十九年发行文艺协会的开会式。他们所表演的有雅剧《妹脊山》、史剧《孤城落月》等。同年十一月在歌舞伎座举行第一次公演,演《桐一叶》及《威尼司商》。经逍遥的提携,后来的新脚本续出,最主要的脚本有中村吉藏的《牧师之家》，佐野天声的《意志》《大农》，山崎紫红的《七只桔梗》，真山青果的《第一人者》。作剧家如秋田雨雀、长田秀雄、木下杢太郎、楠山正雄、吉井勇等人渐为世所知，皆具有清新的内容与技巧，文艺协会的新运便显著地成功了。当时东仪铁笛、松井须磨子、土肥春曙等人，演易卜生的《玩物之家》《故乡》等剧，也获了事惊的收获。除文艺协会之外，还有市川左图次、小山内薰一派的自由剧场。第一次所演为易卜生的《布克曼》，第二次演爱德肯特的《出发前半时间》，森鸥外的《生田川》，乞呵夫的《犬》等。同时又有新时代剧协会、新社会剧团、土曜剧场、东京俳优学校的试演，都收相当的成功。名优尾上菊五郎、中村吉右卫门有近松剧的试演。川上贞奴及东京帝国剧场的当事人，更努力养成女俳优，为大正年代剧坛活跃的准备。

这时代的文艺评论的健将为岛村抱月、相马御风、片上伸、生田长江诸家。诗坛除露风、白秋外，尚有蒲原有明、石川啄木、吉井勇、前田夕暮、若山牧水、金子薰园、土岐哀果等人，俳句与短歌也有革新的运动。

九

第五期（自大正初年起至现在）的文学也有一番新现象。自然主义在前期极兴盛，文学方面、社会方面均受自然主义的洗礼。及到这个时期，和欧洲的文艺思潮一般，也起了反动。在明治末年，思想界已经有新写实主义的倾向了。因为和自然主义俱来的打破旧习，扩充自我,幻灭的、无解决的思想,已经到了无可如何的地步,使人有不耐黑暗与寂寞之感,于是大家都要求新解决、新理想的世界,开展新人生与新生命。柏格森和魏铿的哲学,极为一般人欢迎。影响所及,第一是文学倾向的变更,从前主自我的,现在一变为博爱;从前是无技巧的,现在要求新技巧。社会主义的作品、第四阶级的文学等名词,更是时时瞧见。以前闭身书斋,耽于沉思怀疑的,也不得不跑到街市上去了。而社会改造、政治改造的声浪,也不时出自文学家之口。自然主义的束缚既然取消,大家都自由自在地分道前行。支配这前半期的文学,便是人道主义、享乐主义、唯美主义的作品。人道主义为"白桦派"所主张,此派的主要脚色是武者小路实笃、志贺直哉、有岛武郎、长兴善郎等人。他们出版《白桦》杂志,除供他们发表作品之外,每期更介绍名家的绘画、雕刻等。实笃曾学于东京帝大,作品有《世间不知小的世界》《后来者》《向日葵》《使生者》《童话剧三篇》《其妹》《青年的梦》等。大正七年,他集合同志在日向办《新村》。他的作品,充溢爱的热情与理想。志贺直哉有短篇集《留女》《夜之光》《荒绢》,长篇《暗夜行路》等。有岛武郎作品最多,有著作辑十五集,并为介绍美国平民诗人惠特曼之有力者。大正十二年与波多野阿基子情死于轻井泽。他自称他的创作原因是为寂寞、为爱著,为欲爱、为鞭策自己的生活而作。他又是能履行同情心的人,曾纾家财于劳动界。长兴善郎作长篇《盲目之川》《彼等之运命》,短篇集《或人们》《光明的屋》《生活之花》《结婚前》《平野》,戏曲《项羽与刘邦》《赖朝》《印度拉之子》《孔子之归国》等。他在《生活之花》的序里说:"因为我感触内部有欲吐出的冲动,所以创作。"他的作品是极优婉而有悲叹的意味的。

享乐主义派为永井荷风、吉井勇、长田干彦、近松秋江等,他们作新花柳文学震撼一时。荷风学于外国语学校,游欧美数年,有《梦之女》《地狱之花》《法兰西物语》《冷笑》《牡丹之客》《新桥夜话》《红茉之役》等作。吉井勇善作和歌,有《片恋砥围歌集》《黑发集》《东京红灯集》《吉井勇集》,戏曲集《午后三时》《夜》《俳谐亭句乐》《髑髅舞》。长田干彦作小说极多,被人称为"多产者",有《干彦全集》四卷。近松秋江有《秘密》《疑惑》等。唯美主义作品的成功者为谷崎润一郎,一般人称他为文坛的慧星,作品如《刺青》《人鱼之叹》《异端者之悲》《金与银》《近代情痴集》《A与B之对话》《只要爱》《杰作集》四卷,均极有名。

到了这个时代的后半期,文坛的潮流,可惊地动摇,陷入混乱的状态。《人间》杂志一派如田中纯、里见弴、加能作次郎、久米正雄等主张新技巧,社会的、民众的色彩及社会主义的倾向颇盛。岛田清次郎著长篇《地上》四卷、创作集《大望》、戏曲《帝王者》。加藤一夫著长篇《无明》《幻灭之彼方》《虚无》。小川未明作《愁人》《少年之笛》《鲁钝的猫》《底之社会》《赤地平线》《血染的夕阳》,尚有童话集数种。以上诸家的作品,都富于社会的、民众的色调。此时如堺利彦、大杉荣、贺川丰彦等人,复宣传社会主义思想,与早稻田派的江口涣、吉田弦二郎等相呼应,于是文艺与社会的关系,益形密切了。

此期的戏剧也极发展,剧场增加不少,当时有近代剧协会、公众剧团、舞台协会、艺术座、狂言座、黑猫座、无名会、新时代剧协会、吾声会等剧团。最特出者为岛村抱月指导的松井须磨子一派的艺术座,他们普及新剧的功绩很伟大。其次便是坪内逍遥博士指导的东仪铁笛一派的无名会,创始新的脚本与剧风。此外如守田堪弥的文艺座、市川猿之助的春秋座等,也努力于新剧。在剧本的作家方面,也创设剧作家协会,当时作剧有名的是以下诸人:中村吉藏、山本有三、长田秀雄、秋田雨雀、菊池宽等。吉藏著《新社会剧》《井伊大老之死》《淀屋辰五郎》《大盐平八郎》《钱屋王兵卫》《山本有三》的名剧,都收在《山本有三戏曲集》里面。长田秀雄作《欢乐之鬼》《琴平丸》《放火》《饥渴》。秋田雨雀作有《三个魂》《埋了的春》《佛陀与幼儿之死》《国境之夜》。菊池宽为最近受社会人士欢迎的作家,有《菊池宽戏曲集》二卷,就中如《父之回家》《屋上之狂人》《簾十郎之恋》等最有名,有英译本,且在英伦上演。

诗坛在前半期以北原白秋与三木露风二人最有名。白秋亦为童谣作家,有《白秋诗集》二卷,《白秋小呗集》,歌集《桐之花》《云母集》《雀之卵》等。三木露风有诗集《废园》《寂曙》《白手之猎人》《幻之田园》《芦间之幻影》《信仰之曙》《青树之荫》等作。到了后半期才入民众诗的时代,西洋诗中如美国的惠特曼、特那倍尔,英国的卡本特的民众化的诗流行一时,民众诗之作者如白鸟省吾、千家元麿、室生犀星、西条八十、日夏耿之介、福田正夫等。白鸟省吾有诗集《幻之日》《共生之旗》《大地之爱》《幼的乡愁》,富于田园的情调。千家元麿的诗充满着爱,他作有《虹麦》《野》《天之光》等集。室生犀星作

《田舍之花》《由星来者》《忘春诗集》。西条八十著有诗集《砂金》《静的眉》，为诗杂志《白孔雀》的编辑，也作儿歌。日夏耿之介有《转身之颂》《黑衣圣母诗集》。福田正夫有《农夫之言》《船行之歌》《世界之歌》，诗剧集《哀乐儿》等作。他们作品的思想，大多为自然的憬慕。

这时代的文学家，大多出身于文科大学，约可分为三系。一是早稻田系，如相马泰二、广津和郎、吉田弦二郎、葛西善藏、宇野浩二、谷崎精二等。他们的艺术味虽不一致，然作风皆朴质无华，且有接近平民的倾向。二为庆应系（庆应大学），这一系大多是富商的子弟，生活异常美满，他们之中，寻不出几个以生活难为题材的作家，如南部修太郎、水上泷太郎、久保田万太郎、松本泰诸人，都是由此系出身的。三为赤门系（帝国大学），如古屋芳雄、多田不二、武林无想庵、高仓辉、铃木三重吉、近膝经一等，作品并无相同的色调。三系中以早稻田系所出的人材为最多，约占三分之二。

以上是第五期文学的情形。最近新进的作家愈多，发表作品的文学杂志亦日见增加，可算是文学史上复杂而多变化的时期了。

江户文学的梗概，将于此暂为搁笔。自西鹤至今，其间作家之多，决不是本文所能详尽，疏漏是不能避免的。尤以最近作家为甚，更不能一一列举其名，并且批评他们的作品。不过足以代表一时代一潮流的作家，都已经提出来说了一下。阅者能因此鸟瞰日本文艺的概况，便是编者以为满意的了。

原载《小说月报》，1923年第14卷第11号；1923年第14卷第12号。署名：谢六逸

法兰西近代文学
（译自《日本近代文艺十二讲》）

（一）欧洲文艺之两大倾向

在近代，世界万国皆为共通的时代精神所支配，文学也破除境界而取共通的倾向了。就是各国互以其特异的国民文学相对峙的时代过去了，都揣着手儿向同一方向前进。但以各国风土、气候、历史的不同，风俗、习惯的差别，〔不能将一国所有的特性（国民性）的异点完全消火，所以在文学上多少总有个同的色调。虽是弹同样的乐谱、同样的调子，因为乐器的性质的关系，音色总有不同的地方，文学也和这理由一般。试看欧洲大陆的近代文艺，根本的调子彷彿相同，但由种种地方观察起来，可以显明地认出互相对照的两派，有两个互异的差别触目，这差别任是如〕自何观察，性质都是不同的。——这便是南欧与北欧的色调的相异。

南欧与北欧第一是人种的不同。代表南欧民族的是拉丁民族，代表北欧民族的是司拉夫民族和条顿民族。这两种民族的历史是不相同的，约言之，拉丁是开化较早的民族，司拉夫与条顿民族是迟进于文明的，这是因为他们各受土地、气候、风土的影响之故。南欧的气候温暖、地味丰饶、草木茂盛、日光熙和，又位于地中海沿岸，景色明媚，易惹人怀，自然的恩惠既丰，生活不必费力，所以南欧的人能够从容快乐地度日，又如诗人所吟："春来了，青年人的心，燃烧于恋。"他们在熏蒸的阳气里，血潮如沸，引起热情的、空想的、诗的倾向。至于北欧，气候寒冷、地味硗薄、日光暗淡，如俄国边陲，则茫茫平野，单调无味，更无风光可言，常为自然的虐待，苦恼于生活。因之心境阴郁，耽于思考，越是思想，越觉生之无趣，有悲观冥想的、哲学的倾向。这些倾向，各在其文学里面，明白地现出。南欧的文学，不如北欧文学的那般烦苦，比较的有光明之感，也不像北欧的那般失望。北欧的艺术都是人生的艺术，倘是直接与人生没交涉的，横竖是要排斥；南欧则"为艺术的艺术"（Art for art's sake，或译"艺术独立论"——译者）多些，虽然在同一的近代精神，却不似北欧艺术的那般赤裸裸，已是披上华贵的艺术之衣了。要之，北欧的艺术是人生的，南欧的艺术是艺术的，这不过是比较的说话，自然不是说因为南欧的艺术是"艺术的"，就没有"人生的"。其实近代艺术在广义是"人生的"事，今更无须多说了。至于细微的异点，就实际说来，以沉郁思想胜的北欧的人，静默的思案，故成保守的；反之，以轻快胜的南欧的人，则为急进的。由这点设想，便可以推知其余了。所以无论什么时代，新思想、新运动必先起于南欧。例如文艺复兴运动（Renaissance，或译"新生时代"——译者）之起，则以意大利为中心；浪漫的运动（Romantic

Movement，即19世纪初叶浪漫派文学的运动——译者）之起，则以法兰西为中心；近代精神的发酵，是在南欧；近代文学的先驱——自然主义之兴，也是在南欧的法兰西；泰西文学的谈话，是要先从法兰西说起。

（二）古典主义文学之一瞥

法兰西古典的（Classic）文学，在17世纪中开丰丽之花，徒求形式之美与典雅壮丽，结果乃缺乏生趣，如纸造的花一般。这种古典派文学的一般短处，既在法国显出，古典派的长处也在法国著明。由今日的标准说起来，虽然不能怎样地佩服他们。但如哥纳耳（Corneille）、拉辛（Racine, 1639—1669）、莫里哀（Moliére）、拉·芳登（La Fontaine）诸人，许是有留于阅者记忆中的必要与价值的。

哥纳耳（1666—1684）为悲剧作家，他的作风，用伟大与豪勇二语可以形容。与之对峙者有世界独步的喜剧作家莫里哀（1622—1673）。英国的莎士比亚（Shakespeare）虽是杰出的喜剧作家，但他的喜剧是悲剧的喜剧，并非纯粹的喜剧，有未经洗濯的地方。莫里哀的作品轻快而且富于机智，巴黎人的气质活跃纸面，就喜剧说，当在莎士比亚之上。不过，因为人物中的一部分过于夸张了，遂现出单纯的类型的缺点。与莫里哀相伯仲且以轻妙才华称的，有拉·芳登（1621—1695）的讽喻诗。他假借动物描写人间生活。在善于描写法兰西国民性之点，颇不劣于莫里哀。法兰西古典派文学之花，以点缀剧坛为主，小说无可揭出的。本来小说盛兴的时候，无论在何国，都是从自然主义时代起始。

浪漫主义的第一人且为自然主义的第一人,便是卢骚(J. J. Rousseau,1712—1778)。卢氏为法产,他的艺术家的伟大,还不及革命的思想家、预言的文明批评家的伟大,如《新的希洛斯》《爱弥儿》等,皆假小说的形式以述其主张,不能视为艺术品。他确是一个诗人,但也不能说他是一个艺术家。《忏悔录》虽不是艺术品,却不少文学的价值,至于他的思想,影响是怎样的伟大,是不须赘言的了。如渥斯华斯、可尔尼其、司各德、拜伦、徐勒、济兹等人之起于英吉利,哥德、西喇之起于德意志,实在是由他所唤起的浪漫派的大精神。在法兰西则稍微迟一点,也起了嚣俄(V. Hugo)、仲马(A. Dumas)以降的浪漫派文学。

在嚣俄之前,执浪漫派文学的先鞭者为夏朵波朗(F. Chateaubriand,1768—1848),即所谓强力地歌出"世纪痼疾"的诗人。他对于当时利用文学当社会的武器的弊风,激烈地反抗。高底埃(Gautier)的批评说:"夏朵波朗覆了Gothic(直译为'哥希克',用代'古典'之义)殿堂开大自然的门户,揭开近代的忧愁之幕。"他在讴歌自然之点,有浪漫主义的特色,且潜伏自然主义的萌芽。所作《阿达拿》(Átala)、《尼勒》(René)颇享盛名。夏朵波朗之外,如拉玛丁(Lamartine)、威奈(De Vigny)、拉姆勒耳·倍儿等亦有名可以记忆着。由浪漫主义到自然主义虽是在法兰西经过,但浪漫主义的运动在本国却奇特地阻滞,成功反在英吉利、德意志之后。法国浪漫主义的头领,无论怎样总得数嚣俄。他的作品,以书中人物的雄伟、文章的壮丽见优。《哀史》(Les Miserables)、《巴黎之圣母寺》(Notre Dame de Paris)等小说,极为人称赏。他的特长,又见于韵文,且为戏剧家。影响近世剧坛的大革命,是不可忘的。他的名作《赫那尼》(Hernani)一剧上演,给予剧坛以革命,显示浪漫主义的形势达于顶点。仲马(A. Dumas,1802—1870)在剧坛虽也成功,但不及许俄。牟立麦(P. Merimee,1803—1870)以西班牙为舞台,作歌剧《加尔曼》,很有名。司但达耳(Stendhal,1783—1842)之名亦不可忘。缪塞(Musset,1810—1857)为天才诗人,他的诗风的热情,由拜伦得来,加以调练,极为动人。所作《洛尔纳》,即歌咏"世纪痼疾"的诗,有近代的香味。乔治·桑德(George Sand,1804—1876)为女流作家,有奇异的天才,曾与缪塞及音乐家约班相恋,使他们二人的生涯迷误。其他足以记忆的还有高底埃(Gautier,1811—1872)。他作小说,也作色彩浓厚的抒情诗,发挥其稀有的天才,后来他由浪漫主义渐倾向自然主义。批评家有谓自高底埃以降,为浪漫主义的反动时代的。乘此反动机势以出现的诗人有波特来耳、马拉梅、威尔哈仑等。就中波特来耳与马拉梅,可以看为近代派的先影。

当说明浪漫派文学终了的时候,有一人不可不说及,此人便是巴尔札克(Honore de Balzac,1799—1850)。按时期说,他是在浪漫主义未盛时所出的作家,有显著的写实的倾向,描写得精细与逼真,实不让后来自然主义的作家。不过根本上仍不免空想,所描写的人物不能说完全是"人间的",围绕人物的空气,也远于现实。但他的作品能自然地表现出来,不是制作般的描写。所作《人生喜剧》(La Comédie

Humaine)为自然主义艺术的泉源,他的强有力的描写、热情的主观、伟大的规模,足为近代的一大柱石。

(三)象征派诗人

"波特来耳为近代主义的第一人,同时又为浪漫派的殿军,占据两方面。"这是赫纳克所批评的话。波特来耳(C. P. Baudelaire, 1821—1867)是在艺术里体现近代精神最早的诗人,为颓废派(Décadence)的先锋。其所以成为浪漫主义者,因为他的智慧的显著,他有奇异而锐敏的神经,他不像许多浪漫者的那般沉醉。他虽然也像许多浪漫者的探美,但能够看见潜伏于美里的可厌的丑。他苦于人生的根本的矛盾,因为求善得恶,求神得魔,求生之喜悦得死之恐怖的原故。他的悲哀,并不如许多浪漫主义者的空想的、情绪的悲哀,乃是由神经的烦恼、人生的根本所生出来的深的悲哀。他有诗集《恶之华》(Les Fleurs du Mal),又名《恶的圣书》。他的诗是毅然的、不健全的,强力地歌出人世的丑恶。他求善与美不能得而苦恼,遂用自弃的反语的调子歌出。或批评家曾说:"檀德往地狱,他来自地狱。"嚣俄称他为"新的、战栗的创造者"。其实他的诗里虽为恶魔般的气氛所充满,不外是求神而不可得的失望之影。佛朗士(Anatole France,1844—?)称他为"神圣的诗人",颇为得当。他又因为想镇静锐利的神经,即是想强醉那欲而不能得醉的心,于是他吸鸦片与Ash-ish(一种麻醉剂),他欢乐由这麻醉剂所给他的醉的心地。他以神经、精神的朦胧之境为美之乐园。他的神经既那样的锐利,便受这锐利的神经的痛苦。他欲明彻事物真相的锐敏神经,难醉的心地与不住地探求事物的心之欲望,都足以表示他是近代主义者的第一人。他任热情之所往而讴歌空想之悲哀,为与许多浪漫主义者相异的地方。他的诗又为象征主义(Symbolism)的先驱,因为麻醉剂的刺激,程度更加。他的异常锐敏的官能,引导当时热情诗、神经诗、情调诗的诗风。现引威尔哈仑的《波特来耳论》的一节于次——

说及波特来耳现代的悲哀便在这里成就病的发展。骤然看去,有人将谓悲哀变名为郁闷了。再加思考,或可明晓其完全的变质。波特来耳夸张悲哀,将悲哀据于诗里,视若神圣,恣意于绚烂的虚幻、雕塑的梦想,并使活动有生气,俨若绝美的人面狮身兽(Sphinx)一般。他爱悲哀之甚,为前人所未有的,诗趣即是赞美悲哀,自称为悲哀之主……夏朵波朗、司脑古儿、拉玛丁、圣伯弗、德维尼等前辈,将对于自然的愁苦,烦躁地捧还自然,仅悲寻常的失意而已。波特来耳则不然,他以都市之子,巴黎呼唤地狱之诗人,叙述胸奥的悲哀,为反抗人世的放浪儿,因此遂大声疾呼。他的心如沉夜的暗澹,虽然是混浊不清,但有一种的美,如像浊水里的眼,放出哀怜悔恨的光一样。

他有几句诗说:

Moi mon âme est féleé, et lors qu'en ses ennuis,

Elle veut de ses chants peupler l'air froid de nuits.

Il arrive souvent que sa voix affaiblie,

Semble la râle épais d'un blessé qu'on oublie.

Au bord d'un lac de sang, sous un grand tas de morts,

Et qui meurt, sans bouger, dans d'immenses efforts.

——La Cloche Fêlée

(译意)

灵魂破了,怠倦之中,

有声渡过夜寒空。

声微弱,冷幽幽,

负伤者最后的嘘气!

血湖岸边,积尸山下,

僵尸死闷之呻吟?

属波特来耳一派(即颓废派或恶魔派)的,有威尔哈仑、拉玛丁等,统称为象征派诗人。这派使英国的斯文班(Swinburne)、夏芝(Yeats)、王尔德(O. Wilde)一班艺术至上主义派受了最大的影响。与此派对峙的,有列耳(Leconte de Lisle,1820—1894)率领的高蹈派(Parnassiens)。这派不以情绪及想像为重,却以现实为主,以冷静的态度明了地讴歌现实,诗风有客观的倾向。(按:此点与自然主义相通)考贝(François Copée,1842—1908)、曼特斯(Mendes,1841—1889)

便是这派的领袖。考贝又以戏曲家、小说家为人所知。曼特斯又为戏曲家与批评家,他企图浪漫剧曲的复活。高蹈派是客观的,象征派是主观的,因此象征派为通过浪漫派的脉络。威尔哈仑与拉玛丁是象征派诗人的"二柱石"。

威尔哈仑是如波特来耳一样的颓废派诗人,度其生涯于狂浪、病苦之中。他又是苦于灵肉矛盾的人,一面倾于肉欲,一面要求强烈的灵。为加特力教的热心信徒,与波特来耳并峙。他不断地饮强猛的茴香酒,身心皆病,他和美貌的青年诗人南波有同性爱的关系,相携浪游欧洲,因嫉妒比人卜留塞耳放枪,捕入监狱二年,出狱未几,又以迫协其母入狱,他以为这种放荡无赖的生活是颓废的好标本。他是波特来耳的高足,象征派因他愈加显明,《秋歌》为他的名著之一——

(原文)

Chanson D'automne

Les sanglots longs

Des violons

De l'automne

Blessent mon coeur

D'une langueur

Monotone,

Tout suffocant

Et blême, quand

Sonne L'heure

Je me souviens

Des jours anciens,

Et je pleure.

Et je m'en vais

Au vent mauvais

Qui m'emporte

Deçà delà,

Pareil à la

Feuille morte.

(英译)

Song of Autumn

The wailing note

That long doth float

From Autumn's bow,

Doth wound my heart

With no quick smart

But dull and slow.

In breathless pain,

I hear again

The hour ring deep.

I call once more

The days of yore

And then I weep.

I drift afar

On winds which bear

My soul in grief.

Their evil force

Deflects course

Like a dead leaf.

威尔哈仑的诗,在小鸟飞翔般的轻妙音律里面,笼罩着沉痛的情趣。不过象征诗的晦涩难解,颇受人非难。浮勒仑尚不至于这样,马拉梅(Mallarmé)的就不易懂了。至于象征主义,一言以蔽之,便是以暗示为生命的艺术。玛拉尔麦曾说,倘若显明地现出意义,要灭杀诗趣的四分之三,由此便可以想见了。所以象征派是产于近代人的锐敏神经的艺术。

自嚣俄的耶纳尼以后,浪漫派渐次衰微,嚣俄的名声在晚年亦下落。人心皆自空漠理想与虚幻热情中醒觉,渐趋于实现,自然主义之兴便是浪漫主义的反动。

剧坛次于嚣俄于大仲马者有小仲马(大仲马之子 A. Dumas Fils)、莎陀(Victorien Sardou)等带有过渡色彩的人物。小说方面以佛罗贝尔为先锋而起自然派运动。这派运动,为19世纪后半期法国文坛的中心势力。倘若分为二期:1860年左右为前期,1880年左右为后期,代表前期的为佛罗贝尔,代表后期的有莫泊三。

(四)前期自然主义

近代自然主义的第一人是佛罗贝尔(Gustave Flaubert,1821—1880)。他的杰作《波勿莱夫人》(*Madame Bovary*)[注1],起稿于1850年,是年正当那在浪漫派全盛的时代倾向实写主义的巴尔札克(Balzac)死的那一年。其时嚣俄、高底埃等人,尚保持浪漫派的余焰。佛罗贝尔既为自然主义的第一人,又为巴尔札克系有数的实写家,也可算浪漫主义末派中的一人。说佛罗贝尔为巴尔札克系的写实家,虽是事实,但尚不能完全脱掉浪漫派的气味。不过在精细描写的作风一点,已足睹自然主义的特色了。他摒弃一切主观,以明若止水的心,向着一切事物用最密致的观察、最适切的文章表现出来。他主张"没却作者的个性"与"不感受",取纯客观的态度,即是忽略作者的个性与情绪,由客观地视察一切事象。又主张:"无论怎样好或丑,都同样地描出,我们心之寄托,只是现在与现实的事物而已。未到现实的事物,是无所知的。""所以将丑和其他的事物同样的描出者,大有理由。在描写丑的特色之点,比较描写其他的事象更有理由。"他不愧为自然主义的先觉。但是他描写黑暗与丑,不是如左拉与莫泊三的毫无忌惮,比较有所斟酌,这便是不脱浪漫主义的影响的原故。我们称他为自然主义的第一人,因为他尽现实所有的描写出来,不加解决,不须结果,在自然的形态中觉有无限的意味,极得自然主义的要领。佛氏所苦心者,为他的文章,他教其弟子莫泊三,有几句话说:"世中没有同样的两粒砂,两个蝇,两只手,两个鼻。""描写一个燃火或一棵树木的时候,我们要将这火与木四下地仔细检视,应该看出这火这木和其他相异之处。""我们可述的事虽多,但足供表现的语言,不过一个而已,名词然,动词然,形容词亦然。我们应当不断地探求一个名词、动词、形容词,不可用一个似是而非的字来凑合。"这些话足见他能观察个性、描写个性,探检正确的文字。佛氏的文章的生命,苦心之余,不免缺乏生气,但在描写方面,自然主义的特征极是显著。他的杰作《波勿莱夫人》,叙一个女性的堕落生涯,是六年间苦心的结晶,但在当时不得世人佳评,以描写黑暗受一部分人的非难。其次又用五年的工夫,作《沙兰坡》(*Salambo*)。更七年间,作《感情的教育》(*Sentimental Education*),也不受世人的欢迎,这是因为他的作品过于激进的原故。他的全生心血,全尽于艺术,卒死于失意、困惫之中。其弟子莫泊三出,为后期自然主义健将。此后如佛氏之尽忠于艺术者,已不可得。他与许多自然主义的作家相同,厌世的倾向颇强,艺术之外别无可顾的,一生埋头于艺术中。他的生涯除了艺术的苦工与孤独外,更没有什么。

佛罗贝尔虽带有浪漫主义分子,但一生都为自然主义者。与他对立的,有都德(Alphonse Daudet,1840—1897),生来即带浪漫的倾向,为自然主义勃兴的机运所动,始做自然主义的作品。他的自然主义,也可称为浪漫的自然主义。他兼有浪漫主义的理想的感情,与自然主义的现实的解剖。当他创作的时候,设想虽由事实得来,但表现上有空想的色彩,他的好的空想固然是很佳,拙劣的则如做作的一样。仔细看他的作品,不及龚古尔、左拉的真纯些,但有龚古尔与左拉所没有的美丽情绪。文章的美,是无双的。他的固有的优美情绪,不忍由正面去看人生的黑暗面,勉力地向着光明面。对于作中的人物,并不锐利地剔抉,颇有同情的倾向。他的作品有温暖的味道与健全,极受世人的欢迎。但英人的家庭,以为他的作品则以为过于浓艳,不堪入目。他的代表作品《莎发》,是香腻的恋爱小说。此外如《粉屋中》《月耀故事》《美术家之妻》,也很有名。

爱弥儿·左拉(Emile Zola,1840—1902),为自然主义之父。他的代表作品有《洛康玛喀尔丛书》(*Les Rougon Maquarts*,1867—1891)二十卷,注明是"第二帝政下的一家族的自然的、社会的历史"。在自然的一语里面,含有遗传、宿命的意味;社会的一语里面,含有人间与环境的交涉,这是可以在他的序文里看出的。原序略谓:"我在此书里显示个人集成的家族与社会的交涉以前,先使旧家族残留的十余子孙断绝了关系,再描写各个男女子孙由旧家族所承的遗传性与种种的变化所起的悲剧的一贯思想。以精细地研究遗传与境遇为方法,且由科学地叙述他们的关系。"又在《实验小说》里说:"现世纪是科学的世界,因为科学的进步,理想、绝对、不可知等语已是绝迹。人是正直的、率直的,以享幸福。"由这些话,足见他受了近代科学精神的影响,将科学的研究法应用于文学创作。但他的"科学的",颇与巴尔札克的写实主义相异,这点可以看做自然主义文学的特征。又左拉更进一步以提倡实验,如科学者实验物体的性质一般的,以实验研究人间诸相。所谓观察,即是观察自然的现象,进而至于实验,以作成特殊。但是人不比别的物体,可以自由如心里所思地处置,因之他的观察,仍如想像,此为实验小说的弱点。其弊在以人入于型内,看成机械的。换句话说,他的观察方法,有为科学方法所囚之嫌。英国批评家颇非难由科学的、物质地观察人间。他说:"名为写实的左拉的作品,大都将人间置于兽性的型内而怪物化。"左拉于大规模的《洛康玛喀尔丛书》之外,又有《三都故事丛书》〔《罗马》《巴黎》《鲁尔底斯》(Lourdes)〕及《四福音书》(1.《多产》;2.《劳动》;3.《真理》;4.《正义》。《正义》只成一部,他便死了)与前著鼎足为三。他虽不是天才,但为一非常的努力家;他的观察力虽然不锐敏,但非常的精细,决不看漏什么的。而且他的文章虽钝,但极正确,不过精细之极,失于冗漫而已。批评家西蒙司(A. Symons)说:"他无佛罗贝尔之手,他却努力成就那佛氏之所成就的……"他对于必须描写的部分与不关紧要的部分,都正直忠实地写出,不惟表现个性,并且努力表示类性。他虽是一个不巧的作家,但为一有根底力的作家。虽不如佛罗贝尔的巧于别抉,但以诚热的态度对待人生及艺术。描写冗漫,确是他的弱点。又因为将一切置于科学的方法而研究(过重科学的、物质的方面),仅见人间的兽性,亦为他的弱点。又他有自然主义先觉的价值,对于描写十分仔细,例如"人由心与衣服造成"一语,在左拉必加上"肉臭与暖健"等语,成为他的常套。他很能以正直、无饰的平民态度,树立反叛贵族艺术的旗帜,结局遂成为一美而伟大的作家。至于他的描写方法,过倾科学,以人当作物的、机械的,虽由此以观察人生,但仍没有观察得真的人生。描写的方法不能说是很好,不过能向着努力描写人生的现实前进而已。更可注意者,他在《实验小说》里曾说:"我们的任务,在搜求社会罪恶的原因。"即是他最初作小说便抱着这目的了。在他的描写现实的态度里,潜伏善恶的尺度,有社会改良家的气概。由这意味说,他许是一个理想家。

自然主义作风可分为二。一为本来自然主义,是纯客观的、纯写实的,摒斥一切主观,将映于镜中的事象写出。佛罗贝尔属于此系,左拉的描写态度,也归于此系。一为印象派的自然主义,这派用本来自然主义派所摒斥的主观,将作家的主观入于某种方式。换言之,即作家注重自己所受的印象。印象者,指外界的事象印于自己心里的象,这种事象,随着自己心里的色调、情调(即其时的气氛)而变动,但外界的事象,却没有变动之理。本来主义所描写的,就是这不能变动的外界事象;反之,印象派的自然主义,则写出随着气氛而变的印象,怎样变便怎样写。为这派先驱的有龚古尔兄弟(按兄名 Edmond de Goncourt, 1822—1896;弟名 Jules de Goncourt, 1830—1870)。二人常合作小说,故不能看出某部分是兄做的,某部分是弟做的,常合为一人而论。他们俩有非常锐敏、病的神经与微妙的感觉,这点便是他们的自然主义倾向印象派的理由。他们初作《18 世纪内幕》(*Portraits Intimes de 18 Siécle*, 1857)等历史小说〔按:此外尚有《18 世纪女性》(*Femme de 18 Siécle*)、《18 世纪美术》(*L'art de 18 Siécle*)等。——译者〕,又潜心研究 18 世纪的美术及法兰西、日本的美术,他们的锐敏的神经、微妙的感觉，使成为一个赏鉴家。小说的佳构，有《吉尔米尼·拉舍妥》(*Germinie Lacerteux*, 1865)[注2]、《菲洛麦》(*Soeur Philomène*)、《鲁勒·莫彭》(*René Mauperin*)、《莎洛梦》(*Manette Salomon*)等作。生前未得人誉，读其书者虽仅一二百人，他们仍不惜花费数月的光阴，不断地探求、研究些少的材料。他们的艺术，以印象为重，不顾从来小说家所重的统一，因此不具故事的体裁。所描写的人物，与其称为人间，毋宁说是以或时代或生活的模型映于读者心中。与其说是描写各个的性格，毋宁说他们有能浓厚地表现其时代生活之妙。此外，研究的忠实与文章的精细，也是他们艺术的特色。

（五）后期自然主义

以自然主义自任的左拉，根本上有一种理想，即是以社会改良家的意志作小说，现出因于道德观念的痕迹。反之，不作议论，最能发挥本来的自然主义面目的，为莫泊三(Guy de Maupassant, 1850—1893)。他是法兰西及世界自然主义文学的代表者。他最初是一个诗人，强力地讴歌，个性色彩甚重，很是动人，后始弃诗而作小说。他受教于佛罗贝尔，佛氏严重地指导他。初期试作，皆为下品，积稿等身，其后短篇《脂肪块》(*Bouls de Suif*)出，佛罗贝尔见之，始以为可。后有《美男》[注3](*Bel Ami*)、《一生》(*Une Vie*)、《皮尔与琼》(*Pierre et Jean*)等长篇小说继出。

《一生》里面，他大胆地描写那育于圆满、平和家庭的妇人，因为肉欲的男子之故，断送一生于辛苦之中。他和左拉一般地描写兽性，不过左拉是由科学的、物质的人生观，断定人生之真是在兽性，即由这概念去描写。至于莫泊三则不然，他描写的是直接目睹耳闻的、鼻嗅着、感触着的人生。舍弃理想与观念，去掉主观，以纯粹客观的态度，明镜般地摄映人生诸相。在这一点，和他的师父佛罗贝尔同样，且较其师更进一步，因为佛罗贝尔还有浪漫的痕迹，他的客观的态度，尚不能称为纯粹。至于莫泊三的态度却是纯粹的，他除自己的感觉与心境而外，不用别的尺度。他没有理想、观念，不以道德的判断为药石，更无私念与私情。而且因为描写真的人生，不能不归到兽性，遂不住地描写出来。左拉所描写的兽性，是由他的物质的人生观分割出来的，莫氏所描写的兽性，是依据他的五官直接感触人生，因而接触到的兽性。在他作许多小说的时期，也产生一种模型，依据这种模型以观察人生。他的小说家的态度，便是如此。他说："无论什么事物，其中总有隐着的某物（Something），只因我们的目光惯于回顾前人所思考的方式，竟不能看出隐着的某物（Something）。"又说："目的（创作）不是为的快乐，或使感情兴奋；为的是使人反省，使能了解一事件的奥底所隐藏的深意味。"因此莫氏的小说，无论是怎样的短篇，描写虽然彷佛无物，但却深刻地思考人生的意志。又他并不描出所见的某物，他只描写那包裹着某物的自然人生，对于道德的判断，全然不加解决的。他的优点，在短篇而不在长篇。在长篇中则不能常保持他的无私念的态度，短篇便不至于这样。他的文体简洁而赅要，是强有力的文字。亨利·姐姆司（H. James）批评他说："他的武器便是感觉，仅有通过官能的人生，映照于彼，完全是如此。"他的艺术的根基,只是感觉,所以他的描写颇是感觉的。

(六)自然主义之反动期

自然主义的势力达于顶点,为1880年,同时便起了反动。对于自然主义先倡反对的(尤以反对左拉一派为甚)有批评家蒲纳乞尔(Ferdinand Bruntière,1849—1908),继起者有雷茂德(Jules Lemaître,1853—1914),佛朗士(Anatole France,1844—?)等,他们也是批评家。当他们动手攻击自然主义的时候,欧洲思想界已经由科学万能的迷梦醒觉了。尤以左拉一派极端倾向物质的自然主义,谁人都能看出缺点了。自然主义在《洛康玛喀尔丛书》之前,已有反对之声,由一方面看去,自然主义还能够排开反对者,以至于1880年。

作家反对自然主义的为保罗·鲍尔吉(Paul Bourget,1852—?)。他以心理学为立足点,细密地解剖而分析人间之心,一反自然派仅由物质的(生理的)方面观察人生之习。至于他的倾向:以心理较生理为重,灵较肉为重。他是一个社会倾向很重的作家,多取材于上流社会,观察是很精致的。他的作风过于用说明的方法为其缺点。他同时又为批评家,他立足于道德之上而批评。

近代文学的通路,是由自然主义到象征主义、神秘主义,文学家以一生能代表这过程的为休斯曼(Karl Huymans,1848—1907)。他在初信奉左拉主义,比左拉更精细大胆地描写人间的兽的生活,有"兽的自然主义者"之名。《马特:女之故事》(Marthe:Histoire d'une fille)一篇,极为丑怪,但他不满足于自然主义,更要求物质以上的东西,便是灵之醒觉。自《阿尔普耳》一作以后，遂反对所师的左拉，加入波特来耳等人的颓废派，更进一步开拓了象征、神秘主义。有《途上》(*En Route*, 1895)、《大寺院》(*La Cathédrale*, 1898)诸作。由下面的几句话，可以看出他的艺术观，他说："创作的真实，细点的正确，写实主义的纤微般的神经的语言等不能失去，固然是极要紧的。同此相等的，便是心灵的开拓者。对于不可思议，不能由精神病的形态而说明之。总括说来，随从左拉所掘出的大路固然是要紧，但行于空中的平行之道，探讨其内部与后部——换句话说，就是创始精神的自然主义，也是很重要的。"他的主旨即在开拓心灵，创始精神的自然主义。《途上》《大寺院》《拉·巴》(*La Bas*, 1890)三作中，叙述一个灵魂由粗杂的物质主义，进于高的灵界信仰，成为脉络，书中主人便是他自己。就中以《大寺院》为最有名，此作取材于斜尔德大寺院，描写不可见的灵，是由可见物里表现出基督教的象征，寓有自己的灵肉一致的意义在内，已显然是象征主义的作品了。因之他的文章，非常的晦涩。反对自然主义偏重物质方面，便是偏重心灵。休斯曼的精神的自然主义，即象征主义，就是由这点出发的。

挽近法国文坛，最放光彩的是佛朗士。他是一个多能的人，以诗人、批评家、哲学家、历史家知名，他的印象批评，激动一世。他起初就反对自然主义的，但又能脱去古典主义、浪漫主义的旧套；他不主张自然主义为科学所囚，应该更踏出一步。他又是一个怀疑家，与自然主义同样地怀疑道德与神，否认形而上学，更进而摒斥科学，不认物质的存在，以为物质仅为现象，仅为一种的影像而已。他借作品中人的口说:"关于自然的知识是什么?岂非吾人的官觉的幻像吗?"他以为一切都是虚无,虚无之中仅有一个存在,就是自己,因此他的艺术是主观的。(他"批评家"既采印象批评,不信科学是当然的。)虽是主观,但不是感情的。乃以极冷的智的态度,观察此无条理的、贫弱的人间生活,所以他的作风是讽刺的。实际他也以讽刺小说家最为人所知。遥远地下看世间,包含哀怜之泪于讽刺里而著作,这就是他的态度。

他的作品里多滑稽的分子,含着多量的热泪。他的讽刺是深刻的、悲痛的,热泪也因为怀疑而冰冻了,这便是他的本领。他不仅以社会的矛盾一类的事为对象,即自然、本能、神、运命等也为他任意讽刺,从来的讽刺家没有更比他伟大的了。所谓讽刺,是由深刻的怀疑所生的,讽刺的对象即是握着矛盾与怀疑的状态。他的代表著作,可举历史小说《推斯》(*Thais*)。他在史学上造诣很深,所以多作历史小说。《推斯》一书中,以罗马帝政时代的埃及的皇丽都市、奇怪的废寺、炎热沙漠等为背景,描出古代人的欢乐与痛苦,寓强烈的怀疑于其中。书叙戒行极严的僧侣巴夫拉迭斯,忽然想起以前所见的女优推斯,特意走到都市寻觅他的意中人,一面传道,由作践肉体的生活中,将伊救出归家,巴夫拉迭斯反为推斯的色所迷,遂破戒行,要求和伊接吻。又描写在地狱嘲笑神的呼声,全篇无非深刻的讽刺。此外有《红百合》(*Le Lys Ronge*)、《徐尔维斯特·波纳之罪》(*Le Crime de Sylvestre Bonnard*)、《白石之上》等名作,又有许多的论文集。实为法兰西现在活着的作家中的第一个,某批评家说:"他是拉丁天才的终局之花。"

皮尔·洛蒂(Pierre Loti,1850—?),以龚古尔(见前)的印象的笔锋,绘画般地描写沉静忧郁气氛所见的事象。他的小说家的素质不及他的诗人的素质,故以自然的描写见优。他本以操舟为业,所以取材于异乡风物,异国情调的作品出得很多,但都不立趋向,不过断片的旅行记、印象记而已。他的根据便是龚古尔一派的印象的自然主义,不过他的作风多为主观的、抒情的。或批评家说:"他的作品,在某程度有写实的风格,而其中一种的风韵、一种的悲哀,为写实派所不能想到的。"他的著作,以《岛上渔夫》(*Le Pêcheur d'Island*)、《菊子夫人》(*Madame Chrysanthème*)、《守备兵的话》等为有名。《菊子夫人》一作,是他到日本的长崎(Nagasaki)时,和一个名叫菊子的日妇,结为临时夫妻时所著的。他的作品,在法兰西作家的作品之中,算是广泛的读物。(按:洛蒂原名为姐尼安·维姥 Julian Viaud。——译者。)

爱妥阿·洛德(Edourd Rod,1758—1909)也由左拉的感化之中脱出。他曾说:"我们有不满足于写实主义的欲望。写实主义本为自足的、狭的、物质的东西。我们渐渐觉得不安,渐渐爱精神的了。渐不注意行为,常由事件之中以见出人间——"他和鲍尔吉等同样的由心理方面描写人间,树立以直觉较观察为重的直觉主义。厌世的、怀疑的调子虽多,但以探求真理为艺术的努力,他以为艺术是:"引我们在动物生活以上的神圣东西。"社会小说也作得很多。

玛塞尔·勃莱薄尔(Marcel Proust,1862—?)与鲍尔吉同样以心理小说鸣世,对于妇人问题的作品尤多。他用精神的观察解剖近代的女性心理。他也作剧本,他以小说里的脚色(描写的人物)之妙,颇得盛名,短篇集《女刚强的处女》可为代表。此外,如莱纳·伯盛(Rene Bazin 1853—?)、毛里斯·巴勒(Maurice Bares,1862—?)等都是这一流的作家。伯盛多描写地方农民生活,代表作有《死土巴勒主国家主义》,与他相反,活动于世界主义者有罗曼·罗兰(R. Rolland,罗曼·罗兰的批评家之名较文学家为盛,故此地从略)。总括起来说一句:此后法兰西的文坛的趋势,已离去自然主义,而就新理想主义的艺术了。

(七)批评界与剧坛

以上已将法兰西作家略略说过,现说到批评界了。19世纪法国批评界最有权威的,第一个便要数林那(Ernest Renan,1823—1892)。他是卢骚以后的第一位思想家,他原本受宗教的教育,后因科学的影响,半途抛弃信仰。他将基督教为科学的研究,从来看为神的基督,他将他当作人而解剖,但他的批评还不免有几分偏重精神。至于完全以科学为立足点,创始科学的、生物学的批评,援助自然主义文学者为泰纳(H. A. Taine,1828—1893)。泰纳的批评,偏重作品与作者的机械的关系,不顾作者的个性,这是他的缺点。(按:与左拉的艺术所有的缺点相同。)此外如谢莱尔(E. Scherer,1815—1889)、孟特格(E. Montégue,1825—1895)也以文艺批评家占高位。谢莱的眼识很明,作家的长处短处并见,为忠实的批评,但偏重思想,不解感情,动辄以自己所定的标准为绳墨,此点为人所嫌。孟特格则反之,极重印象,启印象批评的端绪。他对于自然派文学,有聪慧的了解、深切的同情。蒲纳乞尔(见前)和他的反对的,极重美学原理,摒斥印象批评,并且在功利主义、道德主义的根据上,他主张:"一切艺术的作品,不可不直接鼓吹实际的良善行为,其价值的高下,应该依据作品与实际道德的关系而批判。"他极力地攻击自然主义,便是根据这个主张。他又承继泰纳的科学批评,应用达尔文的进化论于文学史,以述文艺之进化。他说:"一种文艺便是一个生物,自降生、发育、成熟以至于十分完全,乃渐渐递嬗地衰灭了。所谓衰灭,不过是就通俗的意味说,实际已变化为别的形式,成为别一种文艺,又渐次这样地进化。"这便是他立论的要点。佛朗士在作小说之前,亦作批评的文字。他的学问很广,哲学、历史的造诣,不让于专门家。他是极端的怀疑家,所以他以形而上学为梦想家的幻想。他说历史是虚语,是无用的。人间的历史,可以用(活、苦、死)数语尽之。他也不信科学,如泰纳、蒲纳乞尔等的科学批评,他绝端地反对,而取英国白忒(Walter Pater)一流的印象批评。他不信一切客观的法则,除自己之外,别无存在,常以自己为世界之中心,像他取这样的道路,不能不说是批评家的当然的事实。他集感想成一论文集,名《文学的生活》,也可称为《好事家的日记》。他的批评家的面目,是可以在此卷中看出来的。雷茂德也和他一样,不拘于科学批评的贫困形式,以自己独特的、新的鉴赏眼光,为优美的批评。他批评1870年以后的文人,有论集名《现代的人》,是很有名的。就中尤以评林那、左拉之文,足为鉴赏批评的精粹。他也作诗及戏曲。以下略述法兰西的剧坛。

自嚣俄的剧曲耶纳尼（见前）达到顶点以后，浪漫主义艺术遂日渐下落。自然派的艺术，多由小说的形式表现出来。自然主义既盛，文学的中心也由戏曲移到小说了。19世纪后半，法兰西剧曲里可看的很少，便是这个原故。如大仲马、小仲马、俄吉尔（Emile Augier）、莎妥（Victorien Sardou）等人，虽为当时有数的戏剧作家，但也不过为通俗的，求迎合世俗而已，纯文艺上的价值是很少很少。高踏派诗人考贝亦作剧曲，以感动为主，仍旧是通俗的。至于最近，自然主义的精神，虽已羼入剧中，但如小说界那般华丽的活动，在剧坛则不得见。当时有罗司丹（E. Rostand, 1868—?），他的杰作《许拉洛·德·柏格拉克》（Cyrano de Bergerac），不仅为法兰西的大喜剧，也为19世纪的世界之大喜剧。近又作夏特克勒一动物剧，将鸡、犬等动物拟人化，博得世界的喝采，但也只是通俗之作，在纯文艺的价值上，就不值一顾了。约言之，法兰西的小说虽盛，戏剧则不振。要我们觅出一个大戏剧家，只有请出那最近剧坛的伟人梅特林来吧。（按：梅特林本属比利时文坛，近代文艺史家，多将比利时入于法兰西范围内。又前述爱妥阿·洛德也是瑞士人，而非法产。原著者以叙说的便利及他们所用的语言的关系，都将他们入于法国文坛了。——译者）

（八）象征主义——神秘主义

休斯曼离开左拉的自然主义，入于象征主义、神秘主义的境界了。由写实到象征，由现实到神秘，由客观的到主观的，由物质到心灵，由科学的判断到精神的直觉，这便是最近文艺所进行的方向。取这种方向而长驱直入的，便是比利时的戏剧家梅德林（Maurice Maeterlinck, 1862—?）。比利时的国语，分为南北二组：北方用日耳曼语，南方则用法兰西语。梅氏就生在用法语的南方。他的处女作《无辜的虐杀》，为一篇短的散文。又将所作小诗，搜集在《温室集》里出版。《玛兰公主》（La Princesse Maleine, 1890）为一篇剧，将他的独特的作风显示出来，质朴单纯而少变化的剧——即他所主张的以舞台情调较人物动作为主的静剧，也寓于此剧之中。认识他的禀异天才很早的批评家米耳波称赞他为"比利时的莎士比亚"。其后陆续有《侵入者》（L'Intruse）、《群盲》（Les Aveugles）、《七公主》（Les Sept Princesses）、《丁泰琪之死》（La Mort de Tintagiles）、《阿拉维与色利西特》（Aglavaine et Sélysette）、《阿拉丁与巴洛米底》（Alladine et Palomides）、《孟娜瓦拉》（Monna Vanna）、《青鸟》（l'Osieau Bleu）诸作公世，深沉神秘的思想，表现于舞台之上，开剧坛的新生面。在我们没有说及他的静剧的主张及神秘说之前，试先阅他的《丁泰琪之死》[注4]，便可以看出他的作风是怎样的无比，他的思想是怎样的神秘呢！

　　但仅看他的作品的一部，尚不能够说明他的重情调、重气氛的作风，不过窥其一斑而已。他不喜舞台的复杂，人物、动作、背景都极简单，他的目的不在表示各个事件与性格，而在表象人生，在使观客的心，融入静的舞台的氛分，他偕同观客入于他所深探的神秘境。他先这样地思考："人生的真意义，不在吾人五官所能触的世界，亦不在自然派所重的现实界或物质的世界。目不能见、耳不能闻的，即超越感觉的神秘世界，却有真正意义的人生在那里。能探入神秘境的，非五官之力，乃心灵之力，即非感觉之世界，乃心灵之世界。与心灵的交通，决不能由于言语、思想之力，是由于沉默（Silence）之力。"在他的《阿拉丁与巴洛米底》一剧中，他说："心灵相会的时候，毫不用嘴唇动一下，就可以知道一切。"就是人间的心灵，仅由通过沉默，便能感觉。精神的良与不良，便在心灵的作用。这是不能用思想、语言说明的。心灵的世界，只是由沉默才能相通的神秘之境，所谓"运命"者，也就在那里。能感觉这"运命"之力，便是智慧。（此地所说的智慧，不是知识的意思，后详。）

心灵的秘密，潜伏着运命，能感觉这运命之力，只是智慧。详细点说，我们所持有的东西，有比较表现于外面更伟大的，即是有成为人格的根柢的不可解的或物，真的"我"就在这里面。世界之中，似乎有无能者荣，有力者反失败的现象，又觉得有不可思议的事。这是什么原因呢？就是因为不知道那真我的人格的根柢里，尚有或物的存在之故。表现于外界的生活，要依据横于真我的人格的根柢里的或物（或可谓之内部生命）才能生的，正如水面浮着的泡沫一般。内部的生命倘若能够超越时间与空间，能够健全的醒觉，人就常为幸福，支配运命的"智"，也在那里。——这是梅德林在他的论文集《埋了的宫》(Le Temple Enseveli)里面所说的，足以观测他的神秘说的要旨。又梅氏在先是一种的宿命论者。他的宿命论，不是以科学为基础，或由机械的人生观所产出的宿命论。他的观察点是：有一种支配死、运命、人间的神秘力。柔弱的人间之力，无论如何都不能克服它的，也可称为神秘的宿命说。前面所述的《丁泰琪之死》一作，就是描写那难于克服的死之神秘力。又《阿拉丁与巴洛米底》和《白勒斯与梅尼沙特》(Pelléas et Mélisande)，是描写难于克服的恋之神秘力，他以为恋爱这种运命之力，是不能为人间的自由意志所左右的。除了盲目地、反复地服从了它而外，别无他法。这种思想便寓于前面的几部作品里。但是等到后来，他的思想又一变了，忽然以为运命是容易克服的。运命与神秘决不是在我等之外，乃是在我等之内的，只要与魂相握，换言之，只要内部的生命醒觉，于是那里就会生出"智"，由这"智"就可以支配运命，因为支配运命，我们就可以得幸福。——他曾这样说过。所以梅德林是十分信任心灵之力的，在他的初期作品里所现的宿命论的绝望的（厌世的）调子，在后期作品中，忽变为一种乐天的调子了。在《孟娜瓦拉》一作里，明明白白地把心灵之力克服了运命的思想表现出来了。因此，可以说梅德林是反抗近代物质主义、自然主义的机械的人生观的第一人，由休斯曼出发的神秘主义，到了梅氏，始集大成。

他作戏曲，就用这神秘说为根柢，他的期望，不在描写人物的性格及事件，或是所见的现实人生，一意暗示那不现于外界的动作与神秘的世界。他的"静剧"，在剧坛算是独创，即从来所信为戏剧最大要素的动作，也被他除外，仅只显示情调而已，所以他的剧本不是看的，乃是感触的。有人批评说，他的剧是闭了肉眼，张开灵眼而看的戏。因此他的剧便成为暗示与象征的了。又剧里的对话，看去似乎是无用的说话，但是笼罩着很深的意味。又虽是断片的平凡的文句，但总巧妙地引诱读者或看客的心,进入幽远神秘之境,为不思议之力所笼罩。他又使老人、小儿、女子等登台做重要角色,这是什么原因呢?便是他根据那直觉比较理解为重的神秘主义,以为老人、子女,比较缺乏理智,感受神秘与运命的力量,要富丰些。他的论文集《贫者之宝》(*Le Trésor des Humbles*)里面,有一篇名《女》的文章,说这一点很详细。

与梅德林合称为"比利时文学的两大明星""欧洲诗人的代表者",其人便是爱弥儿·威尔哈仑(Emile Verhaeren, 1855—?)。他的倾向与梅德林略同,是神秘派、象征派的诗人。他最初是写实派,最初的诗集《弗南曼杂咏》(*Les Flamandes*)中的诗,毅然而写实的吟咏弗南特(Flandre)人的放纵生活,描写出如左拉的小说里的那些丑秽,很受一部分批评家的攻击。此时他的人生观,是以物质主义为根柢,是绝望的、厌世的。又因为有重症的胃病,在这时期,悲观的倾向颇强,被人呼为"病的发作的诗人"(Poète du Paroxysmo)。但过了一些时候,也和梅德林一般:梅德林抛弃宿命说,主张心灵之力,他也弃了绝望厌世的调子,树立乐天的新人生观。在诗集《途中现象》(*Les Apparus dans Mes chemins*)里面,可以看出他的思想的变迁。他的意思,与其悲忧地度过黑暗日子,毋宁投身于骚扰的世界而奋斗,其结果纵然是无望,但只要能一心向上,那里就有人生的真味,他在《途中现象》里,积极地这样思考着。《圣乔治》(*St. Georges*)一篇,描写圣乔治的飒爽英姿,有两句诗说:"他是由真光明国来的御使。""他给我们以勇猛之心。"这便是光明与希望的象征。继圣乔治后,又出诗集曰

《幻乡》(Les Villages Illusoires)。卷首《舟夫》(Le Passeur d'Eau)一诗，描写那急流操舵的船夫，口衔芦笛，上下波际，口中放歌，将那绝望与理想派的诗人象征化(Symbolise)了。约言之，他是一个承继自然主义时代的苦闷与怀疑，讴歌渐趋光明的最近思想界大势的诗人，与梅德林共为新主观主义文学之先驱，想像力之丰富、灵敏的感觉、技巧之妙，足称近代的大诗人。他的诗里又说："这种族的人，精神比齿更坚，热心而贪欲，愿望不知足，我即此族之子。"这几句很能说出比利时人的特质。本来比利时的人(尤以弗南德人为甚)和南北欧的人相异，别有特殊的民族性，因为这种人本为南北欧人种的混血种族，将南欧、法国的优美与强力野性的北欧人的蛮性很好地调和，另造成一种特别的风格。至于挽近，遂产生有声色的比利时文学，如梅德林，如威尔哈仑等，在世界上都是极有光辉的作家。

欧战起后，又出诗集名《战争之赤翼》，他责备德国的罪恶，他吟道："德意志哟！你的无限的罪恶，将我们这时代，这和平的时代，正在制造的人与人的理想，残酷地杀戮了。"1916年11月27日的夜间，他由里昂所开的比利时救恤讲演会舌辩归来，停车场里的火车已经开动，他跳上车去，失足落在车轮下，这伟大的老诗人便弃世了，临死时口中尚呼道："我的祖国哟！妻哟！"

洛敦巴哈(George Rodenbach, 1859—1900)，是一个优美岑寂的诗人。那中世纪荣华的残迹、钟楼寺院、积水不流的运河所在的废都普鲁色，便是他的栖身之所。他将这废都的阴郁象征化，以神秘而静寂的心地讴歌，便是他的生涯。《废都普色》一篇诗的散文，是他的杰作,憬慕而静寂的心地,全在此诗里表现出来了。见于梅德林、威尔哈仑等的高深的思索与理想,虽不能求之于他,但是他的美而纯粹的艺术,在近代文学史上是最可爱的,这废都的诗人的诗,有不可思议的魔力在里面。他也作二三的小说与戏曲,但也是歌的是中世的憬慕,近于抒情诗了。

[注1]《波勿莱夫人》梗概:原书以叙波勿莱之夫斜尔·波勿莱开场。斜尔是一个退职军医的儿子,曾肆业于医学校,为人很诚实,在吐司特地方行医,先与某未亡人结婚,后与耶姆玛相爱,其妻因妒,气死。乃与耶姆玛结婚。耶姆玛遂为波勿莱夫人,即书中主人,后生子,名白尔达。波勿莱夫人复与药剂师列昂恋爱,列昂归里,夫人又别爱一三十龄的富翁洛特尔夫,生了肉体的关系,与洛特尔夫偕逃。洛本无诚意,后为所弃,夫人遂病。养病维安市,忽遇三年前的情人列昂,热情更加。时夫人因债贫穷,白尔达穿的鞋子也破了,向列昂借金,列不顾。寻洛特尔夫,为洛拒绝,绝望之极,饮毒自杀。死后他的丈夫斜尔·波勿莱得列昂与洛特尔夫的信,才知道他的妻子的不德,以孤儿白尔达寄养叔母家,自己到纺织工场作工。

[注2]《吉尔米尼·拉舍拉》梗概:书中女主人即吉尔米尼。伊是法国某田舍工人的女儿,父母早亡,有姊二人,皆在巴黎为佣。14岁时在巴黎的咖啡店里为侍女,常为男仆及来客欺负,得老年仆人照应,后竟为这老仆所污,怀孕四月,产一死儿。因别求雇主,至某村,入某牛乳店为佣,与少年杰皮洛私通,产一子,遂至乡间,后子死了。杰皮洛亦为其母召归,吉尔米尼又怀孕,遂饮白兰地堕胎。后盗主人金20法朗逃出,自此就入堕落之途。又因满足肉欲,与油漆匠哥特尔昔荒淫。某日在途中见杰皮洛,伊向之告贷,杰不允,殴之,自此辗转街头。11月某夜豪雨,受寒得肺疾死。(译者曾读过此作的英译本,见龚氏自叙说:"世人爱虚伪的小说,这却是真的小说。"左拉批评此书道:"将近代小说划出一时代。"因此我们不可仅把此书当作描写女子的兽欲

看。——译者）

[注3]《白儿·阿米》梗概：法国某铁道公司有青年职员名迭洛，某日到巴黎猎艳，遇旧友浮司梯耳，被介绍入浮所在的新闻社做事，但迭洛不能作文，由浮司梯耳夫人代作，易以己名发表。一日与同事玛勒的妇人同车，竟在车中接吻，自此关系很密，常幽会于某处。时浮司梯耳因肺病死了，迭洛遂向未亡人玛蝶兰（即浮司梯耳夫人）求爱，不久即要行结婚式。某日迭洛赴新闻社社长维尔达的夫人的晚餐会，迭洛又向夫人勾搭，但与玛勒夫人的关系仍没有断绝，玛勒夫人妒之。其时迭洛与玛勒共营投机事业，同伙有伯爵波特莱克。伯爵因病将卒，遗言以全部遗产归之玛勒夫人，迭洛因疑玛勒夫人与伯爵有染，责之。玛勒不认，共约承袭伯爵产业，遂成富翁。时新闻社社长维尔达亦以投机事业获巨万，有女斯塞，将嫁某伯爵，以攀贵族。迭洛曾于维尔达召宴时遇斯塞，极美彼女的美丽，现闻将嫁他人，心中愠恨，因用种种卑劣手腕，卒变斯塞之心，相约偕逝，以书上维尔达求婿其女。维尔达夫人得书烦闷，出步庭中，见壁上所悬《水上的基督》像，颇似迭洛。夫人忽转意，卒使伊女与迭洛成婚。

[注4]《丁泰琪之死》梗概：（序幕）汪洋之中，有一海岛，岛中有山，麓有深谷，山上略显城堡。时姐姐耶格勒正与弟弟丁泰琪说话。姐与妹伯南甲、老仆阿格洛巴耳三人，长年住此岛中。弟弟丁泰琪，由很远很远的地方漂流到此，遂得相逢。耶格勒问丁泰琪说："你为什么到这里来呢？……女王的使者迎接你来的吗？这里是沉默之岛，来了便不能逃出的。"弟弟丁泰琪问道："女王住在什么地方？"姐姐说："你看，山麓的城里，高高耸立的塔中，女王便住在那里，伊终日闭居室里，决不外出，没有人见过伊，伊是一个嫉妒心很深，猜疑心很强的老婆。伊定要叫你去的，你千万别离开我。"于是弟弟紧紧地抱住其姐。（二幕及三幕）一间房子里面，老仆阿格洛巴耳与耶格勒坐着，妹伯南甲入，问道："丁泰琪在哪里呢？"耶格勒说："不要大声地说，弟弟旅行疲倦了，在隔壁的屋里睡觉呢。"于是姊妹二人和老仆商议，恐怕丁泰琪被女王取去，想防护他的方法。室里有三个门，有二个没有键的。但深深地嵌在壁里，没有开过。此外的一个，是厚而重的门。老仆阿格洛巴耳按着佩剑，在这门边守着。时伯南甲抱丁泰琪入，丁

泰琪面色发青,在姊姊膝上叫道:"姊姊!恶魔来了!在门外,在门外。"这时门户也摇动,听着门键落地的声音,忽然有一道光射入室内,丁泰琪得复活,三人大喜。(四幕)穿着黑衣服,覆着面的,女王的三个使者来到门外,侧耳听屋内。一人把门开了,姊妹及老仆都睡着,遂将丁泰琪夺去,姊妹惊醒。(五幕)耶格勒在后面追赶,至塔前,塔有铁门,门的内面微闻丁泰琪的呼声:"姐姐!快点把门开了!""等一会,快要开了。""姐姐!我见着你,这里有个针眼般的洞呢!"三人用力击门,不能启。耶格勒以唇就铁门,叫道:"丁泰琪,我在这里,让我吻你吧!在这里!你知道吗?""姐姐,我也在这里,你知道了吗?"其时悲声忽止,微闻小儿身体倒地的响声。耶格勒合掌祈神:"祈你放了这无辜的小儿吧!将他还给我吧!我愿代替他。"舞台现忧默沉郁之景。耶格勒骂神:"恶魔!恶魔!我诅咒你!"乃以手拥铁门而泣。

(译者附注)文中所注的原文,皆由我参考加入的。间有不能直译的地方,只用意译。上注梗概也没有直译原书,因为原注太长,为篇幅及阅者的便利,将它节略了许多,望阅者原谅。

原载《小说月报》,1924年4月第15卷号外。署名:谢六逸　译

贫穷问答歌

——自《万叶集》

北风飒飒,
雨雪霏霏的晚上,
酷寒到这样,
叫我如何能忍受。
取了一块硬盐放在口里嚼,[注1]
再啜一口糟汤酒,[注2]
咳咳喘喘止不住,
鼻孔塞住气不通。
摸着稀疏的胡须,
自忖谁似我豪气。
可是冷得要我的命,
赶快盖上麻布被,
将所有的无袖的短褂都穿在身上。
在这般寒冷的夜里,
还有比我更穷苦的,

他们的爷娘受饥寒,

他们的妻儿哭泣叫嚷,

"在这般时候,你如何度日?"[注3]

"天地虽是宽阔,[注4]

在穷人只觉窄狭;

太阳虽是明亮,

照不到穷人头上。

难道世人都是如此吗?

抑只我一人是这样!

上天不易生出一个人,

我也和他人一样生在人间世;

而我肩上披着的是无棉无袖、水松似的褴褛。

矮而偏斜的小屋内,

土地上铺着的是干稻草,

父母睡在我枕旁;

妻儿睡在我脚下,

围绕着我抽声叹气。

灶上没有烟,

饭甑张蛛网;

忘却了三餐,

呜咽声如鸟。

谚云:'寸木又削尖,痛疮再灌盐。'

里长挟着板子走进来,

立在身旁厉身叫我付租钱,

这样的日子怎样过。
——我的天！"

附反歌[注5]

这样的度日，
想起来又是辛酸，
又是悲苦，
既非生有翅膀的鸟，
不能飞去奈若何？

附记

上歌译自《万叶集》第五卷。作者为山上忆良（公元660—737）。山上为日本奈良朝人，曾为东宫侍官，他的歌与山部赤人、柿本人麻吕齐名。这一首是他的有名的著作，还有一首《哀世间难住歌》也是的，曾有英、德的译文。

[注1] 硬盐即成块的盐，与沙盐、细盐等别。
[注2] 糟汤酒是用水泡酒糟而成的。
[注3] 歌应为贫穷问答歌，第一段写诗人的穷苦，至此诗人设问，引起第三段。
[注4] 自此以下，是贫穷人的答辞。
[注5] 反歌为《万叶集》中歌体之一，前歌意有未尽，再反复歌咏之意。

原载《小说月报》，1927年第18卷第4号。署名：谢六逸　译

《罗马人的行迹》选译

引 言

Gesta Romanorum 译为《罗马人的行迹》(*Deeds of the Romans*)，是一部拉丁文写成的传说与奇谭。内容以罗马的历史、传说、奇闻占多数，一部分为东方及欧洲各国的故事。此籍何时产生不能确考，大约在 13 世纪末或 14 世纪初。作者亦不传，或臆测为 Helinandus 及 Petrus Berchorius 所集。惟观每节题名，强以基督教义、道德附会，必出于僧侣之手。每篇的内容与原题多不一致，如现译第一篇，本为普通的癫病传说，原题则为"关于罪深的灵魂"。如阅者只看原题，几疑为宣传教义的书。英译本曾就各篇内容另冠题目，以防丧失原书的价值。

书中所集的传说复杂异常，有许多是毫无意义的，大概是随意收集的原故。又各个故事并无有机的联络，当系抄写的人随己意所好后来插入的。原书在文学上具有相当的价值:1.将古代罗马的传说搜集在里面;2.此书直到中古始以拉丁韵文写成,在那时流传很广,是中古文学中最 popular 的著作(参看 Moulton:*The Modern Study of Literature*, p. 146);3.近世的许多文学家都从此书得到题材。如英国著名的 Romance——*Guy of Warwick*, Hoccleve 的诗——*Darius and His Three Sons*, Chaucer 的 *Canterbury Tales* 中的《法律家的故事》(*Man of Laws' Tale*),莎翁的 *Lear* 则以书中 Theodosius 帝的故事为底本。此外如 Parnell 的诗曾取材于《三个乌鸦》(*Three Black Crows*)、《隐士与天使》(*Hermit and the Angel*)诸篇。又如 Schiller 的 *Fridolin*,也取材于本书。近世的欧洲文学颇受此书的影响。

原书所收的传说,有几篇是近代人所斥为 barbarous 的,有叙父亲与女儿奸通的(第二十二),有叙兄与妹私、母与子结婚的(第十一)。〔这当是心理分析学者、维也纳大学精神病学教授弗洛特(S. Freud)所称的性的错综(Sexual Complex)了。〕〔注:弗洛特博士以希腊传说 King Oedipus 与母结婚为伊迪普斯错综(Cedipus Complex),阅者可参看 A. Mordell, *The Erotic Motive in Literature*, 1919。〕有几篇是写人情的(如第二、第四诸篇)。有的写轻微的讥刺,有的是朴实的故事,至《苦难》(第二十二)一篇,已具小说的雏形了。

原书最初的英译本由 Wynkne de Worde 出版(1510—1515),现成孤本,藏在圣约翰学院(St. John's College)图书馆中。1577 年,理查鲁滨孙(Richard Robinson)就前本校正刊行,流传甚广。在 1648 年至 1703 年间至少重版八次。1703 年,有署名 BP 者或即 Bartholomew

Pratt 从 1514 年的拉丁本译成第一卷。1824 年, 史王牧师 (Rev. C. Swan) 译为两卷行世, 为彭氏《古代文库》(Bohn's *Antiquarian Library*) 中之一种。1489 年, 有德文译本出版于奥斯堡 (Augsburg)。法国译本出现于 16 世纪初叶, 题名为 *Le Violier des histores romaines moralisé*。1838 年, 复有巴黎 G. Brunet 氏印行此种译本。日本于 1924 年亦有译本, 译者为山崎光子氏。现在流行的是 Burton 氏的重述本, 现即据此译出, 惟题名仍有与内容不符者, 由译者另冠以适当的题名。

1926 年 2 月 17 日记

原载《小说月报》, 1927 年第 18 卷第 6 号。署名: 谢六逸。

隽语集

正是一个酷热的正午过后,办事室里的朋友们都挥着扇叹息,大家围着一张小方桌,注视着一个满脸麻子的用人拿着一把裁纸刀切一个大西瓜,刀是那样的小,切得又那样的慢。我早就看准了一块大的西瓜,子又极少的,静待总攻击令之下了,不知怎的我后面有人叫我,递给我一封邮件。我一见封面,就知道是每天下午照例要到的,特约的日本电报通信社的稿件。拆阅这信,越快越好,因为可以早点发表消息。我只得退却到我的写字桌旁,打开信封,一看第一张稿纸,不料赫然现于眼前的,竟有文学家芥川龙之介自杀一行大字。道真是那里的话,我有点不信了,始而发怔,继而叹惋,静默的时间在十分钟以上。等我回头去看小方桌时,完了,我名分下的西瓜早被上校、中校们抢得精光了。

于是使我又再看第二页通信稿的通信,以为详细的自杀的记载一定在后面,谁知竟是什么田中首相准备开侵略满蒙会议的消息。首相,首相!你的官印虽不是"龟太郎",但上帝总是保佑你长命百岁的也！

通信稿上寥寥数行，使我得不着芥川氏自杀的详情，只好等待日本的各种报纸寄到 N 地。我每天焦急地盼望着，后来读了东京与大阪各报的记载，与及芥川氏的遗书，才知道芥川氏之所以轻生，为的是领略死的滋味。安然地服了多量的催眠药，化为异域之客，东邻的流行作家，从此又少了一个健将。我对于芥川氏的惋惜，一如对于有岛氏与厨川氏。

我与芥川氏不仅一面之缘。他的瘦削苍白而有威棱的面容，细长入鬓的眉，满头的浓发，一口清脆的东京白，使我永远不能忘怀。他的作品的内容那样的奇拔峻峭，文字是那样千锤百炼，使我永远感到日本语言的佳妙。然而，怀才一世的鬼才，东邦的爱伦·坡（Allen Poe）的艺术，自今而后，成为绝响了。

菊池宽氏著《交友记》，称芥川氏是一个足以托付后事的友人。他们的文名在日本可算是二难，友谊不用说是极密的。菊池有一次患心脏病，怕要呜呼，几于要写遗嘱了。他说可以"托孤"的只有芥川氏，这又可以想见芥川氏的待人接物。不料芥川氏自杀，仍以遗孤托付菊池氏。据报载，菊池于葬仪时读祭文，双泪如绳，此着挥"万年笔"之"御大"，又安知此日此时，将亲临悲剧之一场面？痛哉！

东方的文坛陨此一位明星，我们但觉寂寞，所幸芥川氏的著作不少，赖我们介绍与欣赏的日子正长，可以借以自慰。上列所辑隽语，译自芥川氏的小品集《侏儒的话》《梅·马·莺》《澄江堂杂记》《百草》《病中杂记》诸篇，虽不能借以窥探芥川氏艺术的全豹，却可以使人了解芥川氏的颖慧与习练。至于纪念芥川氏的其他的工作,这时虽不敢说,但也未尝不有志于此。

1927年,"秋老虎"作恶之日,记

征　候

恋爱的征候之一就是想她在过去爱过什么男子,或是她爱什么样的男子,漠然地对于这个架空的男子感着嫉妒。

又

又恋爱的征候之一,对于发现与她相似的容貌极度地锐敏。

恋爱与死

使人想到恋爱之死,有进化论的根据也未可知。蜘蛛与蜂在交尾终了后,忽地雄的被雌的刺杀了。我看意大利的旅行歌剧团演《嘉尔曼》时,不觉对于嘉尔曼的一举一动感着是蜂。

替　身

我们因为要爱她,往往用她以外的女人作为替身,陷于这样的情势,也未必是限于她拒绝我们的时候。我们有时因为怯懦,有时因为美的要求,不难用一个女人作为残酷的慰安之对手。

结　婚

结婚调节性欲是有效的，然而调节恋爱是无效。

多　忙

从恋爱里救出我们的，与其用理性，毋宁多忙。为要使恋爱完全可行，较之什么都不可不有时间，试看维特、罗米欧、崔尼斯坦——古来的恋人，他们都是闲人。

男　子

男子由来尊重工作，较之恋爱。如有疑惑这个事实的，试读巴尔扎克的书翰便好。巴尔扎克写给韩司卡伯爵夫人的书里说："如将此信换算稿费，则超过若干法郎了。"

他　们

我对于他们夫妇间没有爱而相抱着度日实在惊叹，他们却不知怎的惊叹恋人同志之相抱以死。

礼　法

某女学生，她对我的朋友问这样的事："究竟在亲吻时是闭着眼睛的呢？或是开着的呢？"所有的女学校的教课之中没有关于恋爱的礼法，我也同这个女学生一样很以为遗憾的。

琐　事

　　因为使人生幸福不可不爱日常的琐事。云的光、竹的战栗、雀群的声音、行人的容貌——在所有的日常琐事之中感着无上的甘露味。为要使人生幸福吗？——可是爱琐事便不能不为琐事而苦痛。跃进庭前古池中的蛙破了百年的愁吧！然而跃出了古池的蛙将给与百年的愁也未可知。不，芭蕉[注]的一生是享乐的一生，同时在谁的眼中也是受苦的一生。我们为要微妙地去悦乐，又不能不微妙地去吃苦。

　　因为使人生幸福不能不为日常的琐事所苦。云的光、竹的战栗、雀群的声音、行人的容貌，在所有的日常琐事之中不能不感着堕地狱的苦痛。

　　[注]松尾芭蕉是日本著名的俳谐作家。"青蛙跃进了古池，水的音！"为芭蕉的名句。（译者）

幼　儿

　　我们究竟为什么爱年幼的孩子呢？理由的一半至少是没有被年幼的孩子欺骗的忧虑。

又

　　公布我们的恬然与愚拙而不以为耻的，只有对于年幼的孩子之时吧——或者是对于犬猫之时。

蟆

最美的石竹色,的确是蟆的舌之色。

鸦

我在某雪□的薄暮,见了栖在邻家的屋根上的纯黑的鸦。

文　章

在文章里的言语,较之在辞书中时,不可不加增其美丽。

赌　博

偶然——即与神斗的事,常充满神秘的威严。赌博者也不出此例。

诸　君

诸君恐怕青年为了艺术而堕落,可是先请放心吧,他们不像诸君的那般容易堕落的。

又

诸君恐怕艺术之毒害国民,可是先请放心吧,至少毒害诸君的,艺术是绝对的不可能的。毒害不理解二千年来艺术的魔力的诸君?

艺 术

艺术也同女人是一样的,因为要看去美丽,便不能不被一时代之精神的氛围气或是"流行"所包围了。

天 才

所谓天才,只与我们相隔一步的。在当时代,常不理解这一步即是千里,后代则对于此千里是一步而盲目。在当时代,因此便杀了天才。在后代,却因此而于天才之前焚着香。

经 验

仅依靠经验的,就如同不思考消化力而仅依靠食物一样。同时不靠经验仅靠能力的,也同不思考食物仅靠消化力一样。

艺术家的幸福

最幸福的艺术家,是在晚年获名的艺术家。这么一想,国木田独步也未必会是不幸的艺术家了。

答 案

的确的,我是小学校的二三年级生的时候,我们的先生将旧而粗的纸分给我们,叫我们在纸上写出:"你以为可爱的东西","你以为美丽的东西"。我写象是"可爱的",云是"美丽的",这在我确乎是真确的,不幸我的答案没有中先生的意。

"云之类的东西哪里美？象不过大就是了！"先生这样地困窘我以后，在我的答案上，画了×的记号。

病中杂记

1. 我的身体本来不是很强健的，尤其在这三四年来，更倾脆弱。其原因之一明明是妄吸卷烟所致。我在学校的寄宿舍里时，同室的藤野滋君嘲笑我说："你既学文科，怎的连烟草的味儿也不知吗？"我如今是过于知道了卷烟的味儿了，反将实行戒烟。如叫当年的藤野君看见，对于我的进步之长足不能不表多少的敬意。因曰，藤野君者，彼夭折之明治俳人藤野古白之弟是也。

2. 第一封来信说："舍了社会主义好呢？背叛父亲好呢？究竟怎样才好？"第二封信说："原稿烦速即写就！"第三封信说："我已借了你的名字，去攻击了××××氏了。因为我想，用我们这种无名作家的名字是没有效的。真的对不起了！"写第三封信的，是什么地方的谁某，在我是全不知道的人也。我一面要看这样的信，饮着牷牛儿（治筋骨痛的药），想安静地养生，不眠症之不愈，倒是当然的了。

3. 我的日课之一就是散步。徘徊于藤木川畔，孟宗黄、梅花白、春风拂面，偶然见路旁的大石上停着一匹苍蝇。在家中的庭里见着蝇，记得是每年五月初旬。我茫然地看守着这蝇多时，我的病体到了五月，果能复旧吗？

原载《小说月报》，1927年第18卷第9号。署名：宏徒 译

讲　谈

最近的东京《读卖新闻》登着讲谈社卖书的广告，占了新闻全面的地位。那广告上用大字记载着——

◎请看可惊的下记的事实◎
3058 部……共同印刷株式会社
1740 部……报知新闻·有恒社
1409 部……中外印刷株式会社
1219 部……金子制本所
850 部……常磐印刷所

这个"可惊的事实"，并不是书贾的卖名的夸张，乃是某新闻社代书店调查的，所以还值得做我们闲谈的资料。这个广告是东京的日本雄辩会讲谈社刊登的。书是一部卖预约的《讲谈全集》，也是目前日本出版界风行的一圆本中的一种。

一家印刷公司(印刷株式会社)里面的员役预约了3058部的《讲谈全集》。这个数目虽然不算怎么大,却也不能说是小的了。

真的,《讲谈》这种读物,在日本是遍布于各阶级的。要看《讲谈》的人,有贵族,也有硕学,有看护妇,也有车夫君(直译Kurumayasan)。在日本文学里要寻一种代表的民间读物,想来不会有人遗漏了这种《讲谈》吧。

日本的通俗读物始于江户时代,其时《读本》与实录体小说(实录物)很流行。内容的资料多半取自前代的战记军谈,如《平家物语》《源平盛衰记》《太平记》等作,都是实录体小说的本源。作者刺取其中的某种事实,加以敷衍,描状人物,栩然生动,便是实录体小说的实质。"讲谈"最初是用耳朵听的,由演者语说,正如说书一样。演者将名臣勇将、英雄美人,或民间实事、妖异奇谈,或侠客志士、复仇骚动等类,借三寸之舌,向听者述说,娓娓动人,终席不倦。是为"旧讲谈",这是在"寄席"里演的。后来"报纸文学"发达,除了登载"新闻长篇"与"通俗长篇"之外,为一般读者计,便辟一栏,将"讲谈"的演稿刊载出来,于是除了耳听的"讲谈"之外,更有阅看的《讲谈》了。

《讲谈》的演者称为讲谈师,本是一种职业。他们里面有的不仅能用舌,也能够用笔。如现存的悟道轩圆玉便是其中的佼佼者。近几年来,日本大众文艺的发达实受了《讲谈》的影响。所谓大众文艺作家,他们的作品的资料多数与《讲谈》同源,但也有新创的。材料虽是旧的,经过这些作家的写作,已另给予一种新的生命,较之旧"讲谈"一类,价值之异,自不待言。大众文艺作家中如白井乔二、大佛次郎、三上于菟吉、国邦史郎诸人的作品都富有艺术的价值,受着民众的狂热的欢迎。

真正有闲阶级的人是什么也不要看,什么也不要听的,要看的只有美人的面庞,要听的只有铿锵的金钱。一般劳动阶级的人,每天工作之余喊口号、贴标语,精尽力疲。他们居然肯花费一点睡眠的时间去看这类的读物肯把血汗挣来的钱破费一部分去买这种东西,这在人情理义上,并没有什么通不过的地方吧。假使权威者硬要他们在贴标语之后,每天实演一出"滚钉板",那么,他们自然不会有阅览这种读物的余裕了。到了那时,这一类的读物,在日本当然日渐消灭。在我国则除了《三国》《列国》等类演义,或《施公案》《彭公案》之外,我敢断言是没有一个如白井乔二之流肯出来多惹是非的,时代先驱或智士名人尽管放心。我现在把邻家的东西拿来谈这么一谈,对于"大局",谅必没有什么妨碍吧。

末了,我还要大着胆子奉劝在国内执着日本语言的教鞭的人,在教材里面也肯酌用日本大众文艺的作品,这比较"这是一只笔""那是一匹犬"的教材的效果大。这是我自己的经验。有暇我还想译白井乔二与大佛次郎的作品给大家呢。

1928 年 11 月 25 日

原载《小说月报》,1929 年第 20 卷第 1 号。署名:谢六逸

三等车

(A Sketch)

一个夏日的清晨,我坐上了一辆破旧的马车,经过一小时的颠簸,便下车走进了火车站。我进了三等车箱,一看车里的乘客并不算多,还有几处空位,我便拣了一个车角,颓然地坐下。这时正是盛夏,那天的天气很闷热,时时降着骤雨,皮肤的表面常有汗珠渗透出来。我在这城里过了几个月的不自然的生活,这时虽坐在车上,仍感着十分的倦怠。我将背靠着车箱的板壁,茫然地等着火车的开行。

我来时是初夏,江南的风物正是惹人的时候。火车驰过的郊野,随处有葱茏的树林,有清澄的小溪。睡莲浮漾在池塘的水面,柳枝上已有蜩鸣。我觉得这夏日的景色最可赞美,有许多胜景,是非在夏季不可得见的。肥大碧绿的树叶被金色的阳光映射,越能显出它的盎然的生机。溪流与水田里,总是满盈盈的。连地上的杂草,在这时也茁壮得可爱。外界的一切,当这个季节,无不蓬蓬勃勃地充分伸展它们的生命。有时几声霹雳,或一阵骤雨,随着就有凉飔吹来,使人心神爽然。若是冬日,我想神经稍微有一点不健全的人,就颇以为苦。

冬季一切沉寂如死，尤其是阴霾的黄昏，更使人忧郁。隐在灰黄色暮烟里的枯林，天空只是一片铅色，看去没有一点生气。冬日使生命收敛，使一切变为灰色。

我茫然地想着时，车已经开动了。这时，我才注意同车的人。我的正对面，有两个好像当差的人坐着，身上穿着白色粗布的衣裤，头上是用剃刀修刮得光油油的。车行后没有一会，二人就熟睡了，像是昨夜不曾睡觉似的。他们是侧着上半身，相对坐着的，各人的两手都抱在胸前，二人的头的距离只有几寸。瞌睡时两个头就向前倾斜，渐渐接近，终至于互相接触，"拓"的一声，就互相撞着了，唇上挂着的约有数寸的口涎，也就此时震断。坐在他们的左右和对面的人见了这情景，大家都放声大笑。但是这两个头并不因为一撞就惊醒（大概不痛吧），只是眼睛微微张了一下。两个头又渐渐分开，分开后到了相当的距离，再向前倾斜，又是"拓"的一声，眼睛又微微张了一下，依然是好睡，车上依然又是一阵哄笑。这样反复着总有五六次吧。这时忽然查票的人随着两个宪兵进来了，不一刻就轮到查看二人的车票。查票的人拍着一个"白布衫"的肩头，简单明了地说一句——

"车票！"

被拍的一个"白布衫"猛然吃了一惊，张开睡眼，随即立起身来。在上衣的袋里摸索了好一会才摸出了一张墨笔写好的纸条出来，赶忙交给查票的。查票的看了一眼，就递给他身旁的一个宪兵。那宪兵年纪很轻，好像一个中学生，只是背上背着马枪，腰间又挂着毛瑟。宪兵接过来一看，就对那"白布衫"说道："这不行呀，为什么不买票？

这纸条是谁给你的?"

"是……是王团长的汽车夫阿四给写的条子,说有了这个就可以当免票用的。"说时,声音有点颤抖。

"噢……还有你的车票呢?"宪兵又向着侧面,去向那第二个"白布衫"。

"阿四说这张字条可以乘两个人。"说话时,两只朦胧的眼睛盯着宪兵,刚从梦乡醒过来。

"这不行呀,同我走吧,到军法处!"

两个"白布衫"听了"军法处",脸色全然改变,只见口角和手指都在打战,两人不约而同地跪了下来,双手打拱,口里叫道:"求先生饶命,我们实在是不懂规矩。"

年青的宪兵的脸上泛了红色了,踌躇了一会,说道:"下次不许再犯了。坐车是要买票的,懂得吗？快些起来!"

"是!是!懂得了。"

宪兵走出去了,两个"白布衫"这才归座。这时坐在他们旁边的一个穿中山装的,嘴上有点小胡须的人,就开始对他们"说教"了:"你两个也太胆大了,坐车为什么不买票? 我身为军需官,一月不知来回几次,每次都要请上头给免票的。汽车夫开的条子有什么用,他只晓得'揩油',揩团长的'加梭林'油罢了。幸亏现在是革命军,要是在军阀时代的话,苦头有你两个吃的。革命军的心肠软得多了,懂得懂不得?"

两个"白布衫"听了他的话,全不理睬,眼睛又闭起来了。

这时火车到了 W 站了，上下的客人很多，有三个驿夫肩着提着几件行李，在先走进来，后面随着一个穿白夏布长衫的人。这人刚一走进，那位说教已毕的"中山装"就赶快站起来招呼，口里叫道："呀，淡哉！巧极了。"

"哦，志澄，巧极巧极，在这里会着，怎样，好吗？"

"夏布衫"一面说话，一面打发了驿夫，就坐在"中山装"的身旁。"中山装"又道：

"你不是已经就职了吗？却没有来道喜，抱歉得很，近来很忙吧。"

"忙，忙，没有法子。前面的几节车好拥挤，拿着二等票，倒来坐三等车。"

"到上海去吗？"

"是的，去买汽车。"

"上次你不是已经买过一辆很阔的车子吗？"

"送了人了。"

"哦，价钱不小吧。"

"这是论不得的，做官是容易的事吗？那一辆车虽是费了心力拣选来的，但却不能够不送给人家。"

"送给谁了？"

"慢慢和你谈吧……"

"夏布衫"这时说话的声音很低，只有靠近他们的人才听得见。

"那天老汪请客，我就乘我那辆车去，酒宴散了，我们一同出外，他叫听差叫马车,我一问才晓得他的汽车坏了,正在叫人修理。我就约他坐上我的新车,送他回去。他坐在汽车里,端详了一会,就赞美我的车子比他的好,说车身的颜色、车里的装置,一切都好。我说这一辆车是从法国雪特郎汽车公司买来的,是世界最新式的车子,价值很不小。他连声说这辆车子不错,自己的车子已经旧了,不久也要买一辆和这一样的。我听了他的话,便想好了一个主意……"

"慢着,你是不是马上就把车子送给他呢?猜着了没有?嘻。""中山装"不等"夏布衫"说完,就抢先这样发问。

"你还幼稚啰,照你样的送法,中什么用,太荒唐了。我也是师法古人的故智,做官好容易!"说时,"夏布衫"的脸色变得更其庄重了,说话的声音也稍微高了一点。

"后来我送他回公馆。过了几天,我才叫人把车子洗刷清洁,在车里换了副锦缎的坐褥,这才叫汽车夫把车子开了过去,附了一封信,说请他永远留用。后来回片来了,写着'谨领谢',我的这一颗心才放平了。你瞧,现在怎么样?唉,一辆,就这么,又算什么。""夏布衫"说到"就这么"时,伸着细长而白的五个手指,在"中山装"的眼前晃了一晃。

"那么,照你说来,现在做大官,也还是那些老套吧。"

"何消说得,只是现在要明了'党'义,切忌腐化。"

这几句话的重音,全在一个"党"字上,好像铜锣敲出来的"铛"的声音。

车窗里的世态,我已经看得饱了,这是坐三等车的好处。这时火车正驰过一处风景清幽的地方,看见水田里有小鸟翔着,猎取小虫,远远的一座小山上现出一个塔尖,被绿树拥抱着。

车已经到了目的地了,我也挤在人丛里,下了火车。

1929 年元旦日

原载《小说月报》,1929 年第 20 卷第 2 号。署名:谢六逸

二十年来的日本文学

一

大题小做 在这样一个题目之下来谈日本文学，就应该跨着三个时代，即是明治晚年(1907—1912)、大正时代(1912—1926)、昭和时代(1926—现今)。这个时期的文学，说得夸张一点，就是日本文学的黄金时代。日本文学能够在世界文学里占据一席，是全靠这时期的各作家的努力所致的。现在提笔来做这样一个大题目，应该谨慎周到毫无遗漏地叙述才对，可是作者没有这样的本领，目前所做得到的，就只是就这时期的文学派别和代表各派的作家，作一个鸟瞰的缩图，真可算是名实相称的"大题小做"了。

明治晚年的文坛 从今年(1928)起逆溯二十年正是日本的明治四十一年(1908)。这一年的文坛上的一大事件，就是自然派先驱作家国木田独步的逝世。在这三四年间，自然主义得了胜利。独步虽已物故，与独步并称自然派三大作家的岛崎藤村、田山花袋发表了好几种名作。(花袋的《棉被》发表于[明治]四十年,后又作《生》《妻》《缘》三部作,藤村有《破戒》《春》《家》等作公世)同时虽有后藤宙外等揭着反抗的旗帜,可惜没有十分的势力。到了大正初年,自然派生了自己的幻灭,于是才发生了三种自然主义的反动。一派是夏目漱石所倡的"低徊趣味",他对于人生取旁观的态度,文字幽默而带讽刺;一派是铃木三重吉的憧憬文学,他离开了现实,去描写对于美丽世界的憬慕;一派是谷崎润一郎的耽美主义,他耽溺于病态的、官能的悦乐。自三派鼎盛,自然派文学便没落了。

二

自然主义反对运动 明治四十年左右是自然主义的全盛时代,在此时出现的作家可以说都是自然派。当时后藤宙外以《新小说》为根据,与泉镜花、樋口、龙峡等人结纳,发起文艺革新会,力揭自然主义的不是。但此种反自然主义是根底极薄弱的运动,不为时人所注目。不过在此时有一人站立于自然主义之外大事活动,就是夏目漱石。他的出世作是一篇《我们是猫》。原作假托一只猫的观察,细描某绅士家庭、交友的状况,一种轻快滑稽的风格,极惹起世人的注目。接着又以《哥儿》《二百十四日》《草枕》《虞美人草》《坑夫》《三四郎》《其次》《门》《越过彼岸》《行人》《心》《明暗》等篇公世,遂被称为文坛一角的巨匠。在自然主义文学勃兴时,有"迫切的文学"一语为时人反复地说着,意指那迫切地、真实地、痛切地触着人生意义的、没有余裕的文学,本是对于从来的游戏的文学的反动,故力倡此种意味。

漱石对于此派(自然派)则主张有余裕的文学,不如自然派的紧张,就譬如在祭日的散步似的,有轻松的、宽舒的心情,即是低徊趣味的文学。从这意见上,称自己的文学曰"余裕派",又名"低徊趣味"。在高滨虚子的短篇集《鸡头》的序文里,他说:"所谓有余裕的小说,即如名字所示,非迫切的小说,是避开'非常'一字的小说,是日常的小说,如果拜借近时流行的话来说,就是某人所谓的'触着或不触着'中的'不触着'的小说是也。"把这主张具体表现了的就是《我们是猫》与《哥儿》等作,尤其是《哥儿》一作,据说是以他自己的青年时代做"模特儿"的,用富于轻快明爽的谐谑的文笔,描写一个天真活泼的青年中学教员与他的环境。在《虞美人草》与《草枕》二作,也以作者的丰富的才藻惊世,虽是显露空想的作品,但在《其次》一作里面,现实的、客观的倾向是显然的,至于他的深入细腻的心理描写的文笔,为他人所不及。在他的最后的作品《明暗》里,又显示一转化,不料因病逝世,实在是日本文坛的不幸。他长于技巧,富于机智,用话句的丰富,混合日、汉、洋文派,而句法之自在,等等,是难以企及的。

俳句及短歌的革新者 正冈子规是俳句与短歌的革新者,在明治末年的文坛上立有殊勋。他在文章上开倡了写生文的一派。从来的文章的疏远事实的,徒以玩弄文字为主。对于此点,他主张文字的修饰无论如何都可以,须忠实而细致地将所见的写绘出来。他是从文章方面开辟了自然主义机运的人。自然主义文学的一特色,就是在文章上排斥修饰。田山花袋首倡自然主义,先就主张"露骨的描写",倡无技巧说,可是在花袋之前,子规已主张无技巧说了。自然所谓无技巧,并不是完全不要技巧,只是因为要逼真而用技巧去代替向来为美而修饰的技巧罢了。把如实的描写、就现实及观察所得的描写首先教人的就是正冈子规。子规所倡的《子规杂志》一派的写生文家,尚有高滨虚子、寒川鼠骨、阪本文泉等人。在描写真实的态度之点,这一派与自然主义并没有差异,不过在根本精神上却与自然主义者不同。他们依然是低徊趣味,此低徊趣味就是一种俳谐趣味。虚子除短篇集以外,还有代表作品长篇小说《俳谐师》。这是把向来仅描写断片事实的写生文应用于长篇小说的。原作描写一个薄命的俳谐师(即俳谐作家)的悲惨生活,是一篇惊动当时的作品。从子规派的写生文产生的作家还有铃木三重吉,从他的文章富于写生的要素一点看去,的确是子规派,可是他所描写的内容并不是低徊趣味。

森鸥外 以"戏作"(Asobi)一语为标榜(戏作与漱石的低徊趣味略同)的作家有森鸥外。鸥外在明治前期的文坛上曾努力于评论与翻译,有一个时期忽然与文坛绝缘,只是偶然发表几首短歌。到了自然主义渐倾颓废的时候才再动感兴,一时他的多产惊震了文坛。除了短篇集《涓滴》之外,有长篇《青年》及戏曲集《我的一幕剧》诸作。他的作品有各种各样的,也有写生文似的东西,也有问题小说,或又把批评借小说发表。不过他的作品都是透明的智的产物,在他的态度上是很冷静的,一种"戏作"的气氛在底面流着。他并不是一个溅心血以从事艺术的人。后来尽力于历史小说,做了《天保故事》及其他等作。他的观察的敏锐与描写的精到,而且整齐明快的文章,可与漱石并驾齐驱,是文坛上不易得的。他在晚年专于做《北条霞亭》

《伊泽兰轩》等考证的传记,也是少有的一种新体。

永井荷风　荷风先曾鼓吹自然主义,后来久游欧美,于自然主义最盛时回国,他便揭出了享乐主义者的鲜明的旗帜了。《美洲故事》与《法兰西故事》二短篇集,记他游欧美时的见闻,以艳丽的文章与精细的描写惊世,文中又加入显然的抒情诗味。他并不想保持如自然主义一派所倡的符咒似的"客观的态度"。后来发表《牡丹的家》《欢乐》《隅田川》等作及长篇《冷笑》。《冷笑》一作,对于日本现代驳杂的文明下痛烈的批评,他对于那不能满足他的纤细的、享乐本能的、粗杂的现代日本的空气,不断地诅咒。他憧憬于江户趣味,当时仅能保持江户趣味的只有花柳界,他的《散柳窗夕荣》与《新桥夜话》就是写花柳界的。他又在东京市内搜求江户的残存,著《日和下驮》(木屐名)一篇以志他憧憬于过去了的梦幻之意。他的风格是极丰丽的,正如绚烂的牡丹一样。文章也富于音乐的要素,而写生之笔又极明彻。官能的香味甚浓、色彩极艳,这些都是难及的特色。荷风久已不提笔,度着封翁的生活,实为日本文坛的一桩憾事。

三

新浪漫主义的作家　自然主义是理智的文学,是客观的文学;新浪漫主义的文学,则是憧憬于现实以上的文学。小川未明与铃木三重吉是这派的双璧。

小川未明　小川未明当自然主义风靡一世时,他守着孤垒,不为所动。他的初期的作品抒写感伤的心情为浪漫主义,后来吸收了现实的要素，便具有新浪漫主义的色调。他的艺术的基本色调是描写对于现实生活的痛切的苦闷与不安，常以神经的笔调写出希望不能达到的苦闷，他的神经的描写是最著名的。后来日本的文学思潮几经改变，他的思想也随着改变。先是人道主义的，后转变为社会主义，只是本质是浪漫主义之点，却始终如一，称他为浪漫的革命家，是最适当不过的名称了。现在他已不作小说，专从事于童话的创作。

铃木三重吉 铃木三重吉是从高滨虚子一派的写生文产出的，曾师事夏目漱石，他对于现实生活里的不满，苦闷着、反抗着，他憧憬于不可求得的事物。在描写为神经的一点上，他和小川未明类似，只是小川未明的是不安，而他的是焦躁。未明如倾听黑夜的物声而战栗，他则如追捕难捉的影子而焦燥。二人虽是同为神经的，他比较是实感的、感觉的。他的作品有《千代纸》《赤鸟》《不返的日》等短篇及长篇《小鸟之巢》。他的初期的作品正与小川未明相同，可视为旧浪漫主义，可是自《不返的日》以后，他的作品里面便有了活鲜鲜的血液了。他的作品的题材差不多只是写他本人和一个少女。所描写的少女中，有多数是全未受过近代思想影响的纯日本的女性，是从他的憧憬之中制作出来的女性。他写现实的女性时，他写他诅咒那不能依从自己的要求的女性。他的艺术的特色就在技巧的一点上，他的技巧是他特有的。他的神经极敏锐，而感觉也极纤细，他的描写的态度也极忠实。他对于文章的苦心为当时的作家中所不可多见的。他在小川未明之前早已不作小说，也专作童话，办有童话杂志《赤鸟》。

森田草平 森田出身帝国大学，以《煤烟》一篇出名。在明治文坛出现的诸作品中，如《煤烟》一作之费耗牺牲者实少。《煤烟》一作，以著者自己为主人，描写热烈的恋爱，就是写他和那时唯一的新女子平塚明子的浪漫的恋爱。他的创作态度是不以现实当作现实而容纳，他照自己所想到的把现实改造或艺术化，是生活于这种要求里的人。他不是模写现实生活以成功艺术，是想以艺术去支配现实生活的人。他的恋爱也是以这种态度做根底的。他的《煤烟》一作，如从观察描写一方面看，视作自然派的作品也不妨，可是在制作这篇作品的根本态度上，却有理想的浪漫的地方。单就作品的形式看，就把他视为一个自然主义者，那就不免大误了。他又作过社会小说，即一种问题小说，可以想见他的理想家的面目。除《煤烟》之外，尚有《女的一生》与《初恋》等短篇甚多，皆以描写女子为主。其后忽沉默无闻，正以为他将以讲坛生活及翻译终了，不料忽又发表长篇小说《轮回》，惹起世人的注目。

"享乐派"与"恶魔派" 自然主义中落，遂有"享乐派"与"恶魔派"的作品发挥异香，是为新浪漫主义的一支派。

近松秋江 这派的先驱应先数近松秋江（本姓德田），近松初为文艺批评家，中途忽从事创作，有《别了的妻》与《舞鹤情死》等作。《别了的妻》写一男子为爱妻所弃，因而去爱一个卖淫妇，不料此妇又为友人所夺，遂述胸中绵绵的怨恨。《疑惑》为此作的续篇，写爱欲的苦恼，极为凄惨。近作有《为孩子的爱》，为自传体，写他晚年得子及为悍妻所苦的情况。他的感受性很敏锐，以纤细而有情趣的笔，描绘深刻的内部经验，这是他的优点。

长田干彦 讲到近松秋江,便联想到长田,他有《舞妓姿》《小夜子鸟》《鸭川情话》《浮草》诸作。他以丰富的想像、艳丽的文章、周密的观察,作成优美的作风。作品中有春风似的游荡的心情,秋江多颓废的色彩,他则多为享乐的,但是没有如谷崎润一郎(详后)那样恶魔的地方。最近专作通俗长篇小说,虽为通俗的,仍不失艺术的价值。他的艳丽畅达的文章,是不可多见的。

田村俊子 田村为闺秀作家中的第一人,是一个富于恶魔主义倾向的作家,她的感觉的描写,没有出其右者。在她的作品里面虽然不能求得什么思想,然而烂熟的官能与喷涌的才情所交织而成的作品,有足以醉人的艺术的香味。她有《誓言》《木乃伊的口红》《绝念》《金五郎》《阿七吉三》《她的生活》等作。她现在旅居海外,已和文字绝缘了。

谷崎润一郎 这里要说到一个最有兴味的人,就是谷崎润一郎。如称他的作品,为兼备新浪漫派以后的一切特色的,也没有什么不可。他取材于江户的巷谈作《阿才与巳之介》,讴歌美者、强者的胜利,由此作可以看出他的唯美的、享乐的、颓废的特色。《恶魔》与《富美子的脚》写变态性欲者的奇怪的欲望,是被虐狂的表现与精深的病理学接触。《某案件记录的一节》则又捉着了人道主义的要素。他的著作都是精心撰著的,此外有《刺青》《人鱼之叹》《近代情痴集》《鲛人》《痴人的爱》《神与人之间》《万字》等小说,戏曲有《正因为爱》《阿国与五平》《无明与爱染》等,均极著名。他的创作态度和别的作家一样,在于求真,可是他不想求现实的(Real)。有时他在科学中去求，有时在变态里去求。他因为要脱离现实，于是他或浸在恶魔主义里，或深入于变态心理，或追求"歇斯迭里亚"（Hysteria）。他是科学的赞美者，但于他却偏要从现实里逃脱。换句话说，他因为要破坏现实的平凡与单调，便在科学里面去探求异常，或把异常的事件借科学来陪衬。总之，他是一个把新要素献给日本文学的人，他破裂了传统的躯壳，脱离了常识性的桎梏。崇拜他的人常说，如果在日本文学里要举出一个代表明治、大正文学的人出来，就是谷崎，虽不免过分，但也足以窥见他在日本文坛的地位了。

久保田万太郎 久保田以描写消灭着的江户情调著名，善写东京的浅草、深川一带（即下町）的义理人情的藤葛，文笔富于哀趣，他可算是歌咏旧都会的挽歌的歌人。《末枯》《露芝》是他的代表作品，也长于作剧。

水上泷太郎 本名阿部章藏，是泉镜花的私淑者。水上泷太郎的笔名就是从镜花的作品中取出来的，由此也就可窥见他的倾向了。在艺术创造上，他的风格不失为有教养的绅士，时见着他的充满冷笑与讽刺的文明批评。

木下奎太郎 本名太田正男，是一个医学博士，有森鸥外第二之名，所作有戏曲、小说、评论多种。短篇集《唐草双纸》，戏曲集《和泉屋染物店》《南蛮寺门前》等作，在文坛上放一异彩，近努力于"南蛮"研究。

以上所述，自夏目漱石、森鸥外以至谷崎润一郎、久保田万太郎诸作家，他们有一个共通特征就是倾向于享乐颓废，为自然主义的反动。

四

反自然主义的二系 自然主义溃灭后的新艺术大体向两方面进展：一为白桦派的人道主义的艺术，自然主义是无理想的，此派则为理想的再生；一为新思潮派的新技巧主义艺术，自然主义是无技巧的，此派则为技巧的复活。

白桦派的诸作家 白桦派以《白桦》杂志得名，此杂志于明治四十三年（1910）创刊，志中同人，多为在学习院的高等科读书的华族子弟。在历史上，贵族的生活虽不能说是反抗思想与革命思想的最善的耕地，但至少是次善的耕地。俄国的革命思想的先驱者大都为贵族出身。人道主义犹如一座桥梁，它把破坏精神的、偶像的自然主义与破坏经济的、偶像的社会主义联络起来，这种呼声在华族界的子弟间叫嚷着，并没有什么惊奇的。白桦派的同人在学窗时，即与卢骚、杜斯退益夫斯基、罗曼·罗兰、罗丹的艺术亲近，尤以从《圣经》与托尔斯泰所得的影响最为深奥。他们的标语大概就是爱、和平、无抵抗三者。

武者小路实笃 武者小路是白桦派的中心人物。他以《可庆贺的人》一长篇见知于世。当此作发表时，极惹起时人的非笑，他则在《白桦》杂志的六号记事栏（用六号铅字排的，故名六号记事）里，用"无车"的笔名和别人应战。他的作品甚夥，是一个多产者。如《后来者》《母与子》《妹妹》《世间不知》《一个青年的梦》《爱欲》等，为他的杰作。《某男》是他的自叙传，写他在日本文坛上抬头的经过与内部生活的变迁，他的长处与短处，也写得极清楚。他是最富于理想的，所以他极愿生理想乡的实现。他曾率领同志在日向（日本的建国地）建设新村。虽有官厅的压迫，与思想家堺利彦、加藤一夫的辱骂，与亲戚的非难，他仍勇往直前，力图他的理想乡的实现。现在他已离开新村，在东京办《大调和》杂志了。

志贺直哉　志贺是武者小路的好友，他为世人所知，较武者小路为早。武者小路的思想家的色彩较之文学家为多，志贺则是一个纯粹的艺术家。他的创作态度对于人生为肯定的，为重正义与爱，但是这些却深深地藏在内面，在表面没有揭起鲜明的旗帜。他有澄明的心境与精密的观察。在平淡无奇之中含着无限的复杂味，是他的文章的优点。近代的一派批评家和读者推崇他为现代文学家中的最高的目标。《大津顺吉》《和解》《暗夜行路》等是他的出名的长篇；短篇中如《十一月三日午后之事》《克洛台斯的日记》《范的犯罪》等，极博好评。他非兴到不执笔，故一年不过作一两篇，态度极为严肃，所作没有一篇是不好的，与武者小路的任性或应他人的要求而滥作不同。

长与善郎　长与氏的人道的色彩非常丰富浓厚，《盲目的川》《项羽与刘邦》为他的代表作。短篇如《西行法师》《可怜的少女》等也极有名。现在卧病于镰仓，久已不见他的著作了。

有岛生马　他是有岛武郎的兄弟，原是一个画家，也作小说。《蝙蝠》《南欧之日》等作，显示着蕴藉高雅的作风，描写也极精巧。

里见弴　本名山内英夫，里见弴是他的笔名，为有岛氏兄弟中最年少者（因过继山内氏，故改姓）。他虽出自白桦派，但别创新心理小说一境，他贯穿人间性的深奥，尽解剖的细微，以精妙细腻的笔，发挥他的泼辣奔放的才华，实在是一个天才。长篇如《多情佛心》《善心恶心》《今年竹》等，短篇如《父亲》等作，是连非难他的人也叹服的。

有岛武郎 有岛家的三弟兄以武郎为最有兴味，他的生涯体验了明治以来的新兴日本思潮的变迁，也可以看为是此种思潮的象征与结晶。他学于札幌的农科大学，后留学美国。他的父亲在北海道有广大的土地，又因农村的经营是当时青年的梦想的境地，所以他选择了农科。农科大学是以基督教主义立校的（内村鉴三、新渡户稻造等人均出身此校），他当然受了熏染。他的思想在前期是个人主义，后期则为社会主义。自美回国后，曾在母校任教，后迁东京，发表《该因的末裔》《死与其前后》《宣言》等作，文坛惊为夏目漱石的再出。他的态度与夏目漱石不同，他是向着人生的真实突进的。最使他感觉不安的就是资产阶级的生活，在社会主义思潮的急转期，使他的苦闷加甚，遂毅然放弃了北海道的广大的土地，舍弃全部财产，过赤裸裸的生活。他自称并非附和第四阶级，但他的安那其的与虚无的思想则颇明显。他在大正十二年（1923）和爱人波多野秋子情死于轻井泽。他的弟弟生马，现在常对人说，家中还等着他的归来呢。

吉田弦二郎 吉田氏不是白桦派，因他立在纯正人道主义的地位，所以顺便说到他。《岛之秋》《大地之涯》为他的杰作。关于他的创作态度，可看他在《岛之秋》的叙文，他说："映在静寂的我的观照之底的人生姿态，我想务必把它写出来……我在思量如何去描写的这问题以前，我竭力静观这不可测计的人生的姿态。正如走进森林里去的人,见着了森林的美,忽然在林内迷失路途。在人生里面所感触着的无限的魅惑,我为它所牵引,便深深地迷惘在人生的魔宫里了。"吉田氏除作小说与剧外,他的感伤的小品文字实为他人所不及,一般看护妇及女学生最喜欢读他的文字。

宗教文学 人道主义向前跨一步,便和宗教握手。当人道主义衰而社会主义勃兴时,便有宗教小说的出现,为弦外的余音。贺川丰彦的《越过死线》,仓田百三的《处女之死》《出家与其弟子》(剧本),江原小弥太的《新约》,都属于这一派。

五

新思潮派 新思潮派也如白桦派一样,是由《新思潮》杂志得名的。杂志的创刊在明治四十二年(1909),第一期由小山内薰主干,第二期由和辻哲郎、谷崎润一郎等人编辑,其后屡屡中止,前后出版十次。主持者多为帝国大学的文科生,别的大学的人也有加入的。此派的人数虽多,然以第四期第五次时主持的诸人,即芥川龙之介、久米正雄、菊池宽、丰岛与志雄等四人为代表。

芥川龙之介 芥川氏是文坛上的天才,又是一个希有的读书家。作品取材的洽博与清新、观察的警拔、修辞的精练与表现的巧妙,足为新技巧主义的代表者,文才冠绝一世。如把他的作品分类,则《罗生门》《地狱变相》《薮之中》等作,是把同自然主义没落的历史小说,重新复活的。《地狱变相》写人与艺术家的相克;《薮之中》学 Browning 的 Dramatic lyric 的手法,穷探女性心理的奥秘,这些都极惹起世人的注意。又如《奉教人的死》《Kirisi tohoro 上人》《报恩记》等作，则为描写 Christian 作品中的白眉，为近年流行的 Christian 研究的先驱。如《雏》《开化的杀人》则取材于德川到明治时代的过渡期的开化事实。此外，如《秋》《阿律与其子》等，则用精深的 Realism 的手法。芥川于昭和二年（1927）服多量的安眠药自尽，世间为之骚然不安。

菊池宽 菊池是芥川的好友，二人的特色正相反。菊池的作品注重内容与主题（Theme），简明直截，极合现代的时势。当大正七八年时，正当世界大战的中途，日本资本主义的膨胀达于绝顶，知识阶级虽然繁忙，但有经济的余裕，从前没有顾及文艺的人，现在却不能不手执一卷新刊小说了。如菊池的简明直截的小说，最投时人的嗜好。而且他的作品里有相当的艺术味，能把持着知识阶级所领悟的人生意义，所以能使一般读书界欢迎他的作品。从前被学窗下的青年独占的文艺，因为菊池的作品，使得服役商业界的人员都能够欣赏。他使文艺一般化的功绩，正如明治初年的坪内逍遥、中期的尾崎红叶、末朝的夏目漱石一样。他著的通俗长篇，以《真珠夫人》《新珠》《火华》等为杰作；《忠直乡行状记》《恩仇之外》《兰学事始》等，则为富于新味的历史小说。戏曲有《藤十郎的恋爱》《屋上的狂人》《父归》等，都得到了舞台上的成功。近年来，他编辑《文艺春秋》杂志，内容以随笔为主。在日本的 Journalism 里开一新纪元，销数之多，为各种文艺杂志之冠。他对于时势的观察极为精明，不让机会逸去。总之，他全是受资本主义最高期的恩惠的一个作家。

久米正雄 久米与芥川、菊池并称新思潮派的三大柱石。他对于时代的末梢意识的感触很敏锐，以精巧的描写将它展开。他的作品为一般闺中的女郎、看护妇、商店女职员等职业妇女所欢迎。他的最初的长篇为《萤草》，短篇集有《学生时代》《魔术师》等作。《破船》二卷则写他的失恋的故事，为世人注目。

丰岛与志雄 丰岛氏的作品以写第六感的恋爱著名，即是写一个美貌的有夫之妇与灵敏的青年间的爱，那爱情既非肉的，也非灵的。《反抗》一篇，为他的代表作。

六

早稻田派作家 与新思潮派同时，在文坛占重要的位置，即早稻田派。此派人物为早稻田大学出身的学生，故有此名。如谷崎精二、广津和郎、加能作次郎、细田民树、细田源吉、冈田三郎等，皆属此派。此外，尚有肄业早稻田的宇野浩二，与虽未入校而被人视为此派的葛西善藏等人。

谷崎精二是润一郎的兄弟，作风与其兄大异。他善用 Realism 的手法，有《离合》《恋爱摸索者》《结婚期》等杰作。

广津和郎是广津柳浪的儿子，描写轻快、鉴赏锐利是他的作品的特色。有日本的柴霍甫之称，也善于作评论。《两个不幸的人》《走向光明》是他的代表作。

加能作次郎以朴素而有情致的笔描写北海道的渔村生活，作品极富于人情味，有感伤的色彩。《到世中去》等作，为世人所称誉。细田民树的作品有人道主义的倾向，内容奔放，结构伟大。所作小说有

《泥焰》《以前》《母的零落》《兵卒的记录》《酒乱》等。

细田源吉善用自然主义的手法,以描写细腻见称。他的出世作是发表于《早稻田文学》的一篇《空骸》,此外如《丧心》《无子的父妇》《同居者与女主人》《不可避的地位》也有名。近来民树与源吉已改变方向,都加入"普罗列塔利亚"文学运动里去了。

宇野浩二的出世作为《藏之中》,对话的巧妙与描写人世的劳苦味,为他的独特的风格。他的作品,也极受世人的欢迎。

葛西善藏私淑德田秋声,以描写穷苦的心境著名。葛氏的生活,极为凄惨。生平喜酒,有"醉狸"的称号。不幸于今年(1928)逝世,遗有创作集三卷,《带着儿子》《可怜的父亲》等为集中佳作。

早稻田派的人数甚多,难以枚举。冈田三郎亦为杰出的一个,他留学法国,为介绍法国的 Conte 到日本来的第一人,也有创作数种。

三田派　三田派即出身庆应义塾大学的文人,因庆应大学在三田,故有此名。此派人数无多,自水上泷太郎、久保田万太郎以后,可以称数的只有南部修太郎与佐藤春夫二人。

南部氏有《修道院之秋》《S 中尉的话》《猫又先生》《运命的恶戏》《星形》等作。他的作品的内容与形式均极整齐,有"绅士型"之称。佐藤春夫在现代的文坛享有盛名,与菊池、芥川等不相上下。他本是一个诗人,咏蔷薇月光,兼有高蹈的趣味与浪漫的感情,著有《殉情诗集》。所作小说以描写忧郁的情绪见称。他的艺术境界兼有西洋近代的颓唐美与日本固有的风雅。写与人妻的恋爱、卖笑妇的叹息,反映市井生活的现实味,如细银线的微音。《田园的忧郁》与《都会的忧郁》是他的代表作品。

新潮社派 新潮社为日本经营文艺出版物的书社，对于文学的贡献极大，为佐藤义亮所经营，近年来日愈发达，为日本唯一的文艺书籍出版机关，发行《新潮》杂志。社内有加藤武雄（《文章俱乐部》的主编者）、中村武罗夫（《新潮》的主编者）、水守龟之助等人，为大正文坛的重镇。兹为叙述上的便利计，姑名他们为"新潮社派"。

加藤武雄氏自幼就做小学校的教员，他对于文学的努力是他人不可企及的。他现在与菊池宽等齐名，为第一流的作家。能有今日的地位，全赖他长久间的忍耐与奋斗。《乡愁》一卷，为他的最早的短篇集，内收诸作，均富于感伤的情趣。外有《离开土地》《梦见之日》《处女的死》《到幸福之国》等短篇集及《可恼的春》《久远的像》《东京的面影》《走向都会》《夜曲》《抛珠》等长篇。他的小品文字为当世的绝品，是他人所不易企及的。中村武罗夫专作长篇小说，短篇只有一两种。作品的结构宏大，且富于波浪。《人生》为他的出世作，《涡潮》《琉璃岛》等篇是他的代表作品。水守龟之助的作品飘逸洒脱，如淡彩墨绘，《归来的父亲》《恋爱时代》均富有幽默的情趣。

七

评论界诸家 明治时代的评论家有高山樗牛、岛村抱月、长谷川天溪等人。抱月、天溪以后，则有片上伸、相马御风、本间久雄，此三人皆出身早稻田，为抱月的学生，曾执教鞭于母校。

片上伸号天弦，为助自然主义能立之一人，所作文字有潜沉的内省的倾向。后来游俄，专事研究俄国文学。近年来颇致力于新俄文艺的介绍与批评，建设新文学理论的基础，关于这方面的评论文字，都收在他的《文学评论》里。此外有《生的要求与文学》《思想的胜利》《俄国的现实》《现代俄国文学的印象》《无限的路》等作。不幸于今年（1928）逝世，实为日本评论界的一大损失。

相马御风久已不作评论文字，现从事芭蕉、良宽、一茶等古代歌人的研究。

本间久雄为《早稻田文学》杂志（现已停刊）的主宰，著有《文学概论》与《欧洲近代文艺思潮概论》《现代的思潮与文学》等作。他不单作文学评论，对于社会问题、妇人问题等，也有很精深的研究，现正游学英国。

上田敏与厨川白村 上田的文章的典丽与学识的渊博不下于高山樗牛。他介绍 W. Pater 时，Pater 在他本国还是一个无名的批评家。他翻译法国诗人波特莱尔与玛拉尔麦二人的诗时，也在英国的译文之前。他的译诗集《海潮音》，为日本新诗运动的原动力。上田与厨川曾先后主宰京都帝国大学的英文科，厨川的博学也是希有的。他的《文艺思潮论》与《近代文学十讲》二著，为将欧洲文学潮流，加以科学的研究的两大名著，即在欧美的著作界，也当推为第一流的论著。厨川氏的散文也负盛名，如《出了象牙之塔》《走向十字街头》《近代的恋爱观》等作，均受时世人狂热的欢迎。上田氏早故，厨川氏则死于震灾。

生田长江 生田氏在现文坛上占最高的地位，他兼有鸥外、漱石、上田敏三氏的特色,也是养育于三氏的感化之下的。他对于自然主义、传统主义等下过痛快的批评。现在他正和西洋的唯物主义横行的时代思想挑战,宣传东洋的思想与重农主义的思想。

八

"普罗列塔利亚"文学运动 日本无产阶级文学运动在明治三十年(1897)时,已见其端,不过是极微弱的呼声罢了。那时有片山潜、安部矶雄等人在大阪刊行《劳动世界》杂志,是为运动的第一声。

到了明治三十七年(1904),幸德秋水、堺利彦(枯川)、石川三四郎等发刊《平民新闻》(周刊),他们的主张已具有明确的形态。当时如德富芦花的《黑潮》,木下尚江的《良人的自白》《火的柱》《灵乎肉乎》等作,即是表现无产者的要求的作品。

在日俄战争终了,即明治四十一年(1908)时,《平民新闻》改为日刊,发行第二次,在文艺方面尽力者,有白柳秀湖。白柳作长篇小说《黄昏》,并未受他人的注目,但在青年读书界所发生的影响,颇为不小。后来因为幸德秋水事件(即所谓大逆事件)发生,无产阶级文学运动便尔中止。

到了大正三年(1914),世界大战爆发,促进日本产业界的发达。大正六年(1917)以降,日本国内兴盛,资本主义完全成熟,无产者的运动便从此渐进。先是在政治方面,有吉野作造、大山郁夫等人高倡民主政治,便影响到文艺;加藤一夫、小川未明、秋田雨雀、有岛武郎均高倡民众艺术。在思想方面,因为受了俄国革命的刺激,从前屏息着的社会主义思想便因而苏生,如河上肇、福田德三、长谷川如是闲、栉田民藏、森户辰男、堺利彦、小泉信三、山川均、高岛素之等人,他们的传播的功绩甚为伟大。时代思潮既然激变,在文学方面也随着起了变化。

大正十一年(1922),平林初之辅氏在《解放》杂志上,有岛武郎在《读卖新闻》上,开始用"普罗列塔利亚"文学与"第四阶级文学"的名词,这恐为应用此名词的最早的人。平林氏论"普罗列塔利亚"文学,有言曰:"普罗列塔利亚的文学运动,应该实行与向来的文学运动不同的一种任务,须把'普罗列塔利亚'的解放、阶级的绝灭等标语,遍染在旗帜之上。劳动阶级对于资本家的经济争斗是与'普罗列塔利亚'各政党并行的文化斗争的一部,须把这个阶级战线,放在眼睛里。只有明确地懂得在这战线的任务的文学运动,才是真正的'普罗列塔利亚'文学运动。单是反抗的、破坏的、斗争的,还不能够说是'普罗列塔利亚'文学运动。达到了和'普罗列塔利亚'解放运动的一般战线在同一水准时、能够互相联系时,才可以说是'普罗列塔利亚'文学运动,即'普罗列塔利亚'文学的任务就是有效的阶级战线的分担,是对于'普罗列塔利亚'解放的贡献。"

评论界里除了平林氏以外,尚有新居格、青野季吉诸人。作家则有小川未明、秋田雨雀、藤森成吉、宫岛资夫、前田河广一郎、中西伊之助、尾崎士郎等人。

藤森成吉在学生时作有《波》(后改题为《青年时的烦恼》),为世所重。后作《新的土地》《在研究室》《烦恼》等,在文坛上占了确实的地步。他的作品里有磅礴的人道主义色彩，富于诗趣，有贯穿一切去把捉人生真义的炽烈的欲求。自加入社会主义同盟后，便从事实际社会运动。在大正十三年，自己变更姓名，加入劳动界，体验劳动生活。近来又作剧，有民众剧《磔茂左卫门》、《牺牲》(写有岛武郎)等作。

宫岛资夫为富于劳动体验的作家，为社会运动家的先觉。《坑夫》是他的出世作。后作《金钱》，写银行界巨头安田善次郎的被刺。

前田河广一郎流浪美洲多年，体验劳动生活也很久，所作多写他的经验。《三等船客》《大暴风时代》是他的代表作品。

中西伊之助所作小说多取材于朝鲜，对于"普罗列塔利亚"文学也有相当的贡献。

最近的"普罗列塔利亚"文学运动，可借《文艺战线》与《战旗》两种杂志作观测的标准。《文艺战线》一系有前田河广一郎、叶山嘉树、平林太依子、里村欣三、里岛传治诸人。《战旗》一系有藤森成吉、片冈铁兵、藏原惟人、村山知义、林房雄、中野重治等人。这两系的背后的政治的立足点略有不同，前者可称"体验派"，后者可称"头脑派"。此外，尚有以江口涣为中心的《尖锐》杂志一系与村松正俊为中心的《第一战线》。无政府主义的文艺杂志《矛盾》(以宫岛资夫为中心)、《黑旗前进》(以荻原茶太郎、麻生久等人为中心)等系，也正在活跃。

九

结论 近两年来，日本民众对于文艺读物的要求日趋热烈，出版界也聚精会神地刊行纯文艺书物，对于作家的报酬也极丰厚。那些既成的作家都喜欢在通俗杂志(如 King 等),或妇女杂志(如《妇人俱乐部》等)上发表长篇连载小说。此时新进作家也产生了不少,如片冈铁兵、金子洋文、十一谷义三郎、今东光、横光利一诸人,是其代表。大众文艺在近年来也极流行,作家之著名者,有白京乔二、大佛次郎、三上于菟吉诸人。他们取材于旧日的"实录物",使它另具新生命,为社会各阶级所爱读。在翻译界方面,有坪内逍遥译的《莎士比亚全集》的完成,坪内博士今年(1928)适为七十岁,日本国内人士为纪念他对于演剧的功劳,特在早稻田大学内建造一座演剧博物院,纪念坪内氏的殊勋。

十

以上所述,为日本近二十年来文学的轮廓,还有许多重要的作家因时间上的关系不能论列,这是作者引以为憾的。还有昭和时代以后的详细的记载,只有留待后日了。

本文所据的资料,有下列各种。尤以加藤氏一作,取材独多,特此声明。
加藤武雄《明治大正文学的轮廓》(《新潮》社)
木村毅《大正时代文坛概观》(《读卖新闻》)
德田秋声《昭和劈头的文艺》(《读卖新闻》)
新居格《报告文坛现状书》(《文章俱乐部》十月号)

原载《小说月报》,1929 年 7 月 10 日第 20 卷第 7 号。署名:谢六逸

日本文坛又弱两个

初夏的日本文坛忽然鸣了两次的丧钟，自然主义文学的重镇田山花袋氏于5月13日因喉头癌不治，诗人生田春月于同月19日蹈海自杀了。

花袋氏今年正是六十岁（他与德田秋声同年，明治四年生），他生平并没有进过什么大家，独学力行，在四十年前（约明治二十三四年时），便能从法文诵读左拉、都德的作品。他与国木田独步、岛崎藤村、德田秋声在明治时代的末期，同是鼓吹自然主义文学最力的。他在议论与创作方面都鼓吹自然主义，以左拉、莫泊三的自然主义为法，明治四十年（1907年）发表《棉被》（原名《蒲团》，我国已有译本），大胆地描写爱欲，震惊当世。后又作三部曲《生》《妻》《缘》，描写作者半生的经过。他主张平面描写，即纯粹客观的描写，如《重右卫门的最后》《一兵卒的死》《乡村教师》等作，都应用这种手法写成。晚年有《恋的殿堂》《百夜》《残雪》等作公世。

现代日本的文坛对于这位老大作家的死，并未感到激烈的震动。

因为在日本文坛的同人为他举行五十岁诞辰庆祝会（与德田秋声二人同时举行的），以后的十年间，他虽发表过前举的两三种长篇小说，虽也惹起一部分人的注意，但在一般则未成为问题，他已经是"时代的"人了。目前的日本文坛只有两派支配着，一派是普罗列塔利亚的诸作家，一派就是新兴艺术派，对于自然主义的鼻祖田山花袋氏，不免冷淡遗忘了。

但是花袋氏的影响是很大的，日本自然主义文学的发展与完成，可以说是由花袋氏努力而致的。花袋氏故后，岛崎藤村、中村星湖、水守龟之助、加藤武雄、近松秋江、德田秋声等十余人发起"花袋会"，以纪念这位伟大的功臣，并有刊行"田山花袋全集"的计划。

诗人生田春月氏于5月19日从大阪乘船赴别府，在濑户内海投身自杀。自杀的原因好像很复杂，是恋爱问题与神经衰弱的结果。自杀的那一天，曾有遗书给他的妻子生田花世（是一位女流歌人），信里说："终于写这信的时候来了。这次乘这机会将前年起就考虑着的结局给完结了。这信寄到的时候，我已经不在世上吧。我觉得卸了积年的重荷。自然是应该活着，把家事弄好的，但是这种力量已经没有了，请原谅！时代改变了，现在就'拉倒'还算是贤明的。这种的'碰壁'，是用'人间学'也不能够打开的。多延长一天，这只一天的败北就很大。"又在写给好友加藤武雄的信里说："我开始文学生活时，就铸成两个大错，现在还不能免除诅咒。这三四年来，好像为挽回的原故，我生存着，但是我终于没有力量。因为自己的错误受了伤，已经没有订正那错误的力量了。因为各种的关系，长久间，一天一天拖延到现在，这一次恰好有了好机会，所以到这里来。如今已顾不到什么体面，像我这种人只有死才是幸福。别人一定以为我是不中用的、自私自利的，但这是'运命'的性格之必然的结果，无可如何。"还有他最后寄给花世夫人的信里说："今天田中幸太郎君（生田氏的好友——加注）到宿舍来访，六时同赴今桥（地名，在大孤——加注）的鹤家（饭店名——加注）吃晚饭，座上谈起佐分利公使（前使华公使——加注）的自杀，听到那隐秘的原因时，不得不首肯。我不是像写在诗里的因为女性关系而死的，这不过是附带的原因。不过是为要完毕文学者的最后而死的，真的，如果再活下去，将死在怎样的耻辱里是难料的。本来我不是'男性'似的男子，所以这是'似我'的最后，是'我的'的完成。一想到我的生涯渐渐走到这地步，便感到奇异的、明朗的寂寞。"据田中幸太郎君说，他自杀前曾向两个女性告别。他离开家庭是5月14日，是夜宿于三重县菰野温泉，有一女子同伴。15日下山赴名古屋，又至京都。17日到大阪，19日从大阪筑港乘堇丸（船名）赴别府的途中就自杀了。

在他诗里写着两个女性，一个是"菰山女"，一个是"甲山女"，到大阪就是为要访甲山女。他死后过了二十天，即6月7日那天，有一艘赴朝鲜的船名叫第三初春丸的，在小豆岛、大角岬东北约十四海里的海面，发现了漂流的死体，这便是生田氏的遗骸了。

生田氏是一个抒情诗人，被称为日本的海涅（Heine），死年三十九岁。自幼贫困，耐苦自修，精通德文，自杀前还为新潮社的《第二世界文学全集》翻译苏德曼的《猫桥》与《静寂的磨坊》，是八百张稿纸的苦心的翻译。此外曾译海涅、歌德的诗,出有此二人的译诗集。他的初期的著名诗集是《感伤的春》与《灵魂的秋》。此外有《安慰的国》《抒情小曲集》等作。氏除作诗歌外,也执笔作小说,有长篇小说《相依的魂》三卷行世。氏又长于小品文,有随笔集《影梦》《孤独的旅》《真实地生存的烦恼》等集,都是珠玉般的文字。又有《山家文学论集》与《诗魂礼赞》等评论集。自杀前有长诗一首,题为《愚蠢的白鸟》,发表于《文学时代》(新潮社出版)前七号。这一期的《文学时代辑》有中村武罗夫、佐藤春夫、奥荣一、大岛庸夫、加藤武雄、佐藤信重诸氏的追悼录。中村武罗夫氏论氏的为人说:"在某种意味上,春月君是虚无的,又有像自我主义者(Egoist)的地方。或说他是一个极端的自我主义者,也许更为确切。但在别一方面,则他是极殉情的、富于感激性的人。我和他的交游是因为他的感激性开始的。又他和花世夫人的结婚,也是因为他的感激性然后成功的。"又加藤武雄在《生田春月君》一文里说:"在明治三十九年(或四十年吧)时的《文章世界》杂志的投稿栏,得见署名为生田喜与比良写朝鲜生活断片的短文章。文中的结语是——'这里一切都是冷酷的,一切都是真实的。'生田君的生涯是生存于冷酷的真实里的。他的世界是冷酷的世界,是真实的世界。他是梦想家,然而他不能够完毕他的梦境。他的浪漫主义不能够欺瞒他的冷酷的观照。冷而真实的世界是第一义的世界,是完全不受世俗的妥协的世界,是专心地镂刻生命的世界。许多人都是在第二义以下生存着,在日常生活的琐屑兴味或琐屑兴味的连续着生存着。生田君轻蔑这样的生活,所以关在书斋里涉猎万卷的书,以探求真实。"这些话不仅是评论生田氏的为人,也可以略窥他的诗歌的特质了。

原载《小说月报》,1930年第21卷第7—12号。署名:宏徒

国外文坛消息：苏俄刊行日本古典文学集

苏俄国立出版所刊行的"世界文学宝典全集"，最近加入了日本的古典文学。该项书目由日本文学研究的权威康纳特博士主持。已经选定的书，有下列各种：《古事记》、《源氏物语》、《紫式部日记》、《泉式部日记》、《更科日记》、《取换物语》、《堤中纳言物语》、《平家物语》、《义经记》、西鹤《好色一代男》、《好色五人男》、《雨月物语》、《膝栗毛》、《大冈政谈》、《诗歌集》（选译自《万叶集》至德川时代的代表作及长短、短歌、今样、连歌、俳句、狂歌、川柳等诗歌）、《戏曲集》（从谣曲、狂言、净琉璃、脚本中选译代表作品）。全书由康纳特博士监修，约有十六七册。康纳特博士自己担任《源氏物语》的翻译，勒夫斯基译《古事记》与井原西鹤的作品，弗耶利德曼女史译《大冈政谈》，柯尔巴克琪夫人译紫式部、泉式部、更科三种日记。康纳特博士在苏俄以日本研究的权威著名；勒夫斯基在日本关西方面执教鞭十余年，夫人亦为日本人。勒氏以善长日本语言见称。弗耶利德曼女史是康纳特博士的夫人，为现代日本文学的研究者，移译日本作品甚多。柯尔巴克琪夫人研究日本平安朝的"日记文学"多年。以上诸人都是苏俄的"日本通"。除诸人外，尚有研究《古今集》（诗集）有名的古尔斯基娜女士、克莱兹耶耳女士、玛尔柯娃女士等新进人物。关于全集的移译，康纳特博士曾说："我们多年的宿望现在达到了，这样综合地来介绍日本古典文学，在他国尚未有过。在我们这些日本研究者，是极可喜的。我自信已把日本古典文学的各时代表作品都收集在内了。这次的工作不单是介绍日本文学，对于日俄两国文化的联络，进而至于两国的亲善也有莫大的义务。我们的责任是很重大的，担任翻译的人，对于一字一句，都不欲苟且。"当《在文学的哨岗》的文学理论正蓬蓬勃勃的时期，却也不忘记他国古典（尤其是日本）文学的整批的翻译，足见苏俄人士目前的整暇了。

原载《小说月报》，1931年第22卷第7号。署名：谢宏徒

社会改造运动与文艺

一

当着这社会改造声浪高呼的时候,我们应该看看文学艺术与社会改造有怎样的关系,并且占什么位置。直言之,就是现在的社会改造运动与现在及未来的文艺,有如何的关系。这篇文章的主旨,就在这点。

在没有考察现代社会改造运动与现在、未来的文艺的关系之前,先要看文艺和社会的关系是怎样,就是文艺和社会怎样地接触,已过的许多社会改造运动,同那个时代的文艺有没有交涉。我们应该依着这个顺序去研究一下。

对于这个问题,可以由心理学的、美学的、文明史的种种方面去考究。心理学和美学的方面,暂为搁置。先由文明史的方面看,我们可以说文学艺术自发生的状态以来,实有益于人间的社会改造运动。试一翻玛肯其教授(他是由文明史去研究文学进化的径路的)、希伦教授（希氏于艺术之发生学的研究,别创一新纪元）、贵约（社会学的美学之开拓者）诸人的学说,便可证明。

希伦氏研究社会最初之形式、原始民族之生活与艺术的关系。在原始民族之中,怎样发起艺术？相互之间,有怎样的效果？希氏论到这点,由两方面去说：第一是原始民族各人业务之刺激和整理,第二是各个人业务的相互作用。意思就是说艺术是因为原始民族之间的生活的刺激、整理及协力的必要而生的。并且要充足这些必要,于是艺术就与原始人的生活改造有了交涉。这种观察,实为考究艺术与生活改造及社会改造的关系的出发点。社会最初的原始状态的时候,艺术对于生活的意义已经如此,何况由原始时代,渐渐地进步到现在,社会的组织更加复杂。文艺和社会改造的关系,焉能不更加密接呢？玛肯其教授说社会进化定要经过四阶级:就是原始时代、未开化时代、专制主义时代、德莫克拉西时代。所以文艺的进化,也随着这个阶级,由原始时代到未开化时代、未开化时代到专制主义时代、专制主义到德莫克拉西时代。进化越复杂,应那个时代的文艺的进化,也跟着复杂。到了近代,社会的生活复杂、社会生活的改造复杂,所以文艺也和他们生了密切的关系。贵约说："文艺常为新社会的创造者、旧社会的改造者。"这话实在不错的。

二

往古姑不论列,仅就玛肯其教授所说的第四阶级——德莫克拉西时代应有的社会和文艺的关系观察。由文明史的方面看去,近代的德莫拉克西,实在由 15 世纪起于意大利的文艺复兴中产生出来的。据文明史家之言,文艺复兴期是世界的发现和人间的发现所赢得的时代。维尔得彼得说:"文艺复兴运动,是人生思自由的,适当的方法的愿望表现出来的,使经验过这种愿望的人,采取智的及想像的种种手段。"因为人生思自由的、适当的方法,于是不能不依一种比较智识的、比较想像的手段。由于这种比较智的、比较想像的手段,考察人生的结果,所以那个时代,是世界的发现和人间的发现所赢得的。因为世界的发现,就是智识的解放;人间的发现,就是感情的解放。解放了的智识,更诱起实在主义——经验本位科学——的勃兴;解放了的感情,更促进民众意识的勃起,这是当然的。照这样看起来,文艺复兴期,不啻是包藏近代生活的希望和憧憬的一个大贮水槽。然则这个时代的文艺,与这个时代的社会生活,有怎样的关系?有怎样的职务呢?

解答这个问题,很是容易。试一看波特色、米克南迪、普冷其等的艺术,即可作答,就中如普冷其的艺术和他的生涯,更可作有力的答辩。因为他们这些文艺复兴期的艺术家,在那个时代即首先为解放运动——智识的解放、感情的解放——之先驱更进为计画者更进为实施者,换言之,他们的艺术和意识就是其时社会改造运动的机缘、暗示,进而为改造之"力"。由文化史的方面看去,他们的艺术,全是社会的意义呵!

以上是说文艺复兴期与那个时代的艺术家的作品的关系,不过为社会改造运动与文艺关系说明的一例罢了。无论什么时代,大都相同。所以贵约氏说:"文艺是旧社会的改革者,同时又是新社会的创造者。"

改造运动由时代去下观察,我们可以见某个时代改造的要求很强,某个时代很弱,或竟没有这种要求。文化的历史,有一个 ism(主义)贯于其中。改造要求强烈的时候,文化的 ism 也达到高潮的地步。反之,改造要求缺乏,那么文化的 ism 也就停滞。文化的 ism 停滞的时候,就是 Decadence(译曰"颓废")时代。这个时代的文艺,当然没有改造的意识。对于时代,没有什么不满足;没有不满足,所以没有批评。没有使个体的生活良好的改造意识,便没有使社会良好改造意识。一切不过因袭的,承着过去的。像这类的时代,我们在过去的文明史中发现不少。所以代表那个时代的文艺,是颓废的、技巧的、娱乐的。但是不能够长此下去,必定有感觉不足的那一日;他们的意识,也会醒转过来。于是社会改造的要求,便强烈了。由停滞的、颓废的文明,渐渐到有改造的要求。诱致这一代民众的,就是先醒过来的少数先觉者——少数文艺家的力量。他们的思想和艺术的力量,是平常人的眼睛瞧不见的呵!

若果在文艺复兴期以后,去找为社会改造机缘的、潜伏动机的、动力的文艺家,当首推挪威的易卜生和法兰西的卢骚。这两人虽然生在异代,但是他们的艺术给当时的社会以绝大的影响则一。卢氏的自由主义,诱致当时的人生观上的浪漫思潮;他的思想,则为法兰西革命的导火线,更是显而易见的。到易卜生的时代,较卢骚时更加复杂,且系最近的事实;将来影响之大,当不让卢氏。最近的一切解放运动，可以说是易卜生艺术之力。他对于当时的颓废文明的中心要素——宿命观的虚无思想，则高呼人生肯定之思想于新旧思想的争斗则高倡新声于阶级思想的争斗，则骂倒阶级的固定的束缚；力说个性解放，或调和希腊主义与希伯来主义，到灵肉一致之境地；希望第三国（Third Kingdom）的境地。他对于19世纪末的社会的要求，恰如卢骚对于18世纪末19世纪初的社会之要求一样。卢骚、易卜生等的主张和要求，就是当时图谋新时代的健将，建设新社会的动力。

三

以上是略述社会改造运动和文艺的关系，看看文艺对于社会改造运动，尽如何的力量，已可见二者之间，有密接不离的关系。其次，应当注目的，便是现代的社会改造运动和现在、未来的文艺，有怎样的关系。在考究此题之先，必须察看近代社会改造运动的根本问题是如何。

现代不用说是改造的时代。比较过去时代的改造要求更是强烈并且各方面多比过去时代复杂得多，因之改造运动，自然加多。虽然改造的归趋各异，但于改造的诸要求的根柢，却可以寻出理路来。而这种要求的根柢，也见得未必同轨；但是一般民众的生活，是要求更丰富、更幸福的，则不容疑议。

这种要求，是最切要的——根本的要求。然则要如何设法，一般民众的生活才能比较丰富、比较幸福呢？这个问题，有许多真挚的思想家和文艺家，都尽其最善之力。究竟能有几多的解决？对于此点，不能不推维廉莫理斯、罗素、卡彭特等主倡的"生活的艺术化",应该和他们同情。

罗素已是蜚声各地,不用著者再介绍了。他拿所有冲动和创造冲动对比,只要所有冲动灭绝,那么创造冲动便会增进,人生因之得幸福,而灭绝所有冲动以增进创造冲动,就是一切改造运动的中心。此为罗氏之说。莫氏卡氏等所主张的"生活的艺术化",也是改造根柢的因缘。因为一般民众的生活,就是"劳动"二字的别称,现在民众勃兴的时期,"生活的艺术化",直言之,就是"劳动的艺术化"。但是"生活的艺术化"和"劳动的艺术化"究竟是什么?总不外如文字所表示的意思,就以生活化为艺术的;进一步说,用生活当作一种艺术。但是要怎样才能使生活成艺术的,以生活为艺术?一言以蔽之,就是以生活或劳动为一种快乐的事。"劳动的艺术化",换句话来说就是"劳动的快乐化"。更进一步,要怎么我们的生活及艺术才能够快乐呢?思索之下,就和罗素所说的创造冲动的解放相逢。

我们今日事实上不能成生活与劳动的快乐化,或在不得的状态,不用说是受资本主义的恶影响、营利主义的恶影响。要生活与劳动到"快乐化",不可不脱出这种恶影响。资本与劳动间的一切问题,若果漠视劳动的快乐化,便不可得正当地解决。卡彭特氏说"劳动的快乐化与创造冲动的关系"曰:

> 劳动由于性质而为自由创造的时候,便有一种快乐。无论人或是动物,都与植物一般,保其自然发达的法则。自

己之所表现,实是欣欣可喜。某树应结橘实,某树应开蔷薇之花,只要是健全的树木,都能自保其职务,欣然有得。但是仅在创造的时候是这样,从其本性以开花结实。若果要蔷薇结橘实,那实在是"妄诞不经"。这种"妄诞不经",现在的劳动、现在的生活,哪样没有受着?

卡氏之说,就是要从创造的冲动以生活,即个人由其本性自由从创造性以生活,然后可得快乐,能获喜悦。又谓从创造的冲动作的,才是真正的艺术家。凡是劳动,也同是一种的艺术。他又说:

艺术家由广义说同树木动物一样,是由创造的冲动,自然的、健全的而动作。能这样的艺术家,才真有幸福。艺术家之名,不是仅仅画家、文学家、音乐家。照这样限制便不对。因为艺术中最大的东西,就是"生活"的艺术。譬如洗濯业的女子,她对于她自己所作的工作,觉得很有兴趣,于是她尽力完成其事。这个女子于她的工事,便是一个"有作为的艺术家";较之那些因为要拿出品到展览会才画一张画的艺术家更算是"有作为的艺术家"。

卡氏更极力地说:"凡是人不可不为一种艺术家。他所作的事便是自己的表现。因为要觉得自己解放,于是对于所事便不能不求快乐,世上才充满喜悦。"此外,莫理斯、罗素的意见,全和卡氏相侔,都论及"生活的艺术化"和"劳动的快乐化"的真意。

四

生活的艺术化与劳动的快乐化,是现在社会改造运动的基调;要使个个都能体会得生命的艺术,是目下紧要的事。由于这点,现在及未来的文艺之社会的使命,能否自明?对于这个问题,发表最彻底的、最妥当的意见的,有罗曼罗兰。罗氏的有名的民众剧场的主张,不外是实现现在社会改造运动的基调——生命的艺术化、劳动的快乐化。现在及未来的文艺,应该怎样才能实现这种基调呢?罗氏主张不外如此:罗氏力说因为民众的"更新",就是艺术的中心目的。"更新"的意思,就是把"力""慰藉""清新感情"送给每日所营的劳动,使这种劳动生活,永久不疲;使民众的劳动生活,时时充满着活泼生命的喜悦。罗氏曾经在他的民众剧场上演的剧曲上说:

> 民众,必要的东西是什么?——是需要能唤起伟大目的、强固意志、对于生活的见解丰富、纯化或深化人人情绪的剧曲的艺术。……在民众剧场,务必贡献一种使民众达最高目的之伟大精神,活泼的、不可抗的证例,有献身的精神,有不挠不屈之意志力的剧曲。又无论是酝酿于个人、团体、社会中的一切可卑的、丑陋的、不足取的、矛盾世风的,都应该供献到有喜剧之力的戏曲上去。

由罗氏此说，有特色的戏曲，必能使民众的生活得"力"和"慰藉"而使日常生活，成一个快乐的。要使他们的生活得表现"生命之艺术"。像这种艺术，就是使人生伟大、强固，比较有道德的、最美的艺术。与时更新，是使民众不断地取携，构成价值的艺术。罗兰对于戏曲及剧场艺术的见解，多是这样主张。本斯理以推，其他的一切艺术，也莫不是这样。

罗氏所谓"民众"，是指一切有生活与劳动体验的，以及流离的贵族及富者阶级。不过所谓第四阶级——德莫克拉西时代——要以劳动阶级为中心。借罗氏之言来说明现在未来文艺的使命及职能，很是切适。因为北欧女流思想家爱伦凯（Ellen Key）说过："人类全体直接的将来的问题，全在第四阶级人的手中。"

因为论到生活的艺术化和劳动的快乐化，所以提及生活与劳动的主体第四阶级——劳动阶级。因此于未来的文艺——从文艺的中心思潮及中心形式之上去看——和民众艺术是怎样，我们可以推测了。这篇不过是说社会改造运动与文艺关系的一个概念。详细之说，还要俟诸异日。

原载《东方杂志》，1920年第17卷第8号。署名：谢六逸

新年的梦想
（二则）

未来的中国，应该像现在我的一个友人的家庭，他们没有阶级，不分彼此，互不"揩油"；有人欺负他们之中的一个，就得和别人拼命，至于互相亲爱，还是小事。

从做工的地方出来，坐在一个美丽的公园里，看看别人写的随笔，英文的如 Gissing 的；日文的如薄田泣堇的、荻原井泉水的；中文的如周作人的，而不至于被人骂为不革命。

原载《东方杂志》，1933 年第 30 卷第 1 号。署名：谢六逸

在夹板中的随笔

战时的街沿

我站立在冷冰冰的十字街头,耳里听着轰轰的炮声,眼睛看着遥远的一带疏林,它的枯细的枝梢,像人体的神经似的网着铅色的天空。我的心里在懊悔,逃难时没有带出我的小女儿的一箱玩具,如今寄居在狭隘的友人的楼上,真无法安慰她那小小的寂寞呢。

友人中也有智慧超群的,他们不用龟卜,在一两月之前,早已安居在铁丝网守护的圈儿里面。白昼走出圈外去反帝抗日,夜里回到圈里和家人团聚,既能努力于国事,又能不因公害私,面面周到,真好幸福呵!有的友人也和我一样,小资产阶级的习性太重了,从来没有起过将家小安顿在铁丝网的圈儿以内的念头,可以说是不谙反帝抗日的秘诀。那几天虽然也有一点顾虑,但友人中也不乏国际政治专家,他们都很乐观,即令"天有不测风雨",然而日本人是不会在上海一隅有什么动作的。我的仅有的顾虑也就随着他们的乐观而消失了。

在一·二八以后的第三天,不期而遇地在一家小书店的楼上集合了。伯霓君、西夏君看见我时都很亲热。我们见面时彼此交换地询问:"你带出来的东西呢?""就是这一点点。"一对老鸡的背后跟着一群啾啾的小鸡雏,被顽童持着棍赶得东逃西窜。我们的几个朋友可以说都体验了老鸡的酸辛了。

拿郢生君住在某叛徒的汽车间里来作例,则我的全部家族挤在一间楼上,倒应该是优游闲适了。像那几天的生活,我以为是很理想的。什么东西都没有了,连一本破书也没有,我愿意它被炮火毁得一干二净,从此可以天南地北地浮浪一下,使自己尝尝人生的异味,岂不有趣。那时真是有闲得可以,日里除了接连地看翻几种战报之外,就想溜出屋外看飞机在有十字架的屋顶上面飞翔。这就是我竭立在冷冰冰的十字街头的原由了。

从这个十字街头踱到另外的一个十字街头依然是冷冰冰的,只有矗立在路旁的梧桐树的巨干倒彷佛有些暖意。缓缓地散步吧,会遇着失踪的友人和学生也未可知。这条马路上都是朱楼大厦,洋气十足,善于领略所谓"异国情调"的朋友也许每天到这里来走上几走吧,可惜我没有遇见。又走过一个十字路了,街沿上有五六个人围在那里,像在看什么珍奇事物似的,我也就踱了过去。一个约莫六七岁的孩子已经僵硬在他母亲的怀里,手足都伸直了。妇人的年纪约莫是三十多岁,正在"儿呵,儿呵"地叫,啼声混在凄厉的北风里,令我想到自己正踱进了地狱。听她的哭诉,知道她的男人是个印刷工人,从战地逃出来时饮了无情的流弹。这时儿子正在害病,几日来辗转泥途的结果,她只能强留她孩子的躯壳。她抱着那躯壳,坐在街沿上,已经过了一天一夜了。她舍不得把他葬埋,为的是孩子的面庞是唯一的像她男人的原故。

我站着只是看,同时也在想,想得很遥想,想起了古希伯莱的故事。

所罗门承继他父亲的王位,又娶了埃及王法老的女儿。他在大卫城里造完了自己的宫殿和耶和华的宫殿,又修好耶路撒冷的城墙。所罗门遵行他父亲的律例,只是在邱坛献祭烧香,供了上千的牺牲品。他的虔诚的结果就是在梦中蒙神赐他以智慧。

耶路撒冷有两个不幸的女人,她们的生活是卖淫。她们经过那些饥饿的野兽的蹂躏,身体萎缩到一层皮肤包裹了骨头。然而她们仍得生活下去,所以两人十分友善,夜里在街头踯躅,各自寻她们的主雇,白昼就躺在一间屋顶下的小屋里,两个人同居在一处。不料二人的腹里都怀了孕,却不知道父亲是什么样的人。一个生了孩子,一个心里好生羡慕。过了三天,她自己也得了一个孩子。二人为了自家身体里分出来的血肉,依然辛辛苦苦地生活下去。她们彼此扶持,交换地抚弄婴孩。

所罗门王回到耶路撒冷来了。他每天等候人民来请他排难解纷,他借此试验神所给他的智慧。有一天,那两个相亲相爱的妇人来到他的面前,一个先向他申诉:"贤明的王呵,我和这妇人同住一房,我生了一个男孩,过了三天,她也生了孩子。屋里除了我们二人之外,再没有别的人。夜间这妇人睡着的时候压死了她自己的孩子。

她半夜起来,乘我睡着,从我旁边把我的孩子抱去,放在她的怀里,将她的死孩子放在我怀里。天要亮的时候,我起来要喂孩子的奶,不料孩子死了。等到天已大亮,我仔细察看,这死孩子不是我生的。可是这妇人一味和我争吵,说活孩子是她的,死孩子是我的……"

这妇人没有说完,另一妇人抢着说道:"贤明的王呵!你切莫听她的胡言。活孩子确实是我的,死孩子真是她的,谁掉换来!"

所罗门王听了她们的争讼,微微沉吟一下,就吩咐左右拿一把刀来。刀拿来了,王说:"拿这刀把活孩子劈成两半,一半给那妇人,一半给这妇人……"

王的话还没有说完,只听见那先对王申诉的妇人哭着说道:"王呵!求你千万不要伤害这孩子,我情愿把孩子送给她。"

另一妇人道:"这孩子也不归我,也不归你,把他劈了,落得干净。"

所罗门王听说,就决然地对前面的妇人说:"孩子是你的,你是他的母亲。"

那妇人哭着把孩子抱走了。

所罗门王的智慧头一遭就用来裁判这桩"母性爱"的公案。

故事是想完了。无论古今中外,母性爱本无二样。坐在街沿上的妇人,她的能力无论怎样不能够战胜攫走她孩子的死神,只好留着孩子的死骸在她的怀里。围在她的身旁的过路人都各自表示了扶助这可怜的妇人的微意,我也同然。

大炮的声音仍是轰轰然的,我又踱到了一个十字街头,依然是冷冰冰的。

半夜的来客

有若无、实若虚的衣物用具,我早已希冀它毁灭了的。不料天不从人愿,还为我保留了几分之几。可以说自己的东西经别人仔细地拣选而又拣选以后,还得要自己去收拾那些别人所不中意的残余。"我军自动退却"以后,友人西夏君的物件都全部搬出来了。这事使我着急起来,现在纵然立在十字街头也没有多少飞机可看,不能不到附近的地方寻觅较大的屋子,以备将残余的用具搬来安置。后来屋子寻着了,并且还没法得着一张淞沪铁路以西的迁移证。

我的费居的前后全变做了瓦砾堆,一条胡同里只有三排房屋没有被火烧。我下车后走到大门外面,彷佛我和这屋子已经别离了十年。进了门只见地板上有大大小小的窟窿,靠外面的墙上有一个大洞。客室里面正像这四个字:"空空如也。"走上二楼也是一样,所不同者只是地板上有许多拉碎了的衣裳,还有若干本破书。我所悬挂的是三层楼的一间,那里是我藏书的所在。由二层到三层必须经过浴室外面,走过那里,有一股恶臭冲进我的鼻子。我走上三楼的书室,所有的书架都倾倒在地板上,垃圾、灰尘和大小书籍混合在一起,学校里的讲稿之类分散四处。目睹这种情状,说不心痛、不忿恨原是欺人的,虽然也可以说一句聊以自慰的话,"为国难而牺牲"呵。

我无意中看见一张稿纸上面写着什么文字,拾起一看,原来是敌军写家信时所起的草稿,文草是"候文体",纸上写了又涂,涂了又写。文句是"我军在杨林口,敢于敌前上陆,同伴射倒者三人","庙行一战,我军中三勇士,手持燃火炸弹",我不高兴看了。我正在纳闷的时候,忽然有沉重的脚步声走上楼梯来了。两个戴着铁盔的鸢色动物把枪刺朝着我走进屋里来了。

"今天天气好呵!"

这两个动物不提防在这里会听着一句东京土白,这才把枪刺收回去了。这回注意到地板上的书籍,问我讨了两本小说,拿着走了。

我的心里不停地诅咒。一会儿,搬家的小工走上楼来,脸上被什么骇得像白纸似的,颤抖地说,楼下浴室里有死尸呢。我自己活了三十多年,向来最怕的也就是这种东西,并且刚才走上楼来时,也曾闻着一股恶臭,但我非下去看过明白不可,如果确有其事,那就除了三楼的书籍而外,什么东西也不要移动了。走到浴室外面,浴室的门已被小工推开了小半,可以把头伸进去张望。室内的光线很微弱,水门汀地上看去盖着许多棉絮,棉絮上面又压着木板、桌椅、垃圾之类,房门不能够全部推开也是这个原故。这时恶臭更发散得厉害。唯一的打算就是去找那两个鸢色动物了。他们就住在东邻的一间屋里。我到那里,内中一个就絮絮叨叨地说,你的屋里被炮打中了一弹,死了我们的三个人,不过尸体已经取去了,不会再有什么东西吧。

"可是浴室里有恶臭呢。"我说。

"去看过再说。"

一个军曹领着两个鸢色动物走到我的楼上去了。我怕见了死尸夜里失眠,始终没有上去,只在楼下等候消息。

不一会,鸢色动物在楼上讲话了。

"有吗?"

"有,一个。"

"抛出来!还有吗?"

"还有一个……"

"还有没有?"

"再是一个,好,没有了。"

糟了,我想。这时有一个小工跑下楼来。我问他:

"死尸有没有?"

"有的,不过是死猫一头,死鸡两只。"

这可奇怪了,为什么要用棉絮压着呢。

把残余的用具、破书搬回来,庆就对我说:

"这F租界真太野了,住户付了巡捕捐,还有人来收什么地保费。我问了邻舍,他们都说这胡同里的人家每季要付一两块钱给他,以免有什么硬讨的乞丐、小偷来打扰。可是我没有付,他说四五点钟的时候再来。"

"他来时,我自去应付。"

到了庆说的时间,果然来了。是一位"不戒癖好"、喜欢自己麻醉的人物,手里还拿着一张红色的小名片和一口纸摺,上写着某户收、某户欠,像收房租似的。

"你干什么来的?"我问。

"收地保费!"

"要多少钱?"

"三只洋[钱]。"

"没有这么多,一只洋[钱]行不行?"

"不行,我们在社会上跑的人不说假话,这里每家人家都是三只洋[钱],不信可去问。"

"没有这么多,这里,拿去吧!"

悻悻然,只拉着一只"羊"走了。

夜里我睡在床上总不能入睡,想起敌人,想起昨天被汽车压死的小孩。没有什么好方法,来数一二三四吧。数到一百多了还是无效,只好闭着眼睛躺在床上。这时忽然听着縩縩的声音,我以为不过是老鼠,既而縩縩的声音更大了,张了眼睛一看,怎么的,月光会破木板而入,照在地板上。再一看,原来玻璃户外的两扇百叶门不知什么时候已经打开了。一个人影就立在玻璃门外面,两手放在门上的小窗上,一根长竹竿,从那里伸进来。再一注意竹竿的方面,呢呀呢呀,大事不好了,正指着挂在我床旁的壁上的一顶灰色旧帽。这顶帽子是我跑了好几家店铺选择得来,颇合于"尊头"之用的,怎样可以让别人白白地"获得"了呢?于是我这失眠的人忽然鼾声大作起来,咕……咕……咕,但身体却悄悄地离开了卧床。猛可地右手去托住那根竹竿,左手旋亮了电灯。这时玻璃门外的客人,被我看清楚了。他穿一身蓝布的短衫裤,头上盖着一块蓝布,大约怕被人家认清了脸貌。看去好像一位"弄盆·普洛列塔利亚特"(Lumpen Proletariat),不过曾否在工场里做过工,恕我来不及领教了。这个照面只打了三四秒钟,一转身就从两丈多高的洋台上跳下去了。接着就听见脚踵触地,跑出胡同的声音。看那身段的灵活和手法的熟练,可知原是久于此道的,想来不致于受什么损伤,当然我可以告无罪了。不过这天晚上不曾服几片安眠药,我是至今还以为很歉然的。

原载《东方杂志》,1933 年第 30 卷第 1 号。署名:谢六逸

教书与读书

这八九年来，我的生活就是所谓"教授"。如果存了"做一行厌一行"的心理，这种中国特有的大学教授的生活是颇难持续到如许长久的。除了假日以外，我每天总得经过江湾路和翔殷路一带。对于这一条平坦的大路，我可以算是一个"通"。我亲眼看见道旁的稻田里建起一座一座的洋楼。在田里吃草的小羊、穿红绿衣裤的乡间小孩、撷棉花的村妇，一天一天的，不知他们的去向。路旁的草依然由绿变黄，由黄变枯，再由枯草变成绿色。如是者八九年，我还是跑我的路。我不想改行做医生或者做律师，我有一股傻劲儿，就是想多看一点书。这点劲儿消散时，那就什么都完了。

原载《东方杂志》，1935年第32卷第1号。署名：谢六逸

人名索引

A. Mordell 256/阿尔伯特·莫德尔(Albert Mordell)

Arnold 10/阿诺德

Bartholomew Pratt 256/巴塞洛缪·普拉特

Bjornstjerne Bjornson 5;标尔生(B. M. Bjornson)53、124、139/比昂斯滕·比昂松

Burton 257/伯顿

Byclinsky 140/拜克林斯基

Chaucer 256/乔叟

Dostoevsky 6;杜斯退益夫斯基 284;陀思妥以夫斯基 150/陀思妥耶夫斯基

Edmond de Goncourt 234;伊尔孟(Elmond de Goncourt) 120/埃德蒙·德·龚古尔

Ellen Key 54;爱伦开(Ellen Key)44;爱伦凯(Ellen Key) 312/爱伦·凯

Engene Scrive 171/斯克里夫

Faguet 48/埃米尔·法盖

Fawcert 54/亨利·佛西脱(Henry Fawcert)

G. Brunet 257/布鲁内

Gautier 117/泰奥菲尔·戈蒂耶

Gissing 313/吉辛

Gogol 6;郭哥尔 147;郭果尔 94、97、149、150/果戈理

Goncharov 141;康伽洛夫 177;康家洛夫(Gontcharoff) 140/冈察洛夫

Gorky 6/高尔基

Gustave Flaubert 3;费劳贝 139;弗劳贝(G. Flaubert) 120、121、211、212;佛罗贝尔(Gustave Flaubert) 230、231、233、234、235、236/福楼拜

Hamilton 125/汉密尔顿(Hamilton Clayton Meeker)

Hauptmann 6/霍甫特曼

Heine 117;海勒 191;海涅(Heine) 299、300/海涅

Helinandus 255/埃林南杜斯

Hoccleve 256/霍克利夫

Hudson 125/哈德逊(Hudson. N. H.)

Hugo 117;嚣俄(V. Hugo) 6、135、222、224、229、230、243;许俄 183、185、188、211、223/雨果(Victor Hugo)

Ivan Turgenev 6;屠格涅甫(Ivan Sergeevich Turgenev) 146、147、148;杜瑾拿夫 140、141/屠格涅夫

J. A. Strindberg 53;史屈恩白 139/奥古斯特·斯特林堡(August Strindberg)

Jane Addams 54/简·亚当斯

Jules de Goncourt 234;姐而司(Jules de Goncourt) 120/茹尔·德·龚古尔

Karl Huysmans 133;休斯曼(Karl Huymans) 237、238、243、246/卡尔·于斯曼

King Oedipus 256/俄狄浦斯王

Leonid Andreyev 133/列昂尼德·安德列耶夫

Markovitch 141/马尔科维奇

Maximoff 141/马克西莫夫

Maykroff 140/梅克罗夫

Milton 49;米尔顿 64/弥尔顿

Moulton 256/莫尔顿(Richard Green Moulton)

Nekrasov 140/涅克拉索夫

Olive Schreiner 54/奥利弗·施莱娜

Ostrosky 141/奥斯特罗斯

P. Kropotkin 145;克鲁泡特金 154;克洛泡特金 145/彼得·克鲁泡特金(Pyotr Kropotkin)

Parnell 256/帕内尔

Pater 10/帕特

Paul Heroien 6

Paul R. outledge 6/保罗·劳特里奇

Petrus Berchorius 255/彼得·贝沙留斯

Roy Carr 100/罗伊·卡尔

Ruskin 2;纳司金(Ruskin) 61、66/拉斯金

Schiller 117、256;西喇(席勒)(Schillcr) 86、153、222;西勒 101;徐勒 63、66、191、222/席勒

Shevchenko 140/谢甫琴科

Skaabitchevsky 145

Tennyson 4/丁尼生

Theodosius 256/狄奥多西一世

Victorian Sardow 171/维多利亚·莎陀

Volerion 140

W. Pater 292;白忒(Walter Pater) 242/沃尔特·佩特(Walter Pater)

Watts Dunton 1/瓦特斯·旦顿

Welliam T. Cork 104/威廉·T·柯克

Yeats 6;夏芝(Yeats) 226/叶芝

阿部章藏 283

阿克西拿夫(Aksyonof) 11、12、13、14/阿克西诺夫

爱德肯特 214

爱伦·坡(Allen Poe) 259

爱马生 62;爱麦生 67/爱默生

爱弥儿·威尔哈仑(Emile Verhaeren) 247;威尔哈仑 223、225、226、227、229、248、249;爱米儿·浮海伦(Emile Verhaeren) 134;浮海仑 83/埃米勒·维尔哈伦

爱弥儿·左拉(Emile Zola) 232;左拉 47、133、140、168、206、212、230、232、233、234、235、236、237、238、240、241、242、243、247、249、297;佐拉(Zola) 118、119、121、123/爱弥尔·左拉

爱山 185;山路爱山 178/山路爱山

爱妥阿·洛德(Edourd Rod) 240、243

安部矶雄 293

安得列夫(L. Andreyev) 18、19;L. Andreyev 15/列昂尼德·安德烈耶夫(Leonid Andreyev)

安迪生(Joseph Addison) 54/约瑟夫·艾迪生

安田善次郎 295

安徒生 189

奥古斯特百倍尔 42/奥古斯特·倍倍尔

奥荣一 300

巴尔沙克（Balzac）118、121、212；巴尔札克（Honore de Balzac）223、230、232；巴尔扎克 261/巴尔扎克

巴哈 63/巴赫

巴纳衣夫 146

白京乔二 296；白井乔二 267、268/白井乔二

白兰德司（Brandes）42/布兰代斯

白柳秀湖 293

白鸟省吾 89、90、217

柏格森 100、215/亨利·柏格森

摆仑 139；拜伦 66/拜伦

阪本文泉 278

坂垣退助 171

半井挑水 194

保罗·鲍尔吉（Paul Bourget）237；鲍尔吉 240/保罗·布尔热

鲍特勒尔 87；波特来耳（C. P. Baudelaire）223、224、225、226、238；波特莱尔 292/波德莱尔

北村透谷 165、168、185、191

北田薄冰 194、204

北原白秋 169、209、213、217

本间久雄 291、292

波多野阿基子 215；波多野秋子 286/波多野秋子

波蒲 65；波浦 76/蒲柏

波特色 306

波亚洛夫斯基（Pomyalovsky）142/波缅洛夫斯基

伯尔尼俄斯 63/柏辽兹（Berlioz）

伯林（Baring）121/莫里斯·巴林

伯霓君 315

勃尼特尼甫（P. A. Pletniev）146

薄田泣堇 169、209、313

卜朗林 66、67/罗伯特·勃朗宁

卜里司女士 44

布兰兑斯 148、149/勃兰兑斯

仓田百三 287

藏原惟人 295

草村北星 194

查克莱 66/威廉·梅克比斯·萨克雷

柴霍夫 77、78、79、80、164；柴霍甫 289；乞呵夫 214/契诃夫

长谷川二叶亭 163、167、177、186

长谷川如是闲 294

长谷川天溪 210、212、213、291

长田干彦 216、282

长田秀雄 214、217

长兴善郎 215

长与善郎 285

成岛柳北 171

厨川白村 10、292

川岛忠之助 173

川上眉山 163、168、179、181、193、196

川上贞奴 214

春水 165、166、170、175

村山知义 295

村上浪六 183

村松正俊 295

达尔文 101、102、123、242

大岛庸夫 300

大佛次郎 268、296

大桥乙羽 179、181

大山郁夫 293

大杉荣 216

大町桂月 168、191、210

大隈重信 194

大西操山 168

大西祝 163、210

大野洒竹 210

大仲马 229、243;仲马(A. Dumas) 222、223/大仲马

旦尼夫司基(Danilevsky) 142/但尼里夫斯基

但丁(Dante) 128/但丁

岛村抱月 165、166、168、183、194、200、210、212、213、214、217、291

岛崎藤村 165、168、169、191、207、209、212、213、275、297、298

岛田清次郎 216

德富芦花 169、178、185、194、201、203、206、211、293

德富苏峰 178、184、191

德田秋声 169、194、213、290、296、297、298

德托利 101/德巴里，H. A.

德维尼 225；威奈（De Vigny）222/阿尔弗雷·德·维尼

登张竹风 210

邓尉 126

荻原茶太郎 295

荻原井泉水 169、313

迭更司 66/狄更斯

东海散士 172

东仪铁笛 214、217

都德（Alphonse Daudet）231、297/阿尔封斯·都德

渡边华山 172

多田不二 218

俄吉尔（Emile Augier）243/奥吉耶

俄司特洛斯基（Ostrosky）140/奥斯特洛夫斯基

俄希卜·许宾 188

二叶亭四迷 178

费禄特 139/费特

费希特 101/约翰·戈特利布·费希特

丰岛与志雄 287、289

佛朗士（Anatole France）224、237、238、242/阿纳托尔·法朗士

弗洛特（S. Freud）256/弗洛伊德

弗耶利德曼女史 302

浮勒（Verlaine）131/保罗·魏尔伦

浮勒仑 229

福地樱痴 169、208

福田德三 294

福田正夫 217、218

福田直彦 173

福泽谕吉 168、171

该撒 38/盖乌斯·尤利乌斯·恺撒

冈本绮堂 169

冈田岭云 194

冈田三郎 289、290

冈田虚心亭 181

纲岛梁川 163、168、210

高安月郊 208

高滨虚子 169、209、213、277、278、280

高仓辉 218

高村光太郎 209

高岛素之 294

高底埃（Gautier）222、223、230/高提耶

高山樗牛 163、166、168、176、185、196、197、201、202、210、291、292

高须梅溪 162、170、192、194、210、211

高野长英 172

哥德 82、83、222；歌德 80、101、102、103、172、191、300；贵推（Goethe）61、128/歌德

哥尔涅 168；哥纳耳（Corneille）221/高乃依

格尼哥罗维志（Grigorovitch）140/格利戈罗维奇

格司大堪（Gustave Kahn）135/古斯塔夫·卡恩

葛西善藏 218、289、290

宫岛新三郎 162

宫岛资夫 294、295

宫崎湖处子 178、185、190

宫崎三昧 183

龚古尔（Goncourt）232、240；龚古尔兄弟 234/埃德蒙·德·龚古尔和茹尔·德·龚古尔

古尔斯基娜女士 303

古屋芳雄 218

谷崎精二 218、289

谷崎润一郎 169、216、276、282、283、287

关直彦 173

广津和郎 218、289

广津柳浪 168、179、181、196、203、208、289

龟太郎 258

贵约 305、307/居友（Jean Marie Guyau）

郭国勋 156

国邦史郎 268/国枝史郎

国木田独步 163、169、178、186、188、194、207、212、213、264、275、297

果尔孟（Remy de Gourmont）134/雷·德·古尔蒙

哈勃特曼 212；哈卜特曼 10/盖哈特·霍普特曼

哈米儿登 123/哈米尔登（W. Hamilton）

寒川鼠骨 278

韩司卡伯爵夫人 261

和辻哲郎 287

河东碧梧桐 169；河井碧梧桐 209/河东碧梧桐

河上肇 294

河竹默阿弥 163、169、170

荷马（Homer）9

贺川丰彦 216、287

赫纳克 224/詹姆斯·赫纳克

黑格儿 151/黑格尔

黑岩泪香 183

亨利·姐姆司（H. James）236/亨利·詹姆斯

亨利·纽波尔特 74

横光利一 296

红芍园主人 173；森田思轩 178、185、188/森田思轩

后藤迪外 212

后藤宙外 169、194、199、203、206、210、276

户川残花 191

户川秋骨 190

户泽姑射 208

花世夫人 299、300；生田花世 298/生田花世

惠特曼（Walt Whitman）58、62、67、73、83、90、139、215、217/惠特曼

霍桑 139

基滋 66；济兹 222/济慈

吉井勇 209、214、216

吉可夫司基 187

吉田弦二郎 216、218、286

吉野作造 293

加能作次郎 216、289

加藤朝鸟 92

加藤武雄 291、296、298、300

加藤一夫 216、285、293

嘉莱儿 185/加富尔

假名垣鲁文 170、171

江见水荫 169、179、181、208

江口涣 216、295

江原小弥太 287

角田浩浩歌客 178

杰耳倍勒 173/凡尔纳

姐尼安·维姥（Julian Viaud）240；皮尔·洛蒂（Pierre Loti）240/皮埃尔·洛蒂

芥川龙之介 258、287

今东光 296

金子薰园 169、214

金子洋文 296

金子筑水 168、182、184、210

近松巢林子 163、165、166；近松门左卫门 185/近松门左卫门

近松西鹤 210

近滕经一 218

京传 164/山东京传

井上勤 172、173

井上巽轩 190、209

井原西鹤 163、302

景树 164、166/香川景树

镜花 178、195、283；泉镜花 169、193、194、196、200、206、276、283/泉镜花

久保田万太郎 218、283、290

久米正雄 92、216、287、288

菊池宽 217、259、287、288、291

菊池幽芳 201、204

菊子 240

卡本特 217/威廉·卡本特

卡莱尔(Thomas Carlyle) 66；卡莱尔 66/托马斯·卡莱尔

卡彭特 309/爱德华·卡彭特

康纳特博士 302、303

考贝(Francois Copée) 226、243/科佩

柯尔巴克琪夫人 302、303

可尔尼其 222/柯勒律治

克莱兹耶耳女士 303

克里曼索 35/乔治·克里孟梭

克洛普司妥克 168/克洛普斯托克

克纳司特 188/海因里希·冯·克莱斯特

孔巴司 31、32

拉·芳登(La Fontaine) 221/拉·封丹

拉玛丁(Lamartine) 222、225、226、227/拉马丁

拉姆勒耳·倍儿 222

拉希奴 168;拉辛(Racine) 221/让·拉辛

莱纳·伯盛(Rene Bazin) 241/勒内·巴赞

姥维尔 67/赫尔曼·梅尔维尔

勒尔瓦 87

勒非夺夫(Levitov) 143/莱维托夫

勒夫斯基 302

勒鲁(Pierre Lerous) 140/皮埃尔·勒鲁

勒星 168/戈特霍尔德·埃夫莱姆·莱辛

雷茂德(Jules Lemaitre) 237、242/儒勒·勒梅特尔

李司特 63/李斯特

里村欣三 295

里岛传治 295

里见弴 216、285

理查鲁滨孙(Richard Robinson) 256

良宽 292

列耳(Leconte de Lisle) 226/勒孔特·德·利尔

林房雄 295

林肯 139

林那(Ernest Renan) 241、242/勒南

铃木三重吉 218、276、278、279、280

菱川师宣 163

柳川春叶 194

泷口时赖 185

卢本兹 159/彼得·保罗·鲁本斯

卢骚(J. J. Rousseau) 44、118、139、172、222、241、284、307、308/卢梭(Jean Jacques Rousseau)

路易十六(Louis XVI) 139

路易十四(Louis XIV) 35、168

吕朋 91、92/古斯塔夫·勒庞

罗丹 284/奥古斯特·罗丹

罗曼·罗兰(R. Rolland) 241、284、311;罗兰 312/罗曼·罗兰(Romain Rolland)

罗司丹(E. Rostand) 243/罗斯丹(Edmond Rostand)

罗素 309、310

洛保特彭斯 65/罗伯特·彭斯

洛敦巴哈(George Rodenbach) 248;乔治·罗登巴(Georges Rodenbach) 134/乔治·罗登巴赫

落合直文 169、190、191、209

麻生久 295

马场孤蝶 191

马拉麦(Mallarmé) 133、135;马拉梅(Mallarmé) 223、229;玛拉尔麦 87、

229、292/马拉美

马琴 164、166、170、175/曲亭马琴

玛尔柯娃女士 303

玛可瓦却克（Markovotchok，原名 Marie Markovitck）141/麦可威契夫人

玛肯其 304、305

玛利勒特 74/马里内蒂

玛塞尔·勃莱薄尔（Marcel Proust）240/马塞尔·普鲁斯特

玛休氏（Brander Matthews）115/布伦达尔·马修斯

麦特林（M. Maeterlinck）133；梅德林（Maurice Maeterlinck）244、245、246、247、248、249；梅特林 243/莫里斯·梅特林克（Maurice Maeterlinck）

曼特斯（Mendes）226/卡蒂勒·孟戴斯

毛里斯·巴勒（Maurice Bares）241/莫里斯·巴雷斯

梅川忠兵卫 164

孟特格（E. Montégue）241、242/埃米尔·蒙泰居

弥次郎兵卫 171

弥尔（J. S. Mill）45/约翰·穆勒（John Stuart Mill）

弥勒 J. F. Millet 64/让·弗朗索瓦·米勒（Jean Francois Millet）

米耳波 244/奥克塔夫米尔博

米克南迪 306

缪塞（Musset）223

末广铁肠 172、183

莫里哀（Moliére）168、221

莫理司 66；维廉莫理斯 63、309/威廉·莫里斯（William Morris）

牟立麦（P. Merimee）223/普罗斯佩·梅里美（Prosper Merimee）

木村毅 296

木下奎太郎 283

木下尚江 293

拿破仑 8、36

内村鉴三 286

内海文三 177

内藤鸣雪 169

内田不知庵 178、188、189；内田鲁庵 167、183、185、201、202、203、210/内田鲁庵

南波 227/兰波

南部修太郎 218、290

楠山正雄 214

尼采 86、210

尼敦 173/爱德华·鲍尔·李顿

尼古拉斯一世（Nikola I）151

尼西蒂哥夫 142/波米亚洛夫斯基

皮林斯基 146/雅诺什·皮林斯基

片冈铁兵 295、296

片山平三郎 172

片山潜 293

片上伸 190、214、291

片上仲 169

平户廉吉 75

平林初之辅 294

平林太依子 295

平田久 185

坪内逍遥 165、167、168、169、172、173、177、179、182、185、188、189、192、208、210、213、217、288、296

蒲纳乞尔（Ferdinand Bruntiére）237、242/布吕纳蒂耶

蒲原有明 169、209、214

普希金 94、95、153

其磺 166/江岛其磺

千家元麿 71、217

千叶龟雄 194、210

前田河广一郎 294、295

前田曙山 203

前田夕暮 214

乔尔旦 36

乔治·桑德（George Sand）223/乔治·桑

乔治爱略特 66、67/乔治·艾略特

青野季吉 294

秋田雨雀 169、214、217、293、294

泉式部 302/和泉式部

犬养毅 194

人见一太郎 178、185

日夏耿之介 217、218

若山牧水 169、214

若松贱子 204

塞凡迪斯 204/塞万提斯

三马 164、166、170、179/式亭三马

三木露风 169、213、217

三日月次郎吉 183

三上于菟吉 268、296

三宅花圃 204

森户辰男 294

森鸥外 167、168、178、179、182、188、190、191、195、208、210、213、214、278、283

森田草平 280

沙士比亚 60、65；莎士比亚（Shakespeare）91、128、138、139、173、189、208、221、244、296/莎士比亚

莎陀（Victorien Sardou）229；莎妥（Victorien Sardou）243/维克多连恩·萨都

山岸荷叶 208

山本有三 217

山部赤人 254

山川登美子 209

山川均 294

山内英夫 285

山崎光子 257

山崎紫红 214

山上忆良 254

山田美妙 169、178、179、190

袭华房 185

上司小剑 169

上田敏 163、168、213、292、293

上田万年 208

升曙梦 145、190

生加本特 68

生田春月 85、297、298、300

生田葵山 213

圣伯弗 225/夏尔·奥古斯坦·圣伯夫

失林 101/弗里德里希·谢林

十一谷义三郎 296

石川三四郎 293

石川啄木 169、214

石桥忍月 168、178

石桥思案 179、181

史拉德那斯基(Zlatovratskiey) 144/兹拉托夫拉茨基

史吐活(H. B. Stowe) 139、140、141/哈里特·比彻·斯托(Harriet Beecher Stowe)

史王牧师(Rev. C. Swan) 257/斯旺牧师

矢崎嵯峨屋 190；矢崎嵯峨 178、190/矢崎嵯峨屋

矢田部尚今 190

矢野龙溪 172、183

市川猿之助 217

市川左图次 214

室生犀星 217

柿本人麻吕 254

笹川临风 210

守田堪弥 217

水谷不倒 194、200

水上泷太郎 218、283、290

水守龟之助 291、298

水野叶舟 209

司但达耳（Stendhal）223/司汤达

司库纳 67

司咯德（Scott）6、8；司考特 66/沃尔特·司各特

司脑古儿 225

斯文班（Swinburne）226/斯温伯恩

松本泰 218

松井须磨子 214、217

松居松叶 204

松尾芭蕉 163、262

松原二十三阶堂 178

苏德曼 212、299/赫尔曼·苏德曼

梭洛古勃 87/索洛古勃

所罗门（王）316、317

太田正男 283/木下奎太郎

泰纳（H. A. Taine）241、242/泰纳（Hippolyte Adolphe Taine）

汤浅半月 190

特拉倍尔（Trnumber）68；特那倍尔 217

特莱登 189/约翰·德莱顿

特洛 67/梭罗

藤森成吉 294、295

藤田剑峰 210

藤田鸣鹤 172、173

藤野古白 265

藤野滋君 265

田村俊子 282

田村鱼松 194

田冈岭雪 210

田冈岭云 168

田口鼎轩 184

田口掬汀 210；田吉掬汀 194/田口掬汀

田山花袋 84、164、166、168、169、176、180、186、194、195、197、200、204、207、212、213、275、277、297、298

田泽稻舟 204

田之次 177

田中纯 216

田中首相 258

田中王堂 169

田中幸太郎君 299

樋口一叶（夏子）163、164、168、194、197；一叶 165、178、197、198、199/樋口一叶

土肥春曙 208、214

土井晚翠 169、209

土岐哀果 169、214

托尔斯泰（Tolstoy）4、6、8、10、11、77、79、132、139、140、147、150、185、204、284

妥克衣维尔 151/阿历克西·德·托克维尔

洼田空穗 169、209

瓦格勒尔 63、64/威廉·理查德·瓦格纳

丸冈九华 181

王尔德（O. Wilde）87、226/奥斯卡·王尔德（Oscar Wilde）

王错鸣 158

威尔逊 31、32/托马斯·伍德罗·威尔逊

威廉 37/威廉二世

威士本斯基 143/格列勃·乌斯宾斯基

维尔得彼得 306

尾崎红叶 163、164、168、179、181、185、190、194、197、198、200、204、207、210、288

尾崎士郎 294

尾崎行雄 172、194

尾上柴舟 169

尾上菊五郎 214

尾形光琳 163

魏铿 215/鲁道夫·欧肯（Rudolf Eucken）

文西 159/达芬奇

渥斯华斯（Wordsworth）222；渥斯华司 66/华兹华斯

芜村 164、165、209/与谢芜村

武岛羽衣 191

武林无想庵 218

西蒙司（A. Symons）61、233/西蒙斯·阿瑟（Arthur Symons）

西司妥夫 80/舍斯托夫

西条八十 217、218

西夏君 315、318

西行 205/佐藤义清

希伦 304、305/希尔恩

细田民树 289

细田源吉 289、290

夏朵波朗（F. Chateaubriand）222、225/夏多布里昂（François-René de Chateaubriand）

夏目漱石 169、213、276、280、283、286、288

相马泰二 218/相马泰三

相马御风 169、213、214、291、292

飨庭篁村 166

萧伯纳（B. Shaw）6、50、53、78、92；萧伯讷 139/萧伯纳（Bernard Shaw）

小川未明 216、279、280、293、294

小岛乌水 194、210

小金井喜美子 204

小栗风叶 168、194、200、203、206、213

小路实笃 215、284

小泉信三 294

小山内薰 214、287

小杉天外 168、194、200、206

小杉天外 168、194、200、206

小町田粲尔 177

小仲马(Dumas Fils) 229、243

谢莱尔(E. Scherer) 241/埃德蒙・什莱(Edmond Scherer)

新渡户稻造 286

新居格 294、296

幸德秋水 293

幸田露伴 164、168、181、185、198、204、205

修曼 63/罗伯特・舒曼

须藤南翠 172、183

徐半梅君 92

徐伯尔特 63/弗朗茨・舒伯特

徐勒曼 65

亚里士多德(Aristotle) 2

严谷小波 181

岩城准太郎 176

岩谷小波 179、210

岩野泡鸣 163、212、213;严野泡鸣 169/岩野泡鸣

盐井两江 191

雁冰 160/茅盾

耶尼比特斯 65

叶山嘉树 295

一茶 292/小林一茶

一九 164、166、170、179/十返舍一九

伊藤左千夫 169、

依田学海 178

易卜生(Ibsen) 5、10、50、53、77、78、79、100、123、127、139、208、214、307、308

郢生君 315/叶圣陶

永井荷风 168、169、170、194、208、213、216、279

有岛生马 285、349

有岛武郎 215、285、286、293、294、295

与谢野晶子 169、209

与谢野宽 169、209、211

宇野浩二 218、289、290

约班 223/肖邦

增田杂子 209

斋藤绿雨 168、194、200、210

瞻庐 114/程瞻庐

真山青果 212、214

真渊 164、166/贺茂真渊

正冈艺阳 210

正冈子规 163、165、169、209、277、278

正宗白鸟 169、210；正宗向鸟 212/正宗白鸟

织田纯一郎 173

志贺直哉 215、285

栉田民藏 294

中村花瘦 179、181

中村吉藏 169、194、206、214、217

中村吉右卫门 214

中村秋香 208

中村武罗夫 291、300

中村星湖 298

中村正直 171

中岛孤岛 210

中江兆民 167、171、172、350

中西梅花 178、190、191

中西伊之助 294、295

中野重治 295、

中泽临川 169、

塚越停春 178、185

周作人 313

竹越三义 178、185

姊崎嘲风 210

佐分利 299/佐分利贞男

佐藤春夫 290、300、

佐藤信重 300、

佐藤义亮 194、291

佐野天声 214

佐佐木信纲 169、191

佐佐醒雪 210